2021 한양대학교 연극영화학과
캡스톤
창작희곡선정집

•

8

2021한양대학교
연극영화학과

캡스톤

창작희곡선정집

8권

평민사

— 차 례 —

펴낸이의 글

〈한양대학교 연극영화학과 캡스톤 창작희곡선정집〉은 2017년 첫 출간을 시작으로 이번 제 8권까지 총 40편의 창작 희곡을 한국 공연예술계에 소개해 왔습니다. 학생들이 창작한 희곡에 대한 출판을 기획할 당시만 해도 희곡 자체의 완성도라는 측면에서, 그리고 향후 공연화로 이어질 미래 가치의 측면에서 본 출판 작업이 어떠한 성과를 거둘 수 있을지 의문이 있었습니다. 문학의 한 장르로서, 인류의 역사에서 굳건히 그 자리를 지켜내고 있으나 이제는 한국의 일반 대중 독자들에게 외면당한 채 설 자리를 잃고 있는 희곡이라는 장르의 한계, 아마추어 학생 작품들이라는 고정관념, 그리고 여러 재정적, 행정적 이슈로 인한 지속성의 한계 등을 우려하지 않을 수 없었습니다.

그러나 본 희곡집의 출간 이후 지방의 고등학교 연극반, 수도권 대학의 연극 동아리, 서울의 소규모 극단 등으로부터 공연화에 대한 연락을 받으며 본 희곡집이 한국 공연예술계에 이바지해야 하는 것이 무엇인가를 다시 한 번 확인하게 되었습니다. 또한 신춘문예당선집, 각종 연극제 수상작 모음집 등과 같이 기존의 창작 희곡집에서는 찾아볼 수 없는 참신함, 실험정신 등에 대한 너그러운 평가들을 받으며 본 희곡집 출판의 지속성을 왜 확보해야 하는지 당위성을 확신하게 되었습니다.

공연예술계를 넘어 전 세계 문화예술 산업시장에서 이제 무한한 가치로서 콘텐츠가 갖는 잠재력을 다시 보고 있습니다. 습작 노트에 끄적이던 그림 하나가 전 국민이 사용하는 이모티콘이 되고 애니메이션으로도 개발이 되며 아이들의 필기구가 됩니다. 막연하게 떠올린 이야기 한 줄이 스토리로 발전하여 무대, 카메라라는 매체를 만나 새로운 세상을 창조해냅니다. 그리고 이제 각종 OTT들의 발달로 그 결과물을 전 세계가 공유합니다.

거창하게 들리지 몰라도, 본 희곡집은 바로 이러한 무한한 가능성을 바라봅니다. 직업으로서의 소명에서 발견되지 못하는 아이디어들이 수업이라는 자유로운 창작 환경에서 샘솟을 수 있다고 믿으며, 결과에 책임지지 않아도 되고 실패해도 되며 외부의 평가에 구속받지 않는 창작의 과정은 우리의 새로운 창작 인재들에게 모험과 실험에 도전해볼 중요한 밑거름이 될 것이라 사료됩니다. 본 희곡집의 작품들이 비록 인간을 아우르는 깊이가 다소 부족하거나 극작의 기술적 완성도가 떨어질 수 있으나, 현 시대의 젊은 창작 인재들이 세상을 바라보는 새로운 시각과 고민들을 여실히 투영해보고자 했다는 점에서 한국 공연예술계, 나아가 콘텐츠 산업에 이바지하는 바가 적지 않을 것임을 감히 말씀드리고 싶습니다.

본 희곡집이 출판될 수 있기까지 물심양면으로 도와주신 한양대학교 링크플러스 사업단 관계자 분들과 출판의 모든 과정을 진행해준 유재구 작가에게 감사의 말씀 전합니다. 무엇보다 본 출판의 의미를 소중하게 여겨주시며 언제나 기쁜 마음으로 출판을 진행해주시는 평민사 이정옥 대표님께도 감사의 말씀 전합니다.

한양대학교 연극영화학과는 앞으로도 다양한 창작 작품들을 세상에 끊임없이 선보이는, 콘텐츠 창작의 마르지 않는 샘물이 될 수 있도록 최선을 다할 것입니다.

— 펴낸이 권 용, 김준희, 조한준, 우종희

므르데카 'Merdeka'

극작 : 린재원
드라마투르그 : 조준아
일본어 번역 : 김민지 | 미야나가 히카리
VER 4.0

등장인물

아드난 대위(남) :

19세기 중반에 살았던 말라야인 연합군 병사 겸C중대의 지휘자. 1942년 2월말에 싱가포르 섬에서 사망.

소피아(여) :

아드난 대위의 첫사랑. 아드난과의 우연한 만남을 시작으로 부부의 연을 맺는다. 전쟁이 시작되자 뱃속의 아이를 지키기 위해 피난을 가는데, 이 때문에 아드난의 최후를 함께하지 못하게 된다.

도미(남) :

2차 세계대전의 소년병 생존자. 전쟁에서 돌아온 후 극심한 트라우마를 가지고 있다.

손자(남) :

도미의 손주. 어렸을 때 할아버지의 방을 실수로 들어갔다가 도미에게 들켰고 도미가 손자에게 심하게 화를 낸 적이 있어 그 이후로 할아버지에 대한 원망을 가지고 있다.

요시오 나수 대장(남) :

일본군 대장. 제국의 발전을 위해 움직이며 철저히 계산적이고 냉정한 인물.

야투(남) :

요시오 나수 대장의 오른팔. 일본제국에 충성하고 요시오 나수 대장을 보좌한다. 화가 나면 매우 감정적으로 행동하는 인물.

아이샤(여) :

말라야 여성으로 미카일의 아내. 말라야에 대한 깊은 애국심을 가지고 있다. 말라야 외부 세력에 대해 깊은 불신을 가지고 있다.

미카일(남) :

말라야 남성으로 아이샤의 남편. 아이샤와 달리 자신의 생각을 말하고 다니기보다는 다른 사람들의 생각을 듣는 편이다.

Major 준장(남) :

영국령 말라야에 주둔하는 연합군의 준장. 영국 정부와 말라야 사이의 중재자. 말라야를 소중히 여기기에, 영국 정부가 말라야에 좋지 않은 선택을 하는 모든 순간에 고뇌한다.

'Snowflower'(여) :

일본군 대장 사무실에 하녀로 위장한 연합군 첩자. 연합군에게 일본의 공격 계획에 대한 소식을 전한 사람.

Prologue

2021년, 말레이시아 - 가정 집

아무것도 보이지 않는 무대. 굵직한 대포 소리 우렁차게 울린다. 한 소년병(도미)이 구멍에서 나와 무대 가운데로 뛰어나간다. 무대 앞에 휠체어가 있다.

일본장교 (일본어) 잡아! 싹 다 잡아라!/ 捕まえろ！全部　ひっ捕らえろ！/ 츠트카마에로! 젠부 힛토라에로!

도미 안 돼, 안 돼-

코러스 등장, 대열로 선다.

코러스 흩어져있던 우리가 다시 하나로 모이기까지 수많은 희생이 따랐습니다. 그 희생들을 가슴 속에 품고 앞으로 나아갑시다! 우리는 한 마음, 한 나라, 말레이시아!

코러스 Merdeka! Merdeka! Merdeka! Merdeka!

뉴스 영상 나온다.

[영상]

(말레이어) 얼마 전, 2021 말레이시아-일본 정상회담에서 일본 정부가 말레이시아 정부와 합의에 도달했습니다.
(일본어) しばらく前に、2021年 マレーシア - 日本首脳会談で、日本政府が マレーシア政府との 合意に 達しました。/ 시바라쿠마애니, 니센니주이치넨 말레이시아 - 니헌 슈노오카이단데, 니헌세이후가 말레이시아세이후토노 고오이니 탓시마시타.

(말레이어) 두 나라의 외교적 관계를 강화하기 위한 노력의 일환으로 일본이 전쟁 기간에 압수했던 물건들을 말레이시아에 반환하기로 했습니다.
(일본어) 両国の 外交的関係 を 強化するた の 努力の 一環として、日本が 戦争期間に 押収したものを マ レーシアに 返還することに しました。/ 료오코쿠노 가이코오칸케에오 켜오카스르타메노도려쿠노 이깐토시테, 니헌가 센소오키칸니 오슈시타 모노오 말레이시아니 행캉수루코토니 시마시타.

(말레이어) 말레이시아의 국민들은 전쟁 당시 잃어버린 소지품을 차례로 요구하고 있습니다. 참전용사들은 공통적으로 사진, 재산, 편지, 등을 가장 반환 받고 싶어 하는 것으로 나타났습니다.
(일본어) 所持品の 返還によって 出兵された方、また 戦争の 被害を 受けた 全ての 方々の 心の傷を 少しでも 癒せたらと 思います。/ 쇼지힌노 헨칸니욧때 (코러스 천천히 자리 이동 시작) 슛빼이사레따카타, 마타 센소오노 히가이오 우케타 수배태노 카타가타노 코코로노키즈오 수코시대모 이야세타라토 오모이마스.

주변에서 과거의 목소리들 속삭임으로 다시 울린다.

코러스 과거의 화신이 되어서, 도미를 비난하고 고발하기를 시작한다.

(무언) 코러스, 선서대로 퇴장.

코러스1 도미. 이 편지를 꼭 소피아한테 전달해 줘.

코러스2 아드난. 우리 기다릴게.

코러스3 자네가 도움을 줬으면 좋겠는데. 자네가 할 수 있겠나?

코러스4 아버지! 놔! 내 아들 놓으시라고요!

코러스5 아버지! 언제까지 그까짓 편지 때문에 우리를 이렇게 힘들게 하실 거예요? 이제 그만 좀 하시라고요!

코러스6 할아버지! 죄송해요, 다시 안 들어올게요…!

코러스 도미, 너 때문에 죽었어. 다 네 탓이야. 너 때문에 살리지 못했어. 다 네 탓이야. 도미. 도미. 도미. 도미! 도미!!!

도미 아니야!! 나 때문이 아니야!!!

속삭임 OUT.

도미, 서서히 일어나서 휠체어에 앉는다.

손자 오랜만이에요 도미 할아버지. 잘 지내셨어요?

침묵.

손자 (한숨) 전쟁에서 잃어버린 편지 기억하세요, 할아버지?

손자 (편지를 꺼낸다) 제가 찾았어요. 그 편지. 이거 맞죠? 근데 편지 뒤에 적힌 여자는 누구에요?

도미 소피아….

소피아 (울림) 아드난… 우리 기다릴게….

도미, 편지를 던지고 귀를 막으며 손자를 외면한다.

도미 안 돼! 내 거 아니야!

손자 그게 무슨 소리세요? 할아버지께 아니면 누구 건데요.

도미 난 그저 원래 주인에게 돌려주려고 찾았을 뿐이야….

손자 (사이) 그럼 이제 이걸 어떡할까요?

도미 돌려드려. 그 사람에게.

손자 80년이나 된 편지인데. 이걸 어떻게 돌려드려요.

도미 아직 늦지 않았을 수도 있어. 살아남았을 수도 있어.

손자 뭔가 오해가 생겼나본데, 저 할아버지 부탁을 들어주러 온 거 아니에요. 아니 이깟 편지가 뭔데 20년 동안 우리를 외면하게 만든 거예요? 할아버지가 대체 뭘 잘못 했길래 이렇게까지 미친 사람처럼 살게 됐는지 그게 궁금해서 제가 직접 찾아온 거예요.

도미 미안하다. 너희들한테 다 미안해. (비명) 이제 그만하면 안 될까요? 이미 저는 살아남은 것이 벌입니다. 절대 용서를 받지 못하는 건가요? 아직도요?… 내버려 둬. 이제 날 좀 내버려 둬!

도미, 자신을 때리기 시작한다.

손자 할아버지… 할아버지!

도미 내버려 둬… 제발 날 좀 내버려 둬!

도미의 비명과 조명이 함께 꺼진다.

침묵.

도미, 손자 퇴장. 슬픈 음악이 깔린다.

편지가 있는 자리에 유일한 조명이 켜진다. 아드난 등장. 편지를 줍는다.

아드난 소피아. 우리 처음 만난 날 기억해? 난 아직도 그날이 생생히 기억나. 내 생애 가장 찬란했던 날들은 거기서부터 시작했으니까. 널 다시 만났던 그 황금빛 찬란한 날.

아드난, 퇴장.

1장

1939년, 영국령 말라야, 시장

아이샤, 미카일 부부, 시장에서 장을 보러 갔다가 집으로 돌아가는 길이다. 둘은 말라야 전통옷을 입고 있다. 아이샤, 음식이 잔뜩 든 소풍 가방을 들고 있다.
시끌벅적한 시장소리와 기차소리.

아이샤 (불만족스럽게) 아후 또 올랐네, 또 올랐어. 한 달 안에 물가가 어떻게 이렇게까지 오를 수 있지? 양아치 새끼들-

미카일 아이샤, 내가 여러 번 말했잖아. 밖에서 저 사람들을 욕하면 안 된다니까.

아이샤 여보. 내가 뭐 틀린 말 했어? 말라야 모든 사람들이 생각했지만 그저 입밖에 내뱉지 못했던 거야!

미카일 이제 새로운 시대가 다 온 거야. 익숙해져야 해. 백인들은 오늘도 내일도 계속 말라야에서 살게 될 거야.

아이샤 당신이나 익숙해져. 나는 아직 시퍼렇게 어린애들을 전쟁터에 끌고 가는 게 짜증나. 열 받고.

미카일 자원한 거잖아.

아이샤 우리 마을에도 한 명 있잖아. 연합군에 끌려간 사람.

미카일 끌려간 게 아니라, 자원이라고.

아이샤 너 지금 누구 편을 드는 거야?

미카일 사실을 얘기해주는 것뿐이지.

아이샤 개소리하지 마. 사실 우리 마을의 자랑이었던 그 사람이 왜 그 야만적인 연합군에 자원했겠냐고. 결국 말라야인 병사들 중에 혼자 런던으로까지 진출한 사람. 그래. 그 사람. 백인들하고 복무한다며?

미카일 근데 당신은 말라야 사람이 백인들이랑 복무하는 거 싫다며?

아드난, 군복을 입고 등장. 가방을 들고 있다.

먼 여행에서 돌아오는 듯 보인다. 아이샤와 미카일은 아드난을 아직 못 알아본 상황.

아드난, 미카일과 아이샤를 알아보고 부부에게로 향한다.

아이샤 그래 싫어. 근데 어려운 건 맞잖아. 그만큼 특출난 사람이라는 거지.

미카일 저 사람?

아이샤 (고개를 돌린다) 어, 저 사람. 그 사람!

아드난, 미소를 지으며 미카일과 악수.

아드난 아이샤, 미카일. 오랜만입니다.

아이샤 (더듬으며) 아드난! 우릴 아직 기억하네요! 어머 언제 귀국했어요?

아드난 방금 도착했습니다. 요 앞에 있는 기차역에서 내렸습니다. 시장에서 돌아오시는 길인가 봅니다?

미카일 어어 맞아요. 근데 아드난, 원래 런던에서 복무하는 거 아니었어요? 어떻게 된 거예요? 완전히 돌아온 거예요?

아드난 런던 복무를 마쳐서 이제 돌아왔습니다.

미카일 잘 했네 잘 했어. 뭐, 피곤하실 텐데 얼른 가서 쉬어- (아이샤에게 맞는다) 아!

아이샤 당신 오늘따라 말이 왜 이렇게 많아? (아드난에게) 그래, 잘 왔어. 런던에 있는 동안 잘 지냈고?

아드난 (멋쩍은 듯) 저 이제 대위입니다.

아이샤 어머!

미카일 벌써?! …요?

아이샤 그런 높은 자리에 말라야인이 앉다니. 말라야 미래가 환하네!

미카일 잘했네. 잘했어요! 영국인 놈들에게 보여줘야지. 이렇게 말라야인들도 높은 자리에 앉을 수 있다는 걸. (다른 곳을 보며) 우리 말라야인을 무시하지 말라는 거지!

아이샤 (중얼거리며) 밖에서 말조심하라며.

아드난 그런 높은 자리는 아닙니다. 저보다 직급이 높은 분들이 훨씬 많습니다.

아이샤 그래도 그 여러 사람들 중에 말라야인이 자리를 얻었다니. 이것만으로도 엄청난 축하를 받아야하는 일이죠!

미카일 축하드립니다! 가요, 밥 사줄게요.

아드난 예?

미카일과 아이샤, 아드난의 양팔을 잡는다.

미카일 그냥 가세요. 밥 산다고요. 런던에서는 'fish and chips'라는 걸 자주 먹는 편이죠? Fish and chips를 파는 좋은 곳을 압니다.

미카일, 아이샤, 당황스러운 아드난을 시장 밖으로 이끌어 나간다.
경쾌한 재즈음악 소리.
펍 분위기를 물씬 풍기는 보라색, 그리고 파란색 조명.
소피아, 등장, 의자에 앉는다.
미카일, 아이샤, 아드난 펍에 등장한다. 미카일, 의자를 가져다 놓는다. 아시야, 아드난을 앉힌다. 둘이 아드난 옆에 선다.

아드난 (당황스러운) 아니요 저 진짜 괜찮습니다-
미카일 (짐을 내려놓고) 마음껏 주문하세요 아드난!
아이샤 (아드난을 의자에 앉히며) 그냥 편하게 하세요 대위님. 불편할 게 뭐가 있어 여기 마을 사람 다 대위님을 아는 걸요.
아드난 전 괜찮습니다.
아이샤 저기 웨이터- 여기 fish and chips 3개만 주세요.

소피아, 식당에서 나가려 짐을 챙기기 시작한다.

아이샤 (아드난에게) 앉아봐요 우리 마을 자랑! 밖에서 말라야를 위해 엄청 고생하고 왔잖아요.
미카일 그래 그냥 받아들여요 아드난.
아이샤 결혼은 아직이죠?
아드난 예?
미카일 (혀를 끌끌 찬다)
아이샤 그냥 좋은 여자가 이 마을에 많이 있다고….

아드난 두 분께 감사하지만 밥 사주시는 것도 그렇고 결혼 문제도 그렇고, 이번에 마음만 받겠습니다. 그럼 이만 가보겠습니다.

아드난, 짐과 모자를 집어 떠날 채비를 한다. 아이샤와 미카일, 동시에 아드난의 손을 꽉 잡는다. 소피아, 가방을 메고 식당 출구로 향한다.

아이샤 아드난-!

미카일 대위님-?

아드난 이거 좀-

조금의 몸싸움. 아이샤와 미카일, 동시에 아드난에게서 손을 뗀다.
아드난, 뒤에 지나가는 소피아와 부딪힌다.
소피아 책가방 속 물건들이 떨어진다.

아이샤 좀 이따… 가시라니까….

미카일, 떨어진 책을 주워주려고 몸을 낮춘다.
아이샤, 소피아와 아드난을 쳐다보며 짓궂게 미소를 짓고는 미카일을 일으킨다.

아드난 (넘어진 소피아를 일으켜주며) 괜찮습니까? 정말 죄송합니다. 그쪽을 못 봤어요.

소피아 (옷을 털며) 괜찮아요.

소피아 고개를 들다가 아드난과 눈이 마주친다. 재즈음악 끊어지고 조명이 소피아와 아드난에 집중한다.

아드난 (사이) 소피아?

소피아 … 아드난?

아이샤 (미카일에게 큰 소리로 속삭이며) 가자.

소피아와 아드난, 일어선다. 재즈음악 다시 시작한다. 미카일, 아이샤 퇴장.

소피아 (큰 충격이라는 듯이) 어떻게 된 거야? 런던에 있던 거 아니었어? 언제 온 거야? 밖의 상황은 어때. 이제 많이 안정된 거야?

아드난 어? 괜찮아졌어. 다 괜찮아.

소피아 다행이다. (사이) 어디 다친 덴 없고?

아드난 응 괜찮아. 방금 왔어. (사이) 잘 지냈어?

소피아 응.

아드난 (책을 돌려주며) 아, 이거.

소피아 고마워. 다시는 못 볼 줄 알았어.

아드난 나도.

종소리 들린다.

소피아 어떡해!

아드난 왜? 무슨 일 있어?

소피아 수업 가야 되는데 늦었네.

소피아, 떨어진 책들을 급하게 주우려고 몸을 굽힌다. 아드난, 소피아를 도와준다.

아드난 수업?

소피아 나 선생님이야. 우리가 다닌 중학교.

아드난 정말 됐구나 선생님.

소피아, 일어선다.

소피아 나 진짜 가봐야겠다. 반가웠어 아드난, 나 먼저 가볼게. 우리 꼭 또 만나자.

소피아, 식당을 떠나려 돌아선다.

아드난 잠시만!

소피아 (답답해하며) 왜?

아드난 그냥. 보고 싶었다고. (사이) 아니, 보고 싶었던 게 아니라. 아 보고 싶었긴 한데. 여기서 너랑 또 보고 싶다는 이야기였어. 그니까-

소피아 아드난? 그래서 하고 싶은 말은?

아드난 (사이) 퇴근하고 나랑 커피 한 잔 할래?

소피아 (끄덕끄덕) 응.

아드난 있다 데리러 갈게.

소피아 좀 있다 봐.

소피아 퇴장.

아드난 '독백' 시작한다.

음악 IN.

아드난 가끔 이날을 되돌아볼 땐 어떻게 그렇게 뻔뻔했던 건지 그런 생각이 들었어. 우린 어린 아이일 때부터 한 번도 만난 적이 없었잖아. 다시 만난 첫 날에 데이트 신청이라니, 내 결정답지 않게 경솔하고 충동적이었어. 그저 (소피아 하수업에서 등장) 어쩔 수 없었어.

2장

1941년 말 , 영국령 말라야, 신혼집

아드난과 소피아, 부부가 되어 신혼집에 거주한다.
둘이 만나서 2단에 걸터앉는다. 장난을 치다가 아드난이 소피아의 책을 뺏어 일어난다.
소피아 "아드난! 나 진짜 오늘 수업해야 돼 빨리 줘! 끝나고 놀자 응?"
아드난 책을 던지고 소피아를 냅다 돌린다. 둘이 꺄르륵 댄다.
의사 등장.

의사 축하드립니다. 아이가 태어날 겁니다.

의사 퇴장.

소피아 (신나서) 여보-!
아드난 감사합니다 선생님! (소피아에게) 곧 엄마가 되는 기분이 어때?
소피아 모르겠어. 우리 아기 이름은 뭘로 할까?
아드난 나 지금 아무 생각도 안 나. 모르겠어. 고마워, 여보
소피아 나도 고마워.

아드난과 소피아, 서로 사랑스럽게 바라본다.
무대 밖에서 큰 소리가 울린다.

아이샤 어디 있어?!

아이샤, 미카일 등장.

아드난 아이샤? 미카일? 여긴 어쩐 일로 오셨습니까?
소피아 마을에 무슨 일이 생겼나요?
아이샤 네. 아-주 큰일이 생겼죠. 이 늦밤에 이런 꼴로 대위님 앞에 나타나서 저 역시 유감스럽네요. 하지만 그래도 꼭 대위님을 만나서 물어볼 얘기가 있어서 왔어요.
아드난 무슨 일인지 모르겠지만 내일 아침까지라도 기다릴 수 없었어요? 방금 우리 집에 좋은 소식이 생겼거든요. 오늘 밤은 우리 가족만 있었으면 하는데-
아이샤 마을사람들 사이에서 소문 돌고 있는 거 아세요? 뭘 믿어야 할지도 모르겠고. (사이) 혹시 대위님은 뭐라도 아실까 해서 여기로 왔어요. 마을 사람들은 다들 대위님은 알고 있을 거라고 하더라구요. 맞아요? 정말 다 알고 있었어요?
미카일 자기야. 대위님 당황하셨겠다. 내일 아침에 다시 오자-
아이샤 놔. 이 인간이 백인들 편인지 우리 편인지 알아내보자고.
아드난 부인? 대체 무슨 소문이 돌길래 그런 말을-
아이샤 전쟁 말이에요 대위님. 말라야 땅에서 전쟁이 벌어진대요.
미카일 대위님. 저도 무례인 줄 알지만 대위님 대답을 듣고 싶었습니다.
소피아 아드난, 말 좀 해봐. 이게 대체 뭔 소리야?

아드난 서방 국가들 사이에서 심한 갈등이 벌어지고 있는 건 사실입니다. 작년 나치독일이 폴란드를 침략했고 프랑스와 영국이 독일에 선전포고를 했어요.

아이샤 그럼 사실이었어? 전쟁이 벌어질 거라는 게? 대위님은 그동안 이미 알고 있었어요?

아드난 하지만 아직까지 아시아는 직접적인 위협에서 벗어나 있습니다. 설사 말라야가 위협 받는다 해도 여긴 영국령입니다. 영국정부에서 우리를 보호해줄 겁니다.

아이샤 언제까지 입을 다물고만 있으려고 했어요?

아드난 애초에 말하려고 하지 않았습니다. 민간인들에게 전쟁에 대한 공포심을 심어주는 것은 아무런 도움이 되지 않으니까요.

아이샤 아-무런 도움이 되지 않는다구요? (허탈한 웃음) 저기 대위님. 우리가 공포심을 갖든 말든 왜 당신이 결정하려 들죠? 그런 전쟁이라는 빅뉴스가 여기 이곳까지 도착하는 데에 얼마나 걸릴 거라고 예상하세요? 한 달? 두 달? 일 년?

미카일 진정해라 아이샤.

아이샤 이러다 군인들이 마을 입구까지 올 때도 우리는 의식하지 못하겠네요. 그냥 무방비상태로 앉아서 바보들처럼 죽기만을 기다려야 하는 거네요.

아드난 부인, 우린 무조건적으로 영국정부의 보호를 받을 겁니다. 연합군에서 복무해서 잘 압니다. 저를 믿으세요.

아이샤 아, 그러네요. 그래서 이렇게 태평하시구나? 자기도 그들 중 하나니까. 우릴 지켜준다는 게 확실해요? 아니, 그걸 정말 믿어요?

아드난 (사이) 지켜줄 겁니다.

아이샤 아니요, 그들은 우리를 지키지 않을 겁니다. 그들은 그저 그들이 세운 학교, 식량, 그 밖의 '재산'을 지킬 뿐이에요. 전쟁 앞에서 말라야인 목숨 따위 영국이 생각이나 할 것 같아요? 여기 말라야인들 다 알고 있는 걸 왜 대위님만 모르지?

짧은 사이.

아이샤, 간신히 감정을 억누르는 듯 보인다.

미카일 그만해. 이만 가자. 마을 사람들이 기다리겠어.

아이샤 영국 정부에 의존하라구요? 백인들에게 우리 목숨을 맡겨도 된다고? 웃기시네. 당신은 이 나라 사람이 아니야. 영국인들이랑 똑같아. (미카일에) 가자.

아이샤, 미카일 퇴장.

소피아 (아이샤, 미카일 나간 방향을 보며) 무서워서 그래. 설마 전쟁이 또 일어날 거라고는… 상상도 못했으니까. 피투성이 된 어린애들. 시체더미에서 어떻게든 가족을 찾으려는 사람들. 절대 잊을 수 없는 거 알잖아. 당신 정말 괜찮은 거야?

아드난 소피아를 끌어안는다.

아드난 두려움은 어둠 속에서 안정적이지 않은 사람들이 갖는 거야. 근데 나는 내 사람들을 지킬 준비가 되어 있어. 전혀 두렵지 않아.

아드난, 소피아의 얼굴을 부드럽게 쓰다듬는다.

도미, 손에 편지를 가지고 등장.

도미의 등장에 놀란 아드난.

도미 대위님.

아드난 어 도미.

도미 그게-

아드난 괜찮아. 아이샤 부인 성격은 나도 잘 알아. 막을 수 없었을 거야.

도미 네? 아니 그게 아니라. 이거-

도미, 편지를 아드난에게 건넨다.

아드난 이게… 뭐냐?

도미 연합군의 특수부대 편성과 전출 명령입니다.

아드난 전출? 어디로.

도미 (사이) 싱가포르 섬입니다.

소피아 싱가포르? 거긴 왜?

도미 이유는 적혀있지 않습니다만 급박한 상황이라고 합니다. 저희 부대인 제1말레이 보병여단, 제 1대대 C중대의 전원 전출 명령입니다.

아드난 싱가포르도 영국령이다. 부디 아니길 바라지만, 정말 전쟁이 벌어진다면 적국의 입장에서 초반 기세를 잡기에 가장 유리한 곳이야. 말라카 해협을 지나가기 위해서는 가장 필요한 곳이니까. 만약 적군이 영국을 치고 싶다면 싱가포르 섬을 가장 먼저 공략하려 들 거다. 그렇기에 영국이 가장 지키고 싶어 하는 곳이기도 하고.

아드난의 설명과 동시에 영상으로 적국의 공격노선이 표현된다.

도미 대위님. 아까 아이샤 부인께서 말하신 게 진짜입니까? 전쟁이 시작된다는 거 말입니다. 전출 명단에 제 이름도 있습니다. 솔직히 겁납니다. 군인이면서도 전쟁을 한다는 게 믿기지 않습니다.

아드난 (진정시키려는 듯) 도미.

도미 신병훈련소에서 일주일도 못 버티고 탈영하려던 걸 대위님께서 잡아주지 않았습니까. 솔직히 이곳에서 진짜 군인은 대위님 말곤 없지 않습니까? 제가 대위님께 짐만 되지 않을까 겁납니다. 그런 제가 전쟁이란 걸 버틸 수 있을지 모르겠습니다….

아드난 도미, 이곳에 자원했다는 것 자체만으로도 넌 진짜 군인이다. 처음 들어왔을 때처럼 날 믿고 무슨 일이 일어나든지 내 뒤에 따라와.

도미 알겠습니다….

아드난 그래. (토닥거리며) 피곤한 밤이네. 좋은 소식이 있었는데 제대로 축하도 못했고 말이야. (도미에게) 소피아가 아이를 가졌어.

도미 (놀라지만 이내 상황을 깨닫는다) … 축하드립니다.

소피아, 애써 웃어준다.

소피아 그래 너도 피곤할 텐데, 얼른 가서 쉬어.

도미, 퇴장.

아드난 축하해, 소피아.

소피아 축하해, 아드난.

요시오, 스노플라워, 야투 등장.

암전.

3장

1941년 말, 대일본제국, 대장 사무실

스노플라워, 일본군 대장 사무실에서 등잔불에 불을 붙인다. 사무실 점점 밝아진다.

요시오, 담배를 천천히 핀다.

배경에 자막.

요시오 (일본어) 야투. やす/ 야스.

야투 (일본어) 네, 중장./はい´中将°/ 하이,추우조우.

요시오 (일본어) 오늘 새로운 온 거 있나?/ 今日 新しく 届いたものはないか？/ 쿄오 아타라식 토도이타모노와 나이카?

야투, 가까이 다가오며 웃옷에서 편지를 꺼내어 대장에게 건넨다.

야투 (일본어) 오늘 이게 왔습니다. / 今日こちらが届きましだ°/ 쿄우,코치라가 토도키마시타.

요시오 (일본어) 뭔데?/ なんだ？/ 난다?

야투 (일본어) 천황 폐하께서 주신 겁니다./ 天皇陛下から下されたものです°/ 텐노우헤이카카라 쿠다사레타 모노데스.

요시오 (일본어) 천황폐하께서 편지를 주셨다고?/ 天皇陛下が手紙

を下されただと？/ 텐노우헤이카가 테가미오 쿠다사레타다토?

요시오 대장, 편지를 낚아챈다.

야투 (일본어) 어떤 내용입니까 중장?/ どんな内容でしょうか中将？/ 돈나 나이요우대쇼우카츄우조우?

요시오 나수, 소리 내어 웃기 시작한다. 기쁨의 웃음인지 또는 다른 감정인지 알아챌 수 없다. 긴 웃음 끝에 진정한다.

요시오 (일본어) 아주 좋은 날이다./ 実に喜ばしい日だ / 지츠니 요로코바시이 히다.

야투 (일본어) 예? 중장 뭐라고 하셨습니까?/ はい? 中将 なんとおっしゃいましたか？/ 하이? 추우쇼오, 난토 옷샤이마시타카?

요시오 (일본어) 대장./ 大将./ 타이쇼우.

야투 (일본어) 예?/ はい？/ 하이?

요시오 (일본어) 이제부터 새로운 직함으로 날 부르라는 거다. 대장./ これからは 新しい 肩書で 私を 呼ぶことだ 大将 / 코래카라와 아따라시이 카타가끼데 와따시오 요부코토다. 타이쇼오.

S.F (일본어) 어머, 굉장하네요. 대장./ 아라, 혼또니 스고이 데스네. 타이쇼우.

야투 (일본어) (신나서) 중장, 아니 대장. 어떻게 하신 겁니까. 폐하께서 뭐라고 하셨습니까. / 中将 いや 大将 どういう こ

とですか。陛下は なんとおっしゃったんですか？/ 추우쇼오. 이야, 타이쇼오. 도오유우 코토데스카. 헤이카와 난토 옷샀단데스카?

요시오 (일본어) 천황 폐하께서 나를 인정하셨다. 믿을 수 있는 사람에게 의지하고자 폐하께서 나를 대장으로 올려주신 거지. 아시아를 정복하려는 계획을 나한테 맡기셨어./ 天皇陛下が 私を 認めて 下さった。アジアを 征服する 大日本帝国の 計画を 私に 任され たのだ。大日本 帝国のため 必ず 成功 するように とのことだ。我が国は ナチスドイツと イタリアの 陣営に 立つことに なっている。軽率な 行動は 許されん。信じられる 者に 任せるため 陛下 直々に 私を 大将に 任命されたんだ。/ 텐노우헤이카가 와따시오 미토메테 크다샀따. 아지아오 세에후쿠수루 다이닛뽄 테이콕노 케이카쿠오 와따시니 마카사레타노다. 다이닛뽄 테이콕노타메 카나라즈 세이코오 수루요오니 토노코토다. 와가쿠니와 나치스도이츠토 이타리아노 징에이니 타츠코토니 낫때이루. 케에소츠나 코오도오와 유루사렌. 신지라레루 모노니 마카세루타메 헤이카 지키지키니 와따시오 타이쇼오니 닝메이사레탄다.

S.F & 야투 (박수 짝짝)

야투 (일본어) 대단한 생각입니다! 이번에는 어떤 계획을 세우고 계십니까 대장?/ 今度は どんな 作戦を 立てて いらっしゃい ますか 大将?/ 스바라시 오칸가에데스! 콘도와 돈나 삭셍오 타테테 이랏샤이마스카, 타이쇼오?

요시오 (일본어) 뱀을 죽이는 방법은 목을 베는 것이지. 여기서 문제. 뱀의 머리가 3개면 어떻게 죽여야 하나? 머리 하나를 베면 나머지 두 머리가 공격해올 텐데./ 蛇を 殺すには 蛇の 首を 切ればいい。ここで 問題。蛇の 首が 三つなら どうすれば よいか？頭 一つ 殺した ところで残りの 二匹が 攻撃 してくるわけだが。/ 헤비오 코로스니와 헤비노 쿠비오 키레바이이. 코코데 몬다이. 헤비노 쿠비가 밋츠나라 도우스레바 요이카? 아타마 히토츠 코로시타 토코로데 노코리노 니히키가 코오개키 시테쿠루 와케다가.

야투 에….

요시오 (스노플라워에게) (일본어) 시라하나. 너는?/ お前が 答えてみろ?/ 오마에, 가코테테 미로?

S.F (일본어) 꼬리를 잘라야 합니다./ 尻尾を切り取って しまいます。/ 싯포오 키리톳테 시마이마스.

요시오 꼬리를 잘라야지. 뱀이 다른 방향을 보도록 주의를 분산시켜 가장 중요하고 약한 부분을 노려야 한다./ 尻尾を 切ればよい。蛇の 視線を 逸らし、一番 大切な 弱点を 攻めるんだ。/ 싯포오 키레바요이. 헤비노 시셍오 소라시, 이치반 타이세츠나 쟉텡오 세메룬다.

진주만 공격 후에 동남아시아에 있는 미국령, 영국령, 그리고 네덜란드령 식민지에 무차별 동시공격을 개시할 거다. 그리고 그것을 내가 지휘하는 거지./ 真珠湾 攻撃後に 東南 アジア内の アメリカ領、イギリス領、そして オランダ領植民地の 無差別 同時 攻撃をする。そして この 私が 指揮を執るんだ。/ 신쥬왕 코오게키고니 토오낭 아지아나이노 아메리카료, 이기리스료, 소시테 오란다 쇽민치노 무

사베츠 도오지 코오게키오스루. 소시테 코노 와따시가 시키오 토룬다.

야투 (스노플라워에게) (일본어) 눈먼 년! 눈은 앞을 보라고 달린 거라고. 대장만 상급자고, 나는 보이지도 않냐? 군인도 아닌 년이… 여기가 어딘 줄 알고- / このめくらめ！前を見るために目があるんじゃねえか。隊長だけ上級者で,僕は見えないのか？ 軍人でもない女がここがどこだと思ってるんだ！/ 코노 메쿠라메! 마에오 미루타메니 메가 아루쟈네에카. 타이쇼우다케 조오큐우샤데, 보쿠와 미에나이노카? 군진데모 나이 온나가 코코가 도코다토 오못태룬다!

S.F (일본어) 죄송합니다. /すみません！/ 스미마센.

야투 (일본어) 자기 일이나 똑바로 하지 그래, 이년- / お前の 黙って働け。くそ- / 지분노 시코토 쿠라이 키칭토 야랑카? 코노 쿠소.

요시오 (일본어) 하녀랑 그만 떠들고 빨리 집중해. 그림은 이미 다 그렸다고. / さっさと 集中しろ！作戦は もう 完成してるんだ。/ 삿사토 슈우츄우시로! 삭셍와 모오 캉세이시테룬다.

요시오 어떤 방식으로든 내 작전에 방해가 된다면 모조리 죽여버릴 거다. 알아들어?/どんな 形であれ 私の 作戦に 害をきたすようであれば 容赦な く 殺してやる。わかったか？わかったか! / 돈나 카타치데아레 와따시노 삭센니 가이오 키타수요우데아레바 요오샤나쿠 코로시테야루. 와캇타카? 와캇타카?!

야투가 비는 듯이 고개를 끄덕끄덕 거린다. 요시오, 야투를 풀어준다.

야투 (일본어) 대장. 미국령 필리핀, 네덜란드령 동인도 제도, 영국령 말라야, 보르네오, 홍콩 중에 어디를 직접 지휘하실 겁니까?/ 大将，アメリカ領フィリピン゛オランダ領゛東インド゛イギリス領マレ＿半島゛ボルネオ゛香港のうち どこを直々に 指揮なされますか?/ 타이쇼오. 아메리카료 휘리핀, 오란다료 히가시인도, 이기리스료 마레에한토오, 볼네오, 홍콩노우치 도코오 지키지키니 시키나사레마스카?

요시오 (일본어) 어디로 가면 좋을 것 같나? / どこがいいと思うか? / 도코가 이이토 오모우카?

야투 (일본어) 저는- / えっと… / 엣토….

요시오 (일본어) 난 바다가 좋다. 몇 주 동안 물만 보다가 지평선을 찾으면 나를 환영하는 기분. 뭐, 이번에 향하는 곳은 우리 군대를 환영하진 않겠지만./ 私は 海が 好きだ゜何週間も海に 居ながら 地平線を 見つけると゛私を 歓迎して くれているような 気分に なるんだ゜まあ゛今回は 我が軍を 歓迎しては くれない だろうけどな゜/ 와타시와 우미가 스키다. 낭슈우캉모 우미니 이나가라 치헤에셍오 미츠케루토, 와타시오 캉게에시테 쿠레테이루요오나 키분니 나룬다. 마아, 콩카이와 와가궁오 캉게에시테와 쿠레나이 다로오케도나.

야투 (일본어) 그래서, 어디…?/ といいますと゛どこに…? / 토 이이마스토, 도코니…?

요시오 (일본어) 말라야로 간다. 영국령 말라야! 바다가 예쁘더라고./ マレ＿に 行く゜イギリス領 マレ＿半島！海が きれい

だった。/ 마레에니 이쿠. 이기리스료 마레에한토오! 우미가 키레에닷타.

S.F (일본어) 작전개시는 언제쯤 생각하고 계십니까?/ 作戦開始はいつごろお考えですか / 사쿠센카이시와 이츠고로 오칸가에데스카

야투, 어이가 없다는 듯이 분노하며.

야투 (일본어) 기밀사항을 묻다니! / 機密事項を聞くなんて! / 키미츠지코오오 키쿠난테!

야투, 총을 꺼내어 스노플라워에 겨눈다.

야투 (일본어) 뭐하는 짓이야! 이 미친 년-! / 何やってんだよ! このくそが!!/ 난 얏테다요! 코노 쿠소가!

총소리가 들린다.

요시오 나수, 총을 쏜다.

요시오 (일본어) 나 오늘은 피를 보고 싶지 않아. 새로운 지평선을 발견하게 되면, 그 순간부터 피를 많이 보게 될 테니까. 비린내 가득한 피바다. 그러니까 오늘은 좀 집중 좀 하게 가만히 좀 있어라./ 今日は 血を 見たくない。新しい 地平線を 見つければ その 瞬間から 血を たくさん 見るじゃないか。血なまぐさい 海。だから 今日は おとなしくしてろ。/ 쿄오와 치오 미타쿠나이. 아타라시이 치헤에센오 미츠

케레바, 소노 슈캉카라 치오 탁산 미루쟈나이카. 치나마구사이 우미. 다카라 쿄오와 오토나식 시테로. (야투에게) 머리 좀 식히는 게 어떤가? 중령./ 頭冷やしたらどうだよ? 中佐° / 아타마 히야시타라 도오다요? 추우사.

야투, 분하다는 듯이 밖으로 나간다. 스노플라워에게 눈치 준다.
요시오, 뒤로 돈다. 뒤에 일본 시민들의 흑백 영상과 군중들의 환호 소리 들린다.

요시오 (일본어) 때 오면 볼게. 때 오면./ 時が 来たら 嫌というほど見ることに なるさ°時が来たら° / 토키가 키타라 이야토유우호도 미루코토니 나루사. 토키가 키타라.

요시오, 스노플라워 퇴장.

4장

1942년 초, 싱가포르 섬, 아드난과 소피아의 새집

소피아, 아드난, 하수업에서 등장.

소피아 당신 진짜 오랜만에 집에 있네. 좋다

아드난 나도. 간만에 휴가 얻었는데 집에만 있어도 괜찮아? 어디 나갈까?

소피아 아니야. 그냥 같이 있는 것만도 좋아.

아드난 나도 좋아. (소피아를 앉힌다)

소피아 (배를 만지며) 어!

아드난 왜 어디 아파?

소피아 방금 뭔가 움직였어!

아드난 지, 진짜?! 태동인가? 만져 봐도 돼? (만진다)

소피아 느껴져?

아드난 아무것도 안 느껴지는데?

소피아 진짜?

도미 등장.

도미 대위님, 손님이 오셨습니다.

아드난 누구?

메이저 준장 등장. 아드난 대위, 준장에 경례한다.

아드난 준장님!

준장 그래, 대위. (도미를 보며) 어려 보이는데 소속이 어디인가?

아드난 준장님. 연합군 소속 소년병입니다.

도미 제1말레이 보병여단, 제 1대대, C중대에 복무하고 있는 17살 도미라고 합니다!

준장 고생이 많다. (소피아를 보고) 부인도 계셨군요. 대위 날씨도 선선한데 나가서 좀 걷지.

아드난 예 알겠습니다. 도미, 소피아를 좀 돌봐줘.

도미 예 대위님.

준장 도미 자네도 같이 걷지.

소피아 (사이) 그냥 혼자 있을게.

준장, 아드난, 도미 밖으로 나온다.

아드난 무슨 일로 직접 오셨습니까?

준장 (무거운 한숨을 쉰다) 무거운 소식을 가져왔다….

아드난 예?

준장 일본 우리쪽 첩보원이 보낸 편지다.

스노플라워 등장.

S.F 연합군에게, 스노플라워입니다. 급한 소식이 있어 남깁니다. 일본이 말라야반도에 대규모 침공을 준비하고 있습니다. 그들의 최종 목표는 싱가포르섬으로 영국령 말라야에서 연합군을 섬멸한다는 계획을 세우고 있습니다. 일본의 배후에는 나치 독일, 이탈리아가 있고 일본의 군사력 또한 충분히 강합니다. 일본 제 25군 사령관 요시오 나수 중장이 이번 작전의 지휘관을 맡았습니다.

S.F 현재 일본군의 준비상태로 미뤄보아, 3개월 내로 말라야에 침공이 가능할 것으로 보입니다. 일본이 이번 공격을 철저히 준비하고 있습니다. 시간이 없습니다. 이 보고가 연합군 전체에 전달될 수 있게 서둘러주시기 바랍니다.
추신. 이 서신이 아마 마지막이 될 것 같습니다. 무운을 빕니다.

스노플라워 퇴장.
메이저 준장, 아드난을 향해 몸을 돌린다.

아드난 마을에 퍼진 소문이 사실이었군요. 전쟁이 다시 시작된단 말입니까?

준장 영국은 오늘 자정부터 싱가포르의 국경을 닫기로 결정했다. 그 후엔 오직 군사의 출입만 가능하다. 이 섬에 있는 모든 연합군에게 소식 전달하려 하고 있지만 시간도, 인력도 부족해. 그래서 말인데, (도미를 보고) 자네가 도움을 줬으면 좋겠네. 할 수 있겠나?

아드난 도미.

도미 (두려움을 억누르고) … 네 최선을 다하겠습니다. (준장에게 경례)

준장 그래 부탁한다.

도미, 연합군 대원이 적힌 서류를 들고 뛰어 나간다.

준장 기회를 주겠다.

아드난 무슨 의미이십니까.

준장 모든 전입자들은 선택할 수 있다. 이곳을 떠날 건지, 남을 건지. 물론 남기로 하면 영국 입장에선 더할 나위 없겠지만. 다른 군인들도 그렇지만 대위한테 지키고 싶은 사람이 있을 거 아닌가. 국가, 부모, 연인, 자식, 뭐 여러 가지가 있을 수 있겠지. 그래서 선택이라도 할 수 있게 도와주는 거다. 이곳은 싸움의 최전선이 될 거다. 원한다면 소피아 부인을 다시 메인랜드로 데려갈 수 있게 조치해두겠다. 둘이 같이.

아드난 지금 당장 떠나라는 말씀이십니까?

준장 선택하라는 거다.

아드난 (사이) 저 곧 아버지가 됩니다.

준장 나머지는 우리에게 맡기고 대위는 가족을 지켜라. 결코 망신스러운 것이 아니야.

아드난 제가 떠나면, 저 대신에 누굴 보내실 겁니까? 도대체 누가 저 대신에 목숨을 바쳐야 하는 겁니까? 준장님, 떠나는 것으로는 제 사람들을 지킬 수 없다는 거 알고 계시지 않습니까. 일본은 싱가포르를 점령하고 곧바로 말라야로 넘어갈 겁니다. 그땐, 손 쓸 틈도 없이 모두를 잃을 것입니다. 지금 당장 막아야 합니다. 말라야까지 넘어가지 않도록.

준장 여기 남아있겠다는 소리인가? 대위, 여기는 최전선이다. 다시 가족을 만날 수 있을 거라고 장담하지 못하는 최전선.

소피아, 나간다.

아드난 오늘이 아니면 민간인은 언제부터 이동 가능합니까?
준장 전쟁이 끝나야 가능하겠지.
아드난 그럼 소피아는….
준장 안전하게 오늘밤 안에.

아드난, 발을 세게 구른다.

준장 대위. 그동안 정말 충직하고 용감한 군인이었다. 떠나는 것이 나라를 배신하는 게 아니야. 그동안 수고 많았다.

소피아, 급히 들어온다.

소피아 누가 떠나요? 누가 떠나냐구요?
아드난 메이저 준장님이. 준장님이 떠날 거야. 급한 일이 생겨서 먼저 가봐야 한다셔. 맞습니까 준장님?
준장 (헛기침을 하며) 어어 그래요. 이제 가봐야겠습니다.
아드난 조심히 들어가십시요 준장님.
준장 잘 선택해. 시간이 없다.

메이저 준장, 퇴장.
아드난, 소피아를 천천히 응시한다.
소피아, 아드난에게 뛰어간다.

아드난 뛰지 마.

소피아 두 사람 무슨 말 한 거야? 심각한 일이야?

아드난 아니야 신경 쓰지 마. 아무 일도 아냐.

소피아 아무 일도 아니긴, 말을 해봐 무슨 일인데.

아드난 여보 괜찮아. 일단… 아니야. 들어가자.

소피아 여보! 제대로 말해. 뭘 숨기는 거야.

아드난 … 여길 떠나.

소피아 뭐? 떠나라니 어디로?

아드난 말라야로. 시간이 없어.

소피아 당신은? 아니 이유를 말해.

아드난 소피아. 제발 나중에 말해줄 테니까.

소피아 당신은.

아드난 곧 따라 갈게. 일단 먼저 가 있어.

소피아 제대로 말 안 해줄 거면 나도 안 들어.

소피아, 집으로 들어간다. 아드난 따라간다.

아드난 소피아! 제발 말 좀 들어! 여보!

소피아 그럼 좀 솔직히 말해!

아드난 전쟁이 벌어진대. 상황이 많이 위험해졌어. 이제 이곳에서 평화는 끝이야. 이 섬을 빨리 떠나 소피아.

소피아 그럼 당신은? 나만 혼자 가라고? 내가 그렇게 갈 것 같아 혼자서?

아드난 정신 차려 소피아! 여기가 최전선이 되면 아이도 너도 안전하지 못해.

소피아 너야말로 정신 차려. 홀몸도 아니고 내가 어떻게 남편을 전쟁터에 내버려두고 가.

아드난 난 군인이야. 언제든 전쟁에 투입될 수 있다고. 넌 그렇지 않아 소피아. 그러니까 꼭 떠나.

소피아 그래 너 군인이지. 근데 난 군인 아니거든. 나한테 명령 같은 거 하지 마.

아드난 뭘 어쩌겠다는 건데!

소피아 같이 가. 분명 내가 도움 될 일이 있을 거야.

아드난 여보.

소피아 간호병력 부족하잖아. 내가 할 수 있어.

아드난 임신한 몸으로는 무리야

소피아 병사들 치료하는 것 정도는 충분히 할 수 있어.

아드난 소피아! 너도 잘 알잖아. 정말 죽을 수도 있다고!

소피아 그럼 넌! 그래 나도 잘 알아. 근데 나 싱가폴로 올 때부터 각오했어. 상황이 어떻게 되건 당신 옆에 있는 게 나아서 온 거야. 당신은 당신이 지키려는 거 지켜. 난 내가 지킬 수 있는 거 지킬 거니까.

아드난 제발 좀 현실적으로 생각해! 네 몸 하나 건사하기 힘든데 네가 거길 가서 뭘 하겠다는 거야.

소피아 내가 알아서 해! 같이 가! 아니 그냥 그럼 나랑 도망 가. 어? 나랑 같이 가자.

아드난 소피아!!

아드난, 소피아의 짐 가방을 챙긴다. 소피아 가방을 붙잡는다.

소피아 놔. 하지 말라고!

아드난 아이를 생각해! 뱃속 아이는 지켜야 될 거 아니야!

두 사람은 길게 눈을 맞추다가 소피아 가방을 들고 짐을 싸기 시작한다.

소피아, 주저앉아 흐느끼고 아드난 소피아를 안는다.

도미, 뛰어들어 왔다가 아드난과 소피아를 보고 천천히 걸음을 멈춘다.

아드난, 도미를 인지하고 천천히 일어난다.

도미 대위님….

아드난 도미. 소피아와 함께 말라야로 떠나.

도미 그럼 대위님 혼자 여기 남으신다는 겁니까…? 대위님 아직 결정을 내리지 못한 대원들도 있습니다…!

아드난 일본군이 쳐들어오면 민간인들이 다 죽어… 함께 떠나….

사이.

아드난 우선 소피아를 잘 바래다주고 와. 부탁해 도미. 넘어지지 않게 (사이) 밝은 길로 걸어.

도미 알겠습니다. 소피아 부인은 제가 잘 데려다드리겠습니다.

소피아 가다가 멈춰서 아드난을 바라보며.

소피아 아드난. (사이) 우리 기다릴게.

소피아 퇴장한다.

도미 저는 대위님과 함께 우리 말라야를 지키겠습니다. 다시 돌아오겠습니다.

아드난, 도미를 붙잡으려 하지만 도미는 이미 갔다.

도미 퇴장.

아드난 뛰어나갔다가 0단 등장.

요시오, 등장. 의자에 앉는다.

아드난 신이 정말 인간에게 견딜 수 있는 만큼의 시련만 주는 거라면, 이번에 날 너무 과대평가하시는 건가 싶다. (요시오와 눈을 마주친다) 안 그러길 바랐는데 결론이 자꾸-

요시오 (일본어) 결론이 분명히- / 結局 は 明らか な / 켓겨쿠 와 아키라카 나-

아드난 비극 쪽이네.

요시오 (일본어) 나의 승리가 될 것이다. / 私 の 勝利 と なるであろう。/ 와타시 노 셔우리 토 나르데라로.

브릿지 IN.

아드난, 요시오 퇴장.

조명 어두워진다.

5장

싱가포르 섬, 메이저 준장의 사무실

무대 한쪽 긴 책상이 있다. 메이저 준장 등장.
조명 밝아진다.
전화벨 소리 두 번 울리면 준장 전화를 받는다. 분노한다. 통화를 몇 초 이어나가다가 전화를 끊는다.
아드난 등장.

아드난 준장님.

메이저 준장, 책상 위 서류를 심각한 표정으로 보고 있다.

준장 무슨 일이지?
아드난 아무래도 더 이상 못 버틸 것 같습니다 준장님. 탄약이 몹시 부족하고 수류탄도 다 떨어져갑니다. 지원병력은 대체 언제 도착합니까?
준장 안 와.
아드난 예?
준장 퇴각 명령이다. 영국 정부가 싱가포르 섬을 일본에 넘기기로 결정했다. 대위는 퇴각명령을 따르길 바란다.

아드난 포기한다는 말씀이십니까?

준장 상부에서 떨어진 명령이야. 방금 전화가 왔다. 나도 어쩔 수 없다.

아드난 거부합니다.

준장 뭐라고?

아드난 항복 못합니다. 절대 할 수 없습니다. 준장님.

준장 대위, 지금 군인으로서 해서는 안 될 말을 내뱉었어.

아드난 피터, 압둘라, 파이즈, 제이슨, 샘-

준장 뭘 말하는 거야 대위.

아드난 (더 크게) 아흐마드, 아담, 토마스-

준장 지금 뭘 하고 있냐고 물어봤잖아!

아드난 수많은 병사들이 목숨을 잃었습니다. 지금 퇴각하면 그들의 희생은 뭐가 됩니까? 도대체 저희는 뭘 지킬 수 있는 겁니까? 지금 저희가 포기하면 더 많은 사람들이 목숨을 잃게 될 겁니다. 절대 항복 못합니다.

준장 밖에 일본군만 13,000명이 주둔하고 있어. 여기 수비대는 오로지 대위와 C중대원들만 있다고. 여기서 뭘 할 수 있는데 계속 싸운다는 건가. 기적? 기적을 바라나? 설마 승리는 아니겠지.

아드난 실낱같은 기적이라도 잡을 수 있다면 끝까지 포기하지 않을 겁니다.

준장 대위, 병사들을 당장 철수시키게.

아드난 못합니다.

준장 (책상을 쾅 두드린다) 퇴각해야 살 수 있어. 너희를 살리려고 내린 결정이야.

아드난 그렇다면 함께 싸워주십시오. 그래야 살아남더라도 남은 생이 살만하지 않겠습니까.

준장 (긴 사이) 그래. 나가. (사이) 전진해라. (사이) 아드난 대위. 역사는 내 이름을 기억할거다. 명령에 불복종한 군인으로. 알아듣나?

아드난 그리고 저는 그렇게 만든 자로 역사에 남지 않겠습니까.

1장과 같은 굵직한 대포 소리 우렁차게 울린다.

6장

싱가포르 섬, 전쟁터

아드난과 도미 무대 끝과 끝에서 총을 들고 잠복해있다. 뒤쪽으로 일본군이 지나가는 소리를 듣고 긴장하는 아드난과 겁에 질려 있는 도미.

아드난 도미, 정신 차려. 정신 차리고 내 뒤로 따라 와.

아드난과 도미 바깥으로 이동한다.
일본군 포위망을 넓혀 수색한다. 들키지 않게 더 고개를 숙이는 아드난과 도미.

아드난 도미, 날 믿고 따라와.

아드난 이동한다. 도미 겁에 질려 선뜻 따라 가지 못하고 총소리, 아드난 쓰러진다.

도미 대위님! 대위님 괜찮으십니까? 일본군에게 포위되었습니다. 지금 당장 도망가야 합니다 대위님. 승산이 없어 보입니다 대위님.

코러스 등장.

아드난 도미 내가 하는 말 잘 들어. 이 전쟁은 이길 수 없는 싸움이 되었다. 내가 시간을 벌 테니까 넌 그 사이에 얼른 도망가.

도미 무슨 소리이십니까 대위님. 저 혼자 떠나면 대위님은 어떻게 되는 겁니까. 안 됩니다. 저 절대 혼자 못 갑니다.

아드난 시간이 없어 도미. 곧 따라 갈 테니까. 먼저 가서 기다리고 있어.

도미를 출구로 데려가는 아드난, 도미는 가지 않으려고 한다. 일본군이 그들을 포위한다.

도미 안 됩니다. 안 됩니다. 저 떠나면 대위님 분명히 죽게 되실 겁니다. 대위님, 함께 도망치면 안 되는 겁니까. 대위님! 대위님!!

아드난, 도미의 멱살을 잡는다.

아드난 도미, 정신 차려. 둘 다 죽어 봤자 아무 소용없어. 가서 소피아를 돌봐줘. 꼭 살아남아서 이 편지를 소피아한테 전해줘. 할 수 있지, 도미?

당황한 도미, 계속해서 주저한다.

아드난 (강하게) 가, 빨리 가라고!

도미 죄송합니다, 대위님. 죄송합니다.

도미 퇴장. 코러스 2명 따라 나간다.

나머지 코러스 3명, 아드난을 막는다.

코러스, 아드난을 공격한다.

아드난, 쓰러진다. 코러스 퇴장.

포박 되어 있는 아드난 대위의 모습을 비추는 핀조명.

요시오, 야투 등장. 야투, 아드난의 머리채를 잡는다.

배경 자막.

요시오 (일본어) 반갑다, 아드난 대위./ うれしい´アドナン大尉° / 우레시, 아드논 타이이.

아드난, 고개를 속인 채 말이 없다. 야투, 아드난의 머리를 잡아 고개를 들게 한다.

야투 (일본어) 대답해, 이 새끼야./ 答える 野郎° / 코테이루 야로

아드난 꺼져, 이 새끼야.

요시오, 편지를 꺼내 읽는다.

요시오 Dear Sophia….

아드난 (강하게) 이 개새끼야. 너 그거 뭐야. 내놔. 내놓으라고! 도미… 도미… 대체 뭘 기다리는 거야… 날 빨리 죽여라!

요시오, 고개를 조용히 끄덕이고 총을 아드난 머리에 겨눈다. 총소

리가 들린다. 아드난 아직 살아있다.

요시오 (일본어) 걱정마라. 널 확실히 죽여줄 테니까. 너무 급할 거 없잖아. 널 위해서 특별하게 아주 처참한 죽음을 맞게 해주겠다./ 心配するな。君は 確実に 殺してやる。だが、すぐ楽になれるとは 思うなよ。君のために 特別に、すこぶる悲惨な 死を 迎えさせて あげよう。/ 싱파이수루나. 키미와 카쿠지추니 코로시테야루. 다가, 수구 라쿠니나레루토와 오모오나요. 키미노타메니 토크베츠니, 수코부루 히산나 시오 무카에사세테 아게요오.

야투 (일본어) 대장, 지금 당장 처형하는 것이 더 빠르지 않습니까?/ 大将, 今 すぐにでも処刑するのが より 早くは ないでしょうか?/ 타이쇼오, 이마 수구니데모 쇼케이수루노가 요리 하야쿠와 나이데쇼오카?

요시오 (일본어) 지난 이틀 동안 대위가 지휘한 그 작은 소대가 감히 대일본제국의 군인들을 기다리게 만들었다. 대일본제국의 명예를 위해서도 대위에게는 특히 처참한 죽음을 선사해야지./ この 二日間 この 大尉が 指揮した 小さな 小隊が、勇ましくも 大日本帝国の 軍人たちを 待たせたのだ。大日本帝国の 名誉の ためにも、大尉には 特に 悲惨な最期を 贈ってやらねば。/ 코노 후추카캉 코노 타이이가 시키시타 치이사나 쇼오타이가, 이사마식모 다이닛폰테이콕노 군진타치오 마타세타노다. 다이닛폰테이콕노 메에요노 타메니모, 타이이니와 토쿠니 히산나 사이고오 오쿳테야라네바.

야투 (일본어) 천황폐하의 앞길을 막으려는 자에게 벌을 내리시

죠 대장!/ 天皇陛下の 行く手を 阻まんと した者に 罰を 下しましょう, 大将！/ 텐노오헤에카노 육테오 하바만토 시타모노니 바츠오 쿠다시마쇼오, 타이쇼오!

요시오, 일어서서 크게 웃으며 어둠 속으로 퇴장. 일본군의 다시 시작한다.

아드난, 하늘을 잔잔히 올려다본다.

아드난 황금빛… 찬란한 오후… 그때도… 내 생에 가장 찬란했던 날들… 아직도 그날 생생하게 기억나.

야투 (일본어) 뭐라는 거야./ 何を 言ってるんだ゜/ 나니오 잇테른다.

야투, 아드난의 몸을 여러 번 쏜다. 마지막으로 총을 아드난 머리를 겨눈다. 총소리.

암전.

막 장

말라야

조명 들어온다.

소피아, 교실에서 수업을 가르치고 있었다.

소피아 오늘은 많이들 못 왔네. 다들… 조심히 다니고 있는 거지? 자 수업 시작할게요. 불과 20년 전, 전 세계가 전쟁 속으로 뛰어들었어. 다들 알다시피 우리 말라야는 피해갔지. 운이 좋았어. 전쟁이 발발한 그 첫해 동안 우리가 당연시 여기던 모든 일상은 사실 부서지기 쉬울 뿐만 아니라 무력하기까지 하다는 사실을 온 세상이 알게 됐어. 생명을 잃고 소리 없이 누워있는 육체들, 참호를 가득 메운 그 육체들 속에서 자신의 가족을 찾으려는 사람들.
흔히 사람은 다른 사람의 고통이 자신과 연관되어 있다는 사실을 잘 받아들이지 못하지. '이런 일이 나에게는 일어나지 않을 것이다. 나는 아프지 않다. 나는 아직 죽지 않는다. 나는 전쟁터에 있지 않다.' 지금 이곳은 전쟁터가 아니죠. 하지만 날이면 날마다 바로 옆 싱가포르에서는 전쟁의 폭력적인 소식이 들어옵니다. 하지만 우리는 '아 정말 끔찍해' 그리고는 일을 나가요. 수업을 받고. 그곳은 여기서 몇 백 킬로미터밖에 떨어지지 않았는데 안전이라는 특권을 누리는 우리와 저기서 고통을 받고 있는 우리 말라야 병사들이 똑같은 지도상에 존재하고 있다는 사실. 두려움에 적응하지 말고, 잠시 비껴갔다고 안주하지 말고, 저기서 고통 받고 있는 그들에게 연민만을 베푸는 것을 그만두는 것. 그게 바로 우리의 과제야.

아이샤, 등장.

아이샤 소피아….

소피아 아직 수업 중이어서요.

아이샤 ….

소피아 오늘 수업은 여기서 마치도록 할게요. 다들 곧장 집으로 돌아가.

아이샤 (긴 사이) 영국이 일본에 항복했어요.

소피아 그래서 연합군 애들을 철수시킬 거죠? 이제 돌아올 수 있겠죠?

아이샤 C중대는 끝까지 싸웠대요. 모두 다.

소피아 그게 무슨 말씀이시죠?

아이샤 아드난 대위가 지휘한 C중대는 퇴각 명령을 거부했고 전쟁터에서 끝까지 싸웠어요. 하지만, 아무도 (사이) 살아남지 못했어요.

소피아, 믿을 수 없다는 표정을 진다. 악몽에서 깨어날 수 없는 듯이 긴 시간 동안 몹시 괴로워하며 운다. 긴 사이 동안, 침묵.

소피아 약속했잖아… 아드난! 내 얼굴 보고 말한다며, 다시 나타난다며 내 앞에! 우리한테 약속했잖아.

소피아, 배를 만진다. 배가 매우 아파오기 시작한다. 소피아 고통스러워 울부짖는다.

아이샤 괜찮아요? 소피아!! 어떡해. 소피아! 누가 좀 도와줘요!

조명이 어두워지고 소피아, 아이샤 퇴장.

손자, 늙은 도미 등장. 도미, 휠체어에 앉는다. 손자, 휠체어를 밀고 들어온다.

도미 전쟁이란 이런 거야… 이기든 지든 모든 사람들이 수많은 죄책감 속에서 남은 삶을 보내는 거… 그 사람… 나 때문에 모든 걸 잃었어… 대위님은 날 살리려고 목숨을 바쳤다. 근데 난… 근데 난 그깟 편지 하나 지키지 못했어… 겁쟁이였지… 내가 그때 조금만 더 용기를 냈었다면… 조금만 겁내지 않았더라면… 모두가 살아남을 수 있었을까? 매일 매일, 하루 또 하루 스스로에게 질문을 던져 봐도 달라지는 게 없어… 제일 비참한 게 뭔지 아나? 난 다시 그 때로 돌아가도 같은 선택을 했을 것 같다는 거야….

손자 그렇다고 해도, 그동안 할아버지가 우리 가족한테 했던 짓에 대해 책임이 사라지진 않아요. 할아버지는 늘 그냥 빈자리만 남겼으니….

도미 날 원망해도 된다. 근데 제발 이 편지만은, 이 편지만은 원래 주인에게 돌려줘라.

손자 알겠어요. 근데 이 편지를 잃어버린 사람은 할아버지였어요. 그 사람한테 마지막 부탁을 받은 사람도 할아버지였어요. 그러니 할아버지 이젠 그만 죄책감에서 벗어나시고 저랑 함께 그분을 뵈러 가요.

소피아, 무대 한편에 실루엣으로 등장한다. 손자와 도미는 소피아인지 소피아의 가족인지 모를 누군가와 마주한다. 도미는 그 누군가와 마주하고 일어서 천천히 다가가다 무릎을 꿇고 오열한다.

도미 미안합니다… 죄송합니다… 내가 미안합니다…. (조명 꺼질 때까지 반복)

암전.
아드난 독백 나온다.

아드난 (독백)
Dear. Sophia
너에게 하고 싶은 말이 많은데 이 편지 한 장에 다 전할 수 있을지 모르겠어.
마지막 너의 뒷모습을 생각하면 가슴이 답답하고 무거워.
널 그렇게 떠나보내서, 곁에서 지켜주지 못해서 미안해.
이 모든 일들이 거짓말처럼 끝나 다시 널 품에 안고 싶다.
사랑해.
안녕, 소피아.

– 막

작가의 말 | Avelyn Lim Kit Mun | 린재원

With the help of many people, I was able to wrap up the creation of my first play - in a different language at that - with a warm and gratified heart. I am truly humbled by everyone who has lent a helping hand in translating and giving literary advice, support and encouragement in the process of making 'Merdeka'. The honour of bringing a piece of Malaysian history up on stage to the wonderful theatre of the University has been a true privilege. The feeling of writing and directing my first play in a foreign country, in a language I've yet to master with the presence of a community I still have so much to learn from has been such a mixed experience, and all the more extraordinary and special. I am truly grateful, forever humbled.

Thank you.
Avelyn Lim Kit Mun

To my mother, for countless support calls and shoulders

to cry on.

저를 도와주신 모든 분들께 진심으로 감사드립니다. 인생의 새로운 선을 넘으면서 겪은 어려움의 와중에, 제 옆에 늘 서 주신 모든 사람들을 잊지 않겠습니다. 감사합니다.

블랙아웃(BLACKOUT)

박영규/박준범 지음

등장인물

정화	이다해
태훈	강정묵
무당	편해준
검사	안은호
지성	박건수
수진	김소윤
수영	정예지

#오프닝

빗소리가 들린다.

〈영상〉 눈동자 하나가 무대에 나타난다.
무대 중앙, 태훈은 기도중이다.

〈영상〉 불규칙한 이미지의 눈들이 하나둘씩 나타난다.

무당 등장.
무대의 기운을 탐지하던 무당, 태훈을 발견하고 굿을 준비한다.

〈영상〉 불규칙한 이미지의 눈들이 무대 전체를 뒤덮는다. 정화가 태훈을 여행용 트렁크에 가두는 모습, 태훈이 망치로 누군가를 내리치는 모습, 웃고 있는 수진, 망치질하는 태훈, 웃는 수영, 망치질하는 태훈, 웃는 정화, 쇠망치를 들고 있는 정화의 손 위로 흐르는 피(이 부분은 다른 컷들보다는 조금 길게)가 차광막 공장의 기계 돌아가는 인서트들과 교차 편집된다.

거울 앞에서 절을 올리는 무당, 태훈에게 굿을 시작한다. 무당의 굿이 고조되면 태훈은 이상행동을 한다. 태훈의 행동은 누군가에게 혼나고, 움츠리는 등 폭력을 피하는 행위들이다. 무당의 굿이 절정에 이르면, 태훈도 누군가에게 빙의된 것처럼 무당과 같은 움직임을 한다.

천둥이 친다.

암전.

#1. 취조실 1

태훈, 꼿꼿한 자세로 의자에 앉아있다.

검사 등장.

검사 이름?

태훈 김태훈입니다.

검사 나이?

태훈 35살입니다.

검사 직업?

태훈 심리상담사입니다.

검사 왜 죽였어?

태훈 안 죽였습니다.

검사 이대로 기소되면 넌 최소 15년이야. 감옥에서 15년은 네가 생각하는 것보다 길어. 자백하면 내가 감형 받게 도와줄 수 있어.

태훈 자백할 게 없습니다.

사이.

검사 왜 죽였어?

태훈 기억이 없습니다.

검사 사람이 죽었는데 기억이 없다?

태훈 정말입니다.

검사 마지막이야. 왜 죽였어?

태훈 정말 기억이 없습니다.

사이.

태훈 저도 죄를 지었다면 벌을 받고 싶어요. 정말로요. 그런데 필름이 끊긴 것처럼 기억이 안 납니다. 단편적인 장면들이 스치긴 하는데 그냥 끔찍한 기분만 들어요. 경찰은 제 말을 믿지 않았구요.

검사 그래서?

태훈, 검사에게 다가간다.

태훈 도와주세요.

검사 난 믿을 것 같아?

사이.

태훈 검사님이 어떤 과거를 가지고 있느냐에 따라 다르겠죠.

사이.

검사 경찰 조서를 보면, 8월 8일 21시에 무당과 함께 어머니를 위한 천도제를 준비하고 있었다고 답했던데. 여기까진 기억해?

태훈 네.

검사 천도제가 뭐야?

태훈 어머니를 좋은 곳으로 보내는 제사입니다.

검사 좋은 곳?

태훈 네.

사이.

검사 재밌네.

태훈 … 재밌습니까?

검사 (무시하며) 단둘이 있었지? (태훈이 대답이 없자) 무당하고 너하고 단둘이 있었지?

태훈 네.

검사 시신은 여행용 트렁크에서 발견됐어. 기억나는 건?

태훈 없습니다.

검사 단편적으로 스친다는 장면은 뭐야?

태훈은 허공을 응시한다.

〈영상〉 피 묻은 정화의 손, 트렁크, 대못을 박는 태훈, 작동중인 기계들.

태훈 핏자국-, 타는 냄새-, 불길-. 그리고, 그리고-

검사 (태훈의 말을 끊으며) 무당과는 무슨 관계야?

태훈 어머니께서 친분이 있었습니다.

검사 어머니와 친분이 있으셨다? 어머니가 무당과 무슨 원한이라도 있었나?

태훈 아닙니다.

검사 어머니는 언제 돌아가셨지?

태훈 (검사의 눈을 뚫어져라 쳐다본다) 몇 개월 됐습니다.

검사 (비꼬듯이) 어머니 이력이 대단하시던데, 어머니는 어떤 분이셨지?

취조실 조명이 아웃되고 정화의 꿈 조명이 들어온다.
태훈, 이전과 분위기가 사뭇 다르다.

태훈 가족에게 헌신적이고 모범이 되시는 분입니다.

사이.

태훈 어머니는 저를 아껴주셨어요. 전 어머니를 정말 사랑했어요.

정화 등장.
임신으로 배가 부른 정화, 몽유병 환자처럼 문쪽으로 향한다. 문 옆 벽에 귀를 대고 무슨 소리가 나는지 듣는 정화.

태훈 어머니와 함께 있을 땐 정말 행복했어요.

〈영상〉 정화가 귀를 기댄 벽에 침대가 영사된다. 정화는 마치 침대에서 옆으로 누운 채 잠을 자는 것 같다.

태훈 돌아가신 후에도 어머니는 늘 저와 함께 있어요. (가슴을 매만지며) 지금도 여기에 있어요.

〈영상〉 키스하는 지성과 수영, 둘을 바라보는 정화.

#2. 정화 1 〈과거〉

'악!' 비명을 지르며 잠에서 깨는 정화. 정장 차림의 지성은 정화의 비명에 놀라 등장한다. 지성은 정화를 진정시키려 한다. 하지만 지성이 다른 여자와 사랑을 나누는 꿈을 너무나 생생하게 꾼 정화는 지성의 옷매무새 여기저기를 수색한다. 다른 여자의 흔적을 찾기라도 하는 듯한 정화의 행동에 지성은 당혹스럽다.

지성 그만해.

정화, 지성의 말을 듣지도 않고 혼잣말을 중얼거리면서 지성의 옷에 든 지갑을 꺼낸다. 지갑을 뒤집자 안에서 떨어지는 것은 카드 몇 개뿐. 아무 것도 나오는 것이 없자 정화는 차분해지기 시작한다.

지성 이제 그만해.

지성은 바닥에 떨어진 물건들을 무덤덤하게 정리하고, 정화의 앞에 선다.

가사도우미 수영 등장. 수영, 정화와 지성의 모습을 보고 어색해 한다.

수영 안녕하세요.

지성　(당황한 듯) 안녕하세요.

수영　오늘은 늦게 출근하시네요?

지성　(어색하게) 아, 네.

정화　(지성을 자신에게 돌려 세우며) 안아줘.

지성　(당황해서) 아이, 지금 어떻게….

정화　지금이 어때서. 안아줘 지금. 당장

지성　왜 그래, 도대체….

수영　전 괜찮아요.

정화, 수영에게 온 신경이 집중되어 있다. 수영은 정화의 뚫어져라 쳐다보는 눈빛이 부담스럽다. 정화, 수영에게 다가간다.

정화　(수영을 쳐다보며) 괜찮아?

수영　네?

정화　괜찮아? 뭐가? 내가 남편한테 안아달라는 게 수영 씨한테 허락을 받아야 하는 건가? 도대체 뭐가 괜찮다는 거지?

수영　아닙니다. 죄송합니다, 사모님.

지성　아니, 당신 뭐하는 거야?

정화　(수영의 죄송하다는 말을 곱씹으며 말꼬투리를 잡는다) 죄송? 나한테 왜 죄송할까? 나한테 잘못한 거라도 있나? 말해봐. 너 지금 나한테 잘못한 거 있어? 말해봐, 너. 왜 말을 못해?

지성　당신 진짜 왜 그래. 죄송합니다, 수영 씨.

정화　죄송하다는 말만 하지 말고, 뭐가 미안하냐고?

지성　(당황해하고 있는 수영에게) 죄송합니다, 수영 씨.

정화　너 어디서 불쌍한 척 하는 거야. 빨리 말 안 해!

지성　수영 씨, 가서 일 보세요.

수영 퇴장.

정화 뭐하는 거야, 지금?

지성 아니, 당신이….

정화 내가 지금 말하고 있는데, 당신이 뭔데 내 말을 끊어버리는… 왜 감싸고도는 거지, 쟤를?

사이.

지성 무슨 말도 안 되는 소리야.

정화 말이 안 돼? 쟤가 나한테 죄송하다잖아. 수상하지 않아? 걔가 나한테 무슨 잘못을 했는지 난 기억나는 게 하나도 없어. 뭔가 나한테 찔리는 게 있는 거지.

지성 아니, 당신 지금 수영 씨한테 왜 그러는 거야?

정화 뭐가 죄송할까? 당신은 알아?

지성 그만하자.

정화 당신은 알고 있어, 그치? 왜 나한테 죄송하다 그러는 건지 당신은 알고 있어.

지성 알긴 뭘 알아. 당신 지금 수영 씨한테 어땠는지 알아? 수영 씨가 무슨 벌레라도 된 것처럼… 아니, 왜 갑질을 하고 그래? 수영 씨가 얼마나 무안하겠어? 수영 씨가 일 관두면 어떻게 하려고?

정화 수영 씨, 수영 씨…. (갑자기 지성의 몸수색을 한다)

지성 뭐하는 거야?

정화 (중얼거리듯) 수영 씨, 수영 씨, 수영 씨….

지성 (정화를 떼어내며) 뭐하는 거야, 지금?

정화 (지성을 노려보며) … 핸드폰 줘봐. (지성의 대답이 없자) 핸드폰 줘보라고.

지성 핸드폰은 왜?

정화 왜 못 줘?

지성 아니, 내 핸드폰을 왜 달라고 하는 거야?

정화 왜? 못 주겠어?

지성 나, 출근해야 해, 지금.

정화 핸드폰 내놓으라고.

지성 가야 된다고.

정화 내 놔.

지성 진짜… (신경질적으로 핸드폰을 꺼내며 주는 척) 이거, 이거 달라는 거야?

정화 그래, 그거.

지성, 정화 앞에서 핸드폰을 바닥에 내동댕이친다. 우당탕 소리에 수영이 놀라서 뛰어온다. 싸늘하게 서 있는 지성과 정화. 수영은 두 사람과 거리를 두고 서 있다.

〈영상〉 핸드폰 전화번호를 표현하는 숫자들이 무대 위에 영사된다.

수영, 핸드폰을 집어 지성에게 준다.

수영 여기 핸드폰.

지성 고마워요.

지성 퇴장.

정화　(비꼬듯이) 참 따뜻한 사람이네, 수영 씨.

수영　(정화에게) 쉬세요, 그럼.

정화　수영 씨.

수영　(나가려는 발걸음을 멈추고) 네?

정화　자기는 뭐라고 입력이 되어 있어? 내 남편 핸드폰에. 나처럼 이름이 아닌 숫자로 돼 있으려나? 모르는 사람처럼?

수영　잘 모르겠네요.

정화　(뜬금없이 예민하게) 야. 너 지금 뭐라고 했어?

수영　네? 잘 모르겠다고 했는데요.

정화　아니 내 면전에 대고 무슨 생각 했잖아 방금.

수영　네?

정화　내 면전에 대고 무슨 생각 했잖아. 무슨 생각 했냐고.

수영　아무 생각 안 했어요.

정화　아니. 넌 무슨 생각을 했어. 생각하는 건 말하는 거랑 똑같은 거야. 무슨 생각 했어?

수영　미친년.

정화의 귀에 '삐-' 소리가 들린다.

사이.

정화　뭐라고?

수영　네?

정화의 귀에 들리던 '삐-' 소리가 멈춘다.

멀리서 아기 울음소리가 들린다.

지성, 출근할 채비를 서두르며 등장.

지성 (정화에게) 나 늦겠어. 태훈이 좀 달래줘. (정화와 수영의 이상기류를 감지하고) 태훈이 좀 가서 달래주라고. 나 출근해야지.

정화, 답이 없다.

지성 수영 씨, 태훈이 좀 달래주세요.
수영 네, 알겠습니다.
지성 고마워요.

수영 퇴장.
정화, 지성이 못마땅하다.

정화 왜, 태훈이를?
지성 태훈이가 지금 울고 있는데 당신이 나 몰라라 하니까 수영 씨한테 부탁한 거 아니야.
정화 (짜증을 참으며) 아… 수영 씨….

지성, 나가려다가 정화에게 다가와 뱃속의 아이에게 말을 건다.

지성 소리쳐서 미안해. 뭐 먹고 싶은 거 있어?

정화, 지성을 외면한다.

지성 갔다 올게.

지성 퇴장.

정화, 생각에 잠긴다.

정화 (수영을 향해) 수영 씨, 부엌에서 타는 냄새 나는데?

수영 (목소리만) 어머, 죄송해요. 지금 가볼게요.

정화, 트렁크를 무대로 가지고 온다. 트렁크를 열고, 그 안으로 고개를 집어넣는 정화.

〈영상〉 트렁크에 고개를 넣은 정화의 얼굴이 화면에 나타난다.

정화 너 때문에 엄마랑 아빠가 자꾸 싸우게 되잖아. 태훈아… 아들. 이제 네가 엄마랑 아빠의 화해를 시켜줘야 되겠지?

정화는 트렁크를 닫는다. 그리고 밟는다.

〈영상〉 차광막 공장의 기계가 돌아가는 모습들이 혼란스럽게 보인다.
옆으로 누워있는 정화의 얼굴, 정화의 발.
천천히 미소 짓는 정화의 얼굴. 공장 기계가 빠르게 편집된다.

암전.

#3. 정화 2

지성, 출근 준비 중. 거울 앞에서 넥타이를 매고 있다.
정화, 침대에 누운 채 지성을 쳐다보고 있다. 지성은 정화의 눈빛이 부담스럽다.

지성 몸은 좀 어때?

정화 그냥.

지성 어디 안 좋아?

정화 괜찮아.

지성 아프면 바로 얘기해. 태훈인 아직 자더라.

지성이 넥타이를 다 매면, 정화가 지성에게 다가간다.

정화 내가 매줄게.

지성 아니야, 다 했어.

정화 당신 나한테 왜 그래?

지성 무슨 소리야?

정화 내가 뚱뚱해져서 매력이 없어?

지성 무슨 소리야 도대체.

정화 내 손길을 왜 자꾸 외면하냐고.

정화, 지성이 맨 넥타이를 억지로 풀려고 한다. 지성은 말리려고 하지만 그럴수록 정화는 죽을힘을 다해서 넥타이 푸는 거에 몰두한다. 말릴수록 정화의 몸짓이 거세지자 뱃속의 아이가 걱정된 지성은 정화가 넥타이를 풀도록 내버려 둔다.

정화 내가 예쁘게 잘 매줄게.

정화, 지성의 넥타이를 매어주다가 갑자기 지성의 넥타이에 시선이 고정된다.

〈영상〉 지성의 넥타이를 매주는 수진.

정화, 지성의 목에 꽉 끼게 넥타이를 조이면서 마무리한다. 갑갑해 보이는 지성을 보며 만족해하는 정화, 지성 가슴에 살포시 고개를 댄다.

정화 맘에 들지?
지성 새 도우미가 올 거야.
정화 누구? 언제?
지성 오늘. 사장님 따님이 며칠 도와주기로 했어.
정화 (경계하며) 사장 딸?
지성 응.
정화 아니, 사장 딸이 뭘 도와줘?
지성 따님이 유아교육과 다니는데 집안일 하시는 분이 관둬서 힘들다 했더니, 새로 사람 구할 때까지 태훈이 돌보는 거 도와주겠대. 마침 방학이기도 하고. 회사 일이 한창 바쁠

시기라. 고맙지.

정화 (지성을 밀치며) 고마워? 사장 딸이면 내가 편히 쉴 수 있겠어? 지금 그걸 호의라고 생각하는 거야? 넌 뇌가 없어? 그리고 애가 와서 뭘 도와줄 수가 있어?

지성 그렇게 화만 내지 마. 사람 구하기가 어디 쉬운 줄 알아?

정화 수영이란 여자 겪어보고도 또 사람 구하겠다는 소리가 나와? 우리 태훈이가 무슨 꼴 겪었는지 당신도 알잖아! 트렁크에 가뒀다고! 우리 태훈이를!

사이.

지성 그 여자가 태훈이를 가둔 게 맞아?

사이.

정화 무슨 뜻으로 하는 말이야?

지성 아니야, 아무 것도.

수영 등장.

수진 안녕하세요, 부장님.

지성 안녕하세요, 수진 씨. 이렇게 와주셔서 감사합니다. 이쪽은 제 와이프.

수진 안녕하세요, 이수진이라고 합니다. 부족하지만 열심히 도와드릴게요.

지성 인사드려. 사장님 따님, 이수진 씨.

정화가 아무 반응이 없자, 지성과 수진은 당황한다. 정화, 수진을 내버려 둔 채 지성을 무대 한편으로 끌고 간다.

정화 저 여자가 여기 왜 다시 왔어?

지성 수진 씨 언제 본 적 있어?

정화 수진은 무슨 얼어 죽을 수진. 수영이 그년이 여기 왜 다시 왔냐고?

지성 무슨 소리야, 그 여자 얘기가 왜 또 나와.

수진 부장님, 이제 출근하셔야죠? 여기는 제가 잘 돌볼 테니 걱정 마세요. 근데 넥타이 급하게 매셨나 봐요? 너무 답답해 보이는데요?

수진은 지성의 넥타이를 고쳐주기 시작한다.

〈영상〉 지성과 수진, 사랑을 속삭인다.

지성 고마워요, 수진 씨. 그럼 잘 부탁합니다.

수진 네, 걱정 마세요.

지성 쉬고 있어. 올 때 맛있는 거 사 올게.

지성 퇴장.

수진 저, 뭘 어떻게 해야 하는지 설명해 주실 수 있으신가요?

정화, 수진에게 가깝게 다가간다.

정화 너 무슨 짓을 한 거야?

수진 왜 이러세요?

사이.

정화 도대체 이렇게까지 하면서 돌아오는 이유가 뭐야?

수진 네?

정화 왜 내 삶에 들어와서 나를 힘들게 하는 거냐고.

수진 아, 저는 부장님이 안쓰러워 보여서 도와주러 온 거예요. 제가 부족하겠지만….

정화 안쓰러워?

수진 기분 나쁘셨다면 죄송해요.

정화 나 다 알고 있어, 너네 두 사람. 내가 좋게 말할 때 정리했어야지, 왜 정리를 못해서 날 이렇게 비참하게 만드는 거야?

수진 지금 무슨 소리를 하시는지 모르겠네요. 뭘 정리하라는 거죠?

정화 (머리띠를 낚아채며) 이 머리띠! 내가 기억 못 할 줄 알아?

수진 도대체 무슨 말씀을 하시는 거예요.

정화 너 자꾸 시치미 뗄 거야?

수진 미친년.

정화의 귀에 '삐-' 소리가 들린다.

정화 뭐? 너 방금 뭐라고 했어?

수진 도대체 무슨 말씀이시냐구요. 부장님이 왜 그렇게 걱정하시고 저한테 미안하다며 신신당부하셨는지 이제 이해가 되네요.

정화 뭐? 네가 뭔데 누굴 이해한다 뭐다 난리야, 네가!

수진 부장님한테 얘기 많이 들어서 잘 알고 있어요. 아내가 집착이 심하고 우울증이 있다고. 그래서 아이랑 단둘이 두면 걱정된다고 했거든요.

아기 울음소리가 들린다.

정화 어디서 누굴 정신병자 취급이야!

수진 그만하시죠, 태훈이 울잖아요.

정화 태훈이? 태훈이가 울든 말든 네가 무슨 상관이야? 네가 무슨 엄마라도 되는 줄 알아?

수진 지금 같아선 제가 아이의 엄마가 되는 것이 아이한테는 낫다는 생각이 드네요. 그냥 여기 계세요. 그게 더 도움 되겠네요.

수진, 트렁크를 가지고 나가려고 한다. 정화, 트렁크를 뺏기지 않으려고 한다. 둘의 실랑이 끝에 수진, 트렁크를 끌고 퇴장.
정화는 수진을 멍하니 바라보고 있다. 멀리서 무당의 방울소리가 들려오기 시작한다.

#4. 굿판

무당, 정화를 빙빙 돌면서 굿을 한다.
수진, 거울 앞에서 옷매무새를 만지며 노래(변진섭 '희망사항')를 흥얼거린다.
정화, 자신에게 주술을 거는 무당을 쫓아낸 뒤 크게 웃는다.

〈영상〉 무당의 목을 조르는 정화.

정화 수진 씨~ 그게 정말이에요?

#5. 정화 3

거울 앞에 있던 수진이 정화에게 다가간다.

수진 네. 사실 그래서 저희 아빠도 공장장님 별로 안 좋아해요. 금방 자를 것 같던데? 그런데 그 순간에 부장님이 나타나셔서 그렇게 하신 거죠.

정화 어머, 지성 씨가 정말 그랬어요?

수진 정말이라니까요. 공장장님 손을 이렇게 딱 낚아채시더니 "뭐 하시는 겁니까?" 여직원들이 속으로 꺄하고 소리를 질렀다니까요?

정화 지성 씨가 그런 면이 있는 줄 몰랐는데.

수진 그러니까요. 부장님 매일 태훈이 얘기밖에 안 하시고 또 승진하신 뒤론 사무실에만 앉아 계시니까 저도 점잖으신 줄만 알았죠. 공장장님 덩치도 이렇게 크신데 겁도 없이 그렇게 하셨다니까요? 공장장님은 당황하셨는데 티 안 내려고 일부러 "뭐야! 새파랗게 어린놈이!" 하고 소리쳤는데, 세상에 부장님께서 거기다 대고 "앞으론 이러지 마십시오" 하고 눈이 이렇게 되셔서 노려보는데 꼭 〈사랑과 야망〉의 이덕화 같았다니까요? 아빠 도시락 주러 갔다가 보고 반해 버렸지 뭐예요?

정화 그랬구나.

수진　사모님께선 너무 좋겠다. 부장님과 결혼해서.
정화　그럼요. 그이는 다정하니까요.
수진　맞아요. 가정적이시고.
정화　수진 씨한테도 금방-
수진　저도 부장님 같은 분 계시면 시집가 버릴 텐데.
정화　금방 좋은 분 생길 거예요.
수진　부장님 같진 않겠죠.
정화　더 멋진 분 나타날 거예요.

사이.

수진　처음엔 죄송했어요. 사실 태훈이한테 그런 일이 있었는 줄 모르고… 사모님께서 예민해지는 게 당연한 건데. 제가 너무 매섭게 몰아붙였었죠?
정화　내가 정신병자라서 그렇지.
수진　네?

사이.

정화　농담이에요.
수진　놀랐잖아요. 앞으론 친자매처럼 지냈으면 좋겠어요.
정화　얼마든지요.
수진　고마워요, 언니.

인기척이 난다.

정화 왔나 보다.

수진은 머리를 어깨 뒤로 넘기고 옷매무새를 정리하는데 상의의 앞섶을 티 나지 않게 살짝 앞으로 당겨 내린다. 정화는 그런 수진을 바라본다. 지성이 들어온다.

수진 오셨어요?
지성 (지성은 수진을 발견한다.) 아직 안 가셨어요?
수진 네, 벌써 시간이 그렇게 됐네요?
정화 왔어?
지성 응. (뱃속의 아이에게) 공주님 아빠 왔어요. 태훈이는?
수진 실컷 놀다가 잠 들었어요.

정화는 수진의 발랄함이 눈에 거슬린다.

정화 오늘 멋졌다면서?
지성 뭐가?
수진 공장장님이랑 있었던 일이요.
지성 별일 아냐.
수진 (지성을 터치하며) 별일 아니긴요. 정말 멋있으셨어요.
지성 너무 늦지 않았어요?
수진 아직 괜찮아요.
지성 밤길도 험한데.
수진 바래다주시게요?

지성은 정화 눈치를 살피며 조금 난처한 기색을 보인다.

수진 농담이에요.

정화 저녁은?

지성 아직. 어, 통닭 사왔어.

정화 안 그래도 생각났었는데.

지성 수진 씨도 먹고 가요.

수진은 정화의 몸을 힐끗 본다.

수진 그럴까요?

지성 그러세요.

정화, 멋쩍은 웃음을 짓는다.

수진 농담이에요. 요즘 살이 좀 쪄서요.

지성 날씬하시기만 한데요 뭘.

수진 늘 신경 써야죠. 그럼, 저 가볼게요.

지성 네.

수진은 소지품과 가방을 챙긴다. 수진은 뭔가를 잃어버린 것처럼 뒤적거린다.

지성 뭐 없어졌어요?

수진 수첩이.

지성 어떻게 생겼는데요?

수진 분홍색 작은 수첩인데, 집에 놓고 왔나 봐요.

지성 찾으면 출근길에 드리든지 할게요.

수진 네. 먼저 가볼게요. 내일 봬요.

지성 네 들어가요.

수진 언니, 저 가볼게요~

수진 퇴장.

지성, 거울 앞에서 탈의한다.

지성 괜찮아?

정화 뭐가?

지성 피곤해 보여서.

정화 수진 씨는 보면 볼수록 사람이 괜찮네.

지성 그래?

정화 태훈이도 이젠 나보다 수진 씨를 더 좋아하는 것 같아.

지성 잘됐네, 다행이다. (지성은 단추를 풀며 셔츠를 벗는다.)

사이.

정화 다행이지.

지성 당신도 수진 씨 오고 더 좋아 보여.

사이.

정화, 지성에게 다가가 상의를 벗기려 한다. 이를 거부하는 지성.

지성 피곤해.

정화, 지성의 말은 듣지도 않고 지성을 향해 애정공세를 펴지만 지성은 완강히 거부한다.

지성 당신 몸에 무리 가면 어떡해.

사이.

지성은 정화의 곁을 어색하게 벗어난다.

지성 나 그냥 씻을게.

사이.

정화 그래. 씻어.

지성 퇴장.

정화 사람 되게 추하네 만드네?

정화는 숨겨놓은 수진의 수첩을 꺼내어 살피지만 별다른 걸 찾지 못한다.

정화 너희들이 언제까지 숨길 수 있을 것 같아? 내가 너희들을 가만둘 것 같아?

#6. 취조실 2

검사 흉터는 차광막 공장 화재 때 생겼나?

태훈 그걸 어떻게?

검사 아버지 돌아가시고 상심이 컸겠어.

태훈 어릴 때라 기억이 없습니다.

검사 내 아버지도 어릴 때 돌아가셨어.

사이.

검사 차광막 공장 화재 사건. 1988년 서울 올림픽이 끝나고 난 후 대한민국을 들썩이게 만든 사건이었지. 공장 화재로 사장 일가족을 비롯한 모든 직원이 사망, 생존자는 너와 어머니 단둘.

태훈 네. 어머니가 절 구하시고.

검사 방화 용의자로 지목됐지.

사이.

태훈 그 사건을 왜 지금 꺼내는 거죠?

검사 맞잖아. 물론 증거는 없었지만. 그땐 그랬대. 의심 가는 사람 앉혀놓고 없는 죄까지 다 불게 만드는 거야. 하지만 예상과 다르게 어머니가 좀처럼 입을 열지 않자 경찰들은.

태훈 무능한 경찰들은 졸지에 과부가 된 우리 어머니를 압박했고, 결국 스트레스를 이기지 못한 어머니께서는 뱃속에 있던 제 동생을 유산하셨습니다. 그러자 어머니에 대한 동정론이 생기고 그제서야 용의선상에서 벗어날 수 있었던 그 사건이요. 이제 됐습니까?

검사 맞아, 유산되자마자 사람들이 경찰의 강압수사니 사건조작이니 크게 떠들어댔어. 사건을 맡았던 경찰은 옷을 벗었고.

태훈 죄 없는 사람을 괴롭힌 결과죠.

검사 내 아버지가 맡았던 사건 중 유일하게 미제로 종결된 사건이야. 죄 없는 사람을 괴롭힌 아버진 불명예 퇴직하셨고.

사이.

태훈 죄를 지었으면 벌을 받는 게 마땅하죠.

검사 그래. 죄를 지었으면 벌을 받아야지. 그게 마땅한 거지.

사이.

검사 그런데 있잖아. 타이밍이 이상해.

태훈 타이밍?

검사 첫째, 너희 어머니는 왜 마침 화재가 일어난 날에 공장에 계셨을까? 임신해서 쉬셔야 할 분이 너랑 뱃속 애기까지 데리고.

태훈 일이 있으셨겠죠.

검사 둘째, 너랑 너희 어머니는 어떻게 살아남았을까? 예고 없이 일어난 불길에 모든 직원들이 공장에 갇혀버렸는데, 둘만 별 상처 없이 빠져나왔어. 마치 불이 날 타이밍을 알고 있었던 것처럼.

태훈 그만 하세요.

정화 등장. 주먹으로 배를 친다.

검사 마지막 세 번째, 유산된 타이밍. 어머니가 방화용의자로 몰리고 그에 대한 재판이 열리기 하루 전날, 갑자기 유산을 하셨어. 조사 받으며 온갖 압박을 받을 땐 멀쩡하셨는데, 며칠 좀 쉬다가 재판 전날이 되니까 갑자기. 어때? 뭔가 퍼즐들이 맞춰지지 않아?

태훈 그만 하시라고요. 그 입에서 저희 어머니 얘기 더 이상 하시면….

정화 손님 오면 트렁크에 들어가 있으라고 했지?

검사 타이밍이 묘하다는 거지.

태훈 이미 다 끝난 사건 가지고 소설이나 쓸 만큼 검사님은 시간이 많으신가 봐요?

정화 시끄럽게 떠들지 말랬지.

검사 진정해. 싸우자는 거 아냐.

태훈 이게 싸우자는 거지, 그럼 뭡니까?

검사 너가 정말 어머니를 어떻게 생각하는지 궁금했을 뿐이야.

태훈 아까 다 말씀드렸잖아요.

정화 가족에게 헌신적이고.

태훈 가족에게 헌신적이고….

검사 가족에게 헌신적이고 모범이 되는 분입니다. 그 말만 계속 반복했잖아.

태훈 사실 그대로를 말씀 드린 겁니다.

정화 웅얼웅얼 거리지 마.

검사 그럼 예를 들어봐.

정화 넌 박사가 될 거야. 엄마 돌아올 때까지 그거 다 끝내놔.

태훈 제 교육에 많이 신경 써 주셨어요.

검사 어떻게?

정화 날 기쁘게 해주렴.

태훈 대학, 대학원, 유학까지 지원을 아끼지 않으셨죠.

정화 퇴장.

검사 어렸을 땐?

태훈 그냥 평범했어요.

검사 평범?

태훈 다른 어머니들처럼 시험 잘 보면 맛있는 것도 해주시고, 용돈도 주시고, 뭐 가끔 엄하게 회초리도 드시고, 가끔씩 제가 엇나가거나 할 때는.

검사 트렁크에 가뒀지?

사이.

태훈 네?

검사 여행용 트렁크에 가뒀지?

#7. 무당

무당 나가!

태훈 부탁드립니다 선생님!

무당 나가! 냄새 나, 니놈한테서 탄내가 진동을 해!

태훈 얘기만이라도 들어주세요.

무당 들을 것도 없어! 나가, 나가라고!

태훈 제발요, 제발 부탁드립니다.

무당 냄새 때문에 머리 아프니까. 나가, 빨리!

태훈 선생님, 제발요, 제발요.

무당 안 나가? 나가! 나가라고!

태훈 못 나가요. 얘기하기 전까진 못 나가요. 못 나가요.

사이.

무당은 벌떡 일어나 문밖으로 나가려고 한다. 태훈, 무당을 붙잡는다.

태훈 부탁드립니다, 선생님. 제발요.

무당 놔! 안 놔? 놔!

태훈 제발요 선생님, 제발요.

무당은 태훈을 떨쳐내려고 하지만 태훈은 악착같이 버틴다. 둘은 한참 실랑이를 벌인다.

무당 얘기만이야. 알겠어?

태훈 감사합니다, 감사합니다.

무당은 자리에 앉아 숨을 고른다. 태훈은 눈치를 보다 조심스럽게 입을 열려고 한다.

태훈 저-

무당 알아.

태훈 네?

무당 네 엄마 때문에 온 거잖아.

태훈 맞아요.

무당 내가 그것 때문에 아침부터 승질이 확 뻗치고 짜증이 확 났어. 지금은 승질이 저기 천신님 계신 곳까지 뻗쳤어! 죽기 전에 자기 천도제 지내달라고 했다며?

태훈 아니, 그걸-

무당 신령님께서 모르시는 게 있니? 나 벤츠 타고 청담 살아. 그 벤츠 어떻게 샀니? 청담에 집은 어떻게 샀니? 막 사기 쳐서 샀니? 무당은 세금 안 떼서 샀니? 아휴, 탄내가 왜 이리 진동을 해. 네 엄마 살았을 적에는 이렇게까진 안 났는데. 어쨌든 난 찝찝해 죽겠어.

태훈 뭐가 찝찝하신데요?

무당 뭐긴 뭐야 네 엄마지! 내가 네 엄마한테 누누이 얘기했잖아. 너도 봤지? 남의 거 탐하지 마라, 속이지 마라, 해 끼치지 마라, 늘 베풀면서 덕 쌓아라. 기억나지? 네 엄마는 백

년을 그렇게 살아도 업장소멸이 안 돼. 네 엄마 죽기 전에 어땠어? 막 아파하고 괴로워하다 편하게 못 뒤졌지? 안 봐도 4D로 싹 보여 나는. 세상이 그래, 다 지 업보대로 가는 거야.

태훈 무슨 업보요?

무당 큰 죄가 있어. 살면서도 크고 작은 죄를 계속 지었고. 죄가 뭐 별거니? 남한테 못된 마음만 품어도 그게 죄야. 네 엄마 65년 뱀띠에 7월 12일 낮 2시, 미시 맞지?

태훈 태어난 시까지는-

무당 내가 다 기억해. 내가 신령님 힘으로만 벤츠 산 것 같니? 이런 거 일일이 다 기억했다가 아는 체해주고 그러면 손님들이 좋아하니 싫어하니?

태훈 좋아하죠.

무당 노. 하. 우. 삶의 노하우! 배워뒀다가 써먹어. 넌 유도리가 없으니까.

태훈 제 사주가 그런가요?

무당 생긴 게 유도리가 없어. 자, 여기 봐봐.

무당은 사주를 푼다.

무당 네 엄마 사주 보면 칠살에 상관이 들었어. 칠살이 뭐야? 반역, 야성의 상징이야. 상관은 뭐야? 법이며 질서며 다 부수려는 광기의 상징이야. 근데 이 두 개가 같이 들었네? 세상을 어지럽히고 해를 끼칠 팔자라는 거야. 이게 무슨 소린고 싶지?
태어난 생시만 봐봐. 7월 중순 가장 무더울 때 태어난 뱀이야. 뱀이 어떻게 움직여? 땅을 막 기어 다니지? 그런데 몇 시에 태어났어? 아뿔싸 낮 2시에 태어났네? 날도 더운데 땅까지 뜨거워. 그럼 뱀이 어떻게 기어 다녀? 이렇게, 이렇게, 이렇게 막 미쳐가지고 날뛰는 거야. 그럼 법이고, 질서고 이런 게 눈에 들어와?
이게 끝이면 다행이게? 어머, 여기에 기막힌 게 있네? 홍염살이 있네? 홍염살은 뭐야? 사람 막 홀리는 게 홍염살이야. 내가 남자긴 하지만 막 예쁘게 생겨서 사실 너도 지금 나 예쁘다고 생각하고 그렇잖아? 아무것도 안 해도 막 호감이 생기고. 이런 거야. 홍염살이 잘 웃어. 좋아서 웃어? 아니, 그냥 웃어. 근데 웃음 뒤에 칼이 있네? 근데 사람들이 칼이 있는지 아니, 모르니? 옘병, 모르지! 남자들은 특히 더 몰라, 병신들. 홍염살만 있으면 사는데 지장 없어, 좋지 뭐. 근데 칠살에 상관이 같이 들면 안 되는 거야. 평범한 사람들 보듯 네 엄마를 보면 안 돼. 네 엄마는 사람 탈을 쓴 짐승이야. 예쁜 향기 나는 독초야. 고약해.

태훈의 얼굴이 붉으락푸르락하다.

태훈 아니에요! 어머니는 가족들에게 헌신적이고 타의 모범이 되시는-

무당 (혀를 차며) 옘병, 짐승이 사람을 홀리고 조련까지 시켰네. 딱하다, 딱-

〈영상〉 무표정하게 정면을 응시하고 있는 정화의 얼굴.

무당은 말을 멈추고 태훈을 유심히 바라본다.

태훈 왜 그러세요?

무당 잠깐만. 너 가까이 와봐.

태훈의 얼굴을 잡고 눈을 유심히 바라본다.

태훈 왜요?

무당 조용히 해.

무당은 태훈의 눈을 유심히 바라보다 얼굴을 놓는다.

태훈 왜요?

무당 잘못 봤어.

태훈 뭘요?

무당 잘못 봤다고.

태훈 뭘 잘못 보셨는데요?

무당 뭐가 섞여 있길래 봤더니 잘못 봤다고! 거참 말 되게 많네. 어쨌든 결론부터 말하면 안 해. 할 필요도 없고.

태훈 필요가 없다고요?

무당 비명횡사한 귀신이나 천도제로 올려 보내는 거지, 병사한 사람은 천도제 필요 없어. 49일 지나면 자동으로 올라가는 그런 시스템이란 말이야. 그런데 무슨 속셈인지 천도제 지내달란 유언만 달랑 남기고 아직도 구천을 맴돌고 있단 말이야, 찝찝하게. 이거 나 진짜 찝찝하거든? 찝찝해서 승질이 확 뻗쳐.

사이.

태훈 부탁드립니다, 선생님.

무당 야! 이렇게까지 얘기했는데 못 알아듣니? 너 이제 가.

태훈 제발요 선생님, 부탁드립니다.

무당 안 해! 얼른 나가! 안 나가?

태훈 천도제를 지내주세요. 제발요, 선생님.

무당 얘기만 들어주면 간다고 했지? 나가!

태훈 부탁드립니다. 제발 부탁드립니다.

무당 부적 써 줄 테니까 그거나 받고 가.

태훈 1억이고 2억이고 원하시는 대로 드리겠습니다.

무당 누가 돈 때문에 이래? 너 안 나가?

무당은 벌떡 일어난다. 태훈은 그런 무당을 붙잡으려고 한다.
순간, 무당에게 살기가 느껴진다.

무당 너! 내 몸에 손끝 하나라도 대봐! 천도제고 나발이고 온갖 저주란 저주는 다 퍼부어서 네 엄마 저승은커녕 구천에서 천년이고 만년이고 떠돌게 할 테니까!

사이.

태훈 제발요, 30년 넘게 어머니 굴레에 갇혀 살았습니다. 어머니 돌아가시고 나서도 전 아직도 거기에 갇혀있어요. 어머니 마지막 소원 들어드리고 저도 이제 벗어나고 싶습니다. 제발 부탁드립니다. 선생님. 신령님.

태훈은 바닥에 엎드려 흐느끼기 시작한다. 그리고 곧 오열한다. 그런 태훈을 무당이 바라보고 있다. 무당은 여자의 목소리로 말한다.

무당 딱하다, 딱해. 짐승의 손에 자란 인간이 저리 딱할 줄이야. 지가 아무리 어미한테 벗어나려 해도 업보에서 벗어날 수가 없거늘. 너, 고개를 들거라. 누린 거, 비린 거, 잠자리까지 모두 가려야 한다. 할 수 있겠냐?

태훈 감사합니다. 감사합니다. 정말 감사합니다, 선생님, 신령님, 선녀님.

#8. 취조실 3

검사 정리하면 어머니와 무당의 친분이 두터웠기에 어떤 문제도 없이 천도제 날짜를 잡았다.

태훈 네.

검사 넌 나한테 도움을 요청했어. 그래서 난 널 돕고 있고.

태훈 전 최선을 다하고 있습니다.

검사 내가 호구로 보여?

검사는 수사파일에서 사진 하나를 꺼내어 태훈에게 보여준다.

검사 아버지가 갖고 있던 파일을 보다가 사진을 하나 찾았어. 차광막 공장에서 발견된 여행용 트렁크.

태훈 그런데요?

검사 방화범이 소지하고 있던 것으로 추정되지.

태훈 나랑 무슨 상관인데요?

검사 트렁크가 불타는 바람에 여기에서 겨우 두 가지 흔적만 검출됐어. 하나는 휘발성 물질, 하나는 영아용 파우더 가루.

사이.

검사 대형화재에서 화상을 입지 않은 유일한 생존자, 유일한 외부인, 영아용품과의 관련성, 용의자로 지목될 이유는 넘쳐. 트렁크에서 지문 하나만 나왔어도 어머니는 아직도 감옥에 있었을 거야.

태훈 어머니는 방화범이 아니에요.

검사 방화범은 왜 아기를 트렁크에 넣었을까? 그리고 트렁크에 있던 아기는 어디로 갔을까?

지성, 무대를 가로질러간다. 태훈, 지성을 바라본다.

검사 시신의 모양을 봐. 무언가를 필사적으로 감싸 안고 있었어. 시신은 화재 현장에서 겨우 3m 떨어진 곳에서 발견됐지만 즉사했어. 이 남자가 불길로부터 필사적으로 지키려고 했던 것은 뭘까?

사이.

검사 이 시신은 너희 아버지야.

태훈 저는 어머니가 구출했어요.

검사 화상 자국 하나 없는 너희 어머니가?

태훈 무슨 말이 하고 싶은 건데요?

검사, 무대 위 트렁크를 태훈의 눈앞에 거칠게 내려놓는다.

검사 혹시 이 트렁크 친숙하게 느껴져? 엄마 품속처럼 따뜻하게 느껴져? 불타듯 뜨겁게 느껴져? 조금이라도 느껴지는 게 있으면 말해 봐.

태훈은 조금씩 몸을 떨기 시작한다. 그리고 검사의 얘기를 들으며 점차 갇혀있는 트렁크에서 벗어나려는 듯 격하게 몸을 들썩인다.

검사 네가 학대 받은 걸 알고 있어? 왜 심리학을 전공했어 ? 비정상인 어머니를 인정하기 힘들었어? 말해봐. 어머니가 아버지를 불태워 죽였지? 너도 트렁크에 넣고 죽이려고 했지? 뱃속에 있던 여동생도 죽였지? 네 엄마 소시오패스잖아. 사실 너도 알고 있잖아. 인정하기 싫은 것뿐이지. 왜? 공부를 그렇게 했는데도 엄마가 또라이라는 건 죽어도 인정 못 하겠어? 말해봐. 말해 보라고.

〈촬영본〉 무표정하게 정면을 응시하는 정화의 얼굴. 누군가의 목을 조르는 정화의 얼굴. 수영의 웃는 얼굴, 수진의 웃는 얼굴. 작동중인 공장의 기계들. 씨익 웃는 정화의 얼굴.

태훈 (다른 사람처럼) 내 면전에 대고 생각하지 마 이 씨발놈아.

태훈이 검사에게 달려들어 목을 조른다. 검사는 태훈과 실랑이 끝에 겨우 태훈을 뿌리친다.

검사 넌 누구야? 네가 무당을 죽였어? 넌 누구냐고. 무당을 왜 죽였어? 누구야 넌?

〈촬영본〉 정화는 지성이 수진과 내연관계라는 것을 확신하고 지성을 괴롭히기로 결심한다. 지성이 사랑하는 모든 것을 파괴할 목적으로 정화는 수진이 일하고 있는 공장으로 향한다. 정화는 지성이 인생의 버팀목으로 생각하고 있는 아기 태훈을 트렁크에 집어넣어서 공장 안에 집어넣고 공장의 철문을 자물쇠로 잠근다. 그리고 불을 지른다.

#9. 굿판

무당이 굿을 시작한다. 태훈은 무당이 굿을 하는 동안 연신 빌고 허리를 숙인다.

〈영상〉 정화, 트렁크를 끌고 공장으로 향한다. 정화는 공장 주변에 휘발유를 뿌린다. 공장에 도착한 정화, 공장문을 연다. 공장문을 열면, 수진이 정화를 쳐다본다. 정화와 수진, 눈빛 교환한다. 라이터에 불을 켜는 정화. 정화를 쳐다보는 수진의 얼굴. 정화, 문을 닫는다.
〈영상〉무대는 불바다가 된다.

영상의 화재장면이 시작되면 무당은 수진에게 빙의된 듯 불 속에서 몸부림치기 시작한다.
정화, 수진 등장. 둘 간의 기싸움이 시작된다. 정화의 손에는 망치가 들려있다.

무당 네가 여기가 어디라고 와?

태훈 어머니의 명복을 빌러 왔습니다.

무당 그 여자의 명복을 빌어? 감히? 내 앞에서! 두 눈을 시퍼렇게 뜬 채로 불구덩이에 갇히는 게 어떤지 알아? 이 피부에 불이 붙고, 이 머리에 불이 붙고, 이 두 눈에 불이 붙고, 뱃속까지 불이 붙고, 내 살 저모가 내장이 불타는 고통이 끝나지가 않아. 온 사방에 탄내와 시체 썩은 내가 진동을 하는 게 얼마나 고통스러운지 알아?

태훈 죄송합니다.

무당 이 탄내는 사라지지도 않고… 난 그 불지옥에서 살아가고 있는데 그런데 감히 그 여자를 좋은 곳으로 보낸다고?

태훈 (절실함을 가장하며) 제발 어머니를 용서해주세요.

무당 아니! 내가 막을 거니까, 무슨 수를 써서라도 지옥에 처넣어 버릴 거니까!

정화, 태훈에게 망치를 전해준다.
태훈, 무당에게 물어본다.

태훈 혹시… 거기서 지성 씨 만났어?

대답을 못하는 무당.

태훈 못 만났구나? 역시 면전에 대고 생각하는 게 말하는 거랑 똑같아.

태훈, 망치를 내려친다. '쾅!' 소리와 함께 수진이 비명을 지른다. 무당은 망치에 맞은 듯 괴로워하고 있고 수진은 정화를 피해 도망친다.

태훈 수진 씨한테 아무 감정도 없어. 그냥 화근을 없애는 거야. 내가 지성 씨랑 행복하려면 걸리적거리는 게 있으면 안 되잖아.

<영상> 정화는 무당의 목을 조른다. 무당은 필사적으로 반항하지만 정화는 사력을 다해 무당을 질식사시킨다.

태훈은 다시 망치를 내려친다. 수진과 무당은 괴로워한다.
수진, 정화 퇴장.

태훈 축하해요. 이제 불지옥에서 고통 받을 필요도 없어. 좋다. 엄마가 기뻐하는 게 느껴져.

태훈, 거울 앞으로 가서 곱게 화장을 한다.
화장대 거울 뒤 조명이 들어오면, 정화가 거울 뒤에 나타난다. 정화는 아이처럼 말한다.

정화 엄마 안아주세요.
태훈 지성 씨를 만날 거야.
정화 엄마 안아주세요.
태훈 곱게 하고 가야지.
정화 손잡아 주세요.
태훈 언제 이렇게 늙었지?
정화 엄마 가지 말아요.
태훈 지성 씨는 그대로겠네.
정화 우리 소풍 가요.
태훈 그를 좀 더 늦게 보낼걸.
정화 앞에 공원으로 소풍 가요.
태훈 언제나 내 행복을 빌어줘.
정화 엄마랑 손잡고 소풍 갈래요.

태훈 내 행복이 네 행복이니까.

정화가 무대를 돌아다니며 어린아이처럼 엄마를 찾는다.

정화 엄마? 엄마?

태훈은 자신을 찾는 정화를 바라본다.

정화 엄마 소풍 가요 우리! 공원으로 소풍 가요!

태훈 (다정하게) 그래 소풍 가자. 엄마랑 손잡고 공원으로 소풍 가자.

태훈은 정화에게 다가가 정화의 손을 잡는다. 손이 닿자 정화는 비명을 지른다.

정화 아파요 엄마. 하지 마세요. 때리지 마세요.

태훈은 놀라서 겁에 질린다.

태훈 아니야. 태훈이를 아프게 하려는 게 아니야.

태훈은 다시 정화를 잡으려 한다. 손이 닿자 정화는 비명을 지른다.

정화 소풍 가자고 안 할게요. 때리지 마세요.

태훈 아니야! 널 아프게 하려는 게 아니라고!

태훈은 정화의 팔을 잡는다.

태훈 자 소풍 가자. 엄마랑 같이 소풍 가자.
정화 싫어요. 거기 들어가기 싫어요. 싫어요.

정화는 계속 태훈에게서 벗어나려고 하고 태훈은 억지로 끌고 간다. 정화는 태훈의 손을 뿌리치고 도망가고 태훈은 정화를 잡으려 한다. 둘의 술래잡기가 시작되면 모든 배우들이 나와 함께 도망가기 시작한다. "싫어요" "들어가기 싫어요" "아파요" "때리지 마세요" "죄송해요"를 외친다. 태훈이 누군가를 잡으면 다른 모든 배우들이 태훈의 다리와 몸에 매달려 대사를 외친다. 태훈은 "소풍 가자, 엄마랑 소풍 가자"를 반복한다. 태훈은 바닥에 쓰러져 몸에 매달린 배우에게 벗어나려 하며 대사를 계속한다. 태훈이 배우들에게 벗어나면 배우들은 태훈에게서 숨듯 무대 구석구석으로 숨듯이 퇴장한다. 태훈은 "엄마"를 외치며 무대를 헤집는다. 정화가 등장한다.

정화 너 지금 내 면전에 대고 무슨 생각했어?
태훈 엄마 죄송해요. 말 잘 들을게요. 때리지 마세요.
정화 내 면전에 대고 생각하는 게 말하는 거랑 똑같다고 했지?

정화는 거울 뒤에서 화장을 하고, 태훈은 정화가 무서워서 트렁크로 들어가 숨으려고 한다.

태훈 꺼내주세요! 꺼내주세요! 엄마 죄송해요! 제가 잘못했어요! 소풍 가자고 안 할게요! 엄마! 엄마! 엄마!

사이.

태훈 엄마 사랑해요.

사이.

태훈 엄마 사랑해요.

사이.

태훈 (작게) 엄마 사랑해요.

#10. 경찰서 앞

검사, 일으켜서 무대 중앙에 세우고 퇴장한다.

검사 피의자는 모든 죄를 인정했으며 수사에 적극적으로 협조했습니다.

기자1. 김태훈 씨 한 말씀 해주십시오!

기자2. 무당을 왜 죽였습니까?

유가족 (악을 쓰며) 내 아들 살려내! 내 아들!

기자3. 유가족분들께 하고 싶은 말 없습니까?

유가족 (악을 쓰며) 내 아들!

기자4. 피해자를 살해한 사실을 인정하십니까?

기자1. 왜 죽였습니까?

유가족 (악을 쓰며) 내 아들!

기자2. 범행을 정확히 언제부터 계획했습니까?

기자3. 화면 보고 있을 유가족에게 할 말씀 없습니까?

태훈 죄송합니다. 정말 죄송합니다. 죄송하다는 말씀밖에 못 드리겠습니다. 지금은 지쳤습니다.

유가족 (악을 쓰며) 내 아들 살려내! 내 아들!

태훈 제가 너무 지쳤습니다. 이제 쉬고 싶습니다. 절 그냥 보내주십시오. 제발 절 보내주십시오. 죄송합니다.

무대, 악플로 가득 찬 글씨로 뒤덮인다.

〈영상〉 무대에 악플로 가득 찬다.

저런 놈이랑 같은 나라에 살고 있다는 게 수치다

그냥 사형하면 안 되나? 저 새끼한테 나가는 국민 세금이 아깝다

아 ㅅㅂ 저 새끼 면상만 봐도 토 쏠린다

우리 엄마가 저런 새끼는 사람 취급하지 말랬음~

가정교육을 어떻게 받았길래… 쯧쯔….

저는 이딴 쓰레기 새끼 얘기 안 궁금해요~

그냥 죽여라 아님 스스로 뒤지던지

존재 자체가 저주다

부모가 개새끼를 키웠네

말하는 뽄새 봐라 존나 재수없네

누가 면상 좀 치워줘라 역겨워서 못 봐주겠음

저런 놈들은 재활용도 불가능임

저 악귀를 토막내 죽이는 방법은 정녕 없단 말인가?!

어머니 잘 지내시냐?

왜 태어났니! 왜 태어났니~

얼굴 개빻았네

짐승만도 못한 놈

그냥 총으로 쏴 죽이지ㅋㅋ

이번에도 심신미약?ㅋㅋㅋㅋ

ㅅㅂㄴ

애초에 태어나지를 말았어야 함

저딴 거랑 같은 공기를 마시고 있었다고? 윽 역겨워

이번에 안 잡혔으면 연쇄살인까지 했겠지

사회 부적응자 새끼

면상 역겨워서 못 봐주겠네

죽어버려

저런 새끼들은 죽어도 쌈

더러운 범죄자 새끼 지옥에나 떨어져라

저런 인간 말종들은 선량한 인류 보존을 위해 도태시켜야 함

더러워

사형시켜라!!!

뻔뻔한 거 봐ㅋㅋㅋ

인류애 바사삭

길 가다가 저런 놈이랑 마주칠까봐 무서움

찢어 죽일놈

평생 감옥에서 썩다 뒤져버려

신상공개 합시다 볼수록 열 받네요

지가 무슨 영웅인줄 아네~

사람 죽여놓고 뻔뻔한 거 봐

미친놈

이래서 가정교육이 중요함

반성의 기미는 1도 없네

지가 무슨 영화 주인공이라도 된다고 생각하는 듯

사형이 답이다

저게 인간이냐 짐승이지

걍 개싸이코네~

이 쳐죽일 놈아!!!!!!!

평생 고통 받다 개죽음이나 당해라

능지처참 부활 소취

그래서 뭘 어쩌라고 하는 표정이네ㅠ

눈빛 싸가지 없노

이게 사람이 할 짓이냐

뭐 같지도 않은 게 표정은 ㅈㄴ 언짢아 보이네

잘가라 멀리 안 나갈게

사이코패스 새끼, 자살을 추천한다

암전.

작가의 말 | 박영규 · 박준범

가스라이팅(gaslighting)은 타인의 마음에 스스로에 대한 의심을 불러일으키고 현실감과 판단력을 잃도록 만들어서 그 사람에게 지배력을 행사하는 심리적 조작이다. 가해자는 상대방의 공감능력을 이용해서 상대방을 통제하고, 피해자는 자신에 대한 신뢰감을 잃어가게 되고 결국 자존감을 잃게 된다.

〈BLACKOUT〉은 인간의 가치관이 삶에 미치는 영향에 대한 이야기이다. 절대 권력자인 엄마(정화)에게 세뇌되어진 아들(태훈)은 엄마의 영향으로부터 벗어나고 싶지만 결국 벗어나지 못하고, 오히려 기억하고 싶지 않은 과거를 지워버린다. 가스라이팅은 먼 곳에 있는 것이 아닌 아주 가까운 곳에서 우리의 마음을 조종하고 있다.

사람은 태어나는 순간부터 누군가로부터 교육을 받고, 사람들과 소통하는 법을 익힌다. 그렇게 개인의 자유의지와는 상관없이 인간의 사회생활이 시작된다는 것을 생각한다면, 나쁜 의미에서건 좋은 의미에서건 가스라이팅에서 자유로운 사람은 아무도 없다. 본 작품을 통해서 사회가 개인에게 미치는 영향에 대해 한번쯤 생각을 하는 계기가 되었으면 하는 바람이다. 보이지 않는 곳에서 학대와 같은 고통을 받는 이들에게 사회가 도움을 줄 수 있는 방법이 무엇일까?

〈Musical〉 모르폴레나

장우혁 지음

1장

[모르폴레나 왕국 도시 세렌포트, 광장 앞]

[M.00 OVERTURE + PROLOGUE]

저 멀리 배들이 들어오는, 항구 도시 세렌포트. 광장에는 사람들이 한가롭게 걷거나 신문을 읽고 있다. 그러나 그들의 눈에는 불안감이 가득하다. 사람들은 불안감을 애써 외면하며 일한다.

뉴스걸 호외요 호외!

사람들, 일을 멈추고 뉴스걸에게 다가가 호외를 받는다.

[M.01 모르폴레나]

사람들

모르폴레나
사랑이 가득하길
모르폴레나
기적이 함께 하길

모르폴레나

행복이 계속되길

모르폴레나

어둠이 오지 않길

남자1

눈을 뜨면 햇살이 비추고

아름다운 바람이 반겨줬지

여자1

서로에 대한 믿음과 모두에게

인정이 가득했던 나라

사람들

강대하고 위대한 나라

모르폴레나

행복이 계속되길

모르폴레나

어둠이 오지 않길 바랬지

그러나 3년 전 찾아온 어둠

선왕은 후계자 없이 죽었고

혼란 속에서 나타났지

왕위를 주장하는 두 가문

여자2

왕의 조카가 이끌고 있는

붉은 장미 가문

남자2
왕의 삼촌이 이끌고 있는
하얀 장미 가문

사람들
둘로 시작된 싸움은 온 곳에 퍼지고
또 다른 가문들까지도 전투에 참여했지
도시는 불타오르고 죄 없는 백성들은 죽어갔지

광장으로 프로디즈 가문의 공작 블레이크와 공녀 에스더가 나타난다. 그들이 나타나자 사람들의 표정이 일그러지지만 이내 뒤로 물러선다.

블레이크 왜 다들 전부 죽어가는 얼굴이야?
에스더 우리 가문이 참전 선언해서 그렇잖아요. 뭐 오빠 마음대로 한 거지만.
블레이크 하여간 자기들 편한 것만 생각하는 천한 놈들.
에스더 여기가 중립 지역인데 위험해지니까 그렇죠. 어떻게 그걸 천하다고 하세요.
블레이크 됐어, 쓸데없는 소리 그만하고 먼저 집으로 가 있어.

블레이크 먼저 사라지고, 에스더, 블레이크가 사라진 방향을 보며 한숨을 내쉰다. 에스더 천천히 저택을 향해 걸어가기 시작한다. 사람들 에스더의 발걸음에 맞춰 천천히 따라간다.

사람들

그래 이곳은 중립 지역

전쟁에서 안전한 곳이었어

여자3

저 가문이 참전하기 전까지

남자2

세렌포트도 이제는 위험해

사람들

우리를 지켜주는 귀족이

우리를 저버리고 욕망을

강대하고 위대했던 나라

모르폴레나

욕망에 먹혀버린

모르폴레나

강대하고 위대했던 나라

모르폴레나

어둠이 결국 찾아와 버린

에스더 멈추고 품에서 목걸이를 꺼낸다. 목걸이를 보다가 하늘을 올려다본다.

에스더

절망이 가득한 세상 그리고
공포에 젖어가는 사람들
나 어떻게 다 위로할 수 있을까

그러나 난 되뇌이네
기적을 믿고 나아가라고
욕망에서 이들을 구하겠어
사람들에게 희망을 전하리라
저 별처럼

어느새 사람들이 에스더 주위를 둘러싸고 있다. 에스더 놀라며 천천히 뒷걸음질 친다.

사람들

강대하고 위대했던 나라
모르폴레나
욕망에 먹혀버린
모르폴레나
강대하고 위대했던 나라
모르폴레나
어둠에 잠식당한
모두를 물들이기 전까지
끝나지 않아
모두를 물들이기 전까지
끝은 없어

에스더 몸을 피해보지만 점차 사람들에게 둘러싸인다. 이때 한 남성이 등장한다. 이번 전쟁에 참여하지 않은 다이우스 가문의 공작 리암이다.

리암 뭐야?

남자1 아! 공작님. 요즘 도시 외곽에 군인들이 보인다고 소문이 들려서요.

리암 그래? 그래서?

여자2 공작님께서는 저희를 지켜 주실 거죠?

리암 여기 세렌포트의 영주는 내가 아니라 프로디즈 가문이잖아. 걔네한테 부탁해.

여자3 그렇지만 공작님….

리암, 듣기 싫다는 듯 칼을 꺼내 남자1을 향해 겨누고 모두들 칼 앞에 눈치를 보다 물러난다.

에스더 말이라도 지켜준다고 할 수 있잖아요.

리암 어차피 또 떠날 건데 내가 왜? 차라리 그 시간에 술을 한 잔 더 하지.

에스더 능력이 있는데 돕지 않는 거, 그거 교만이에요.

리암 웬 오지랖?

에스더 성격이 그러니까 직위를 강등당하고 이곳저곳 떠돌아다니죠.

리암 공녀는 말조심을 해야 할 거 같은데.

에스더 리암 다이우스는 천재라는 말이 많던데, 천재면 뭐해요. 그렇게 비뚤어졌는데.

리암 공녀는 날 참 싫어하나 봐.

에스더 그렇게 계속 도망치다가는 기회가 왔을 때도 놓치게 될 거에요.

리암 그렇게 가르치려 드는 태도. 어디서 본 기억이 있는데. 혹시.

남자1 마… 마을 밖에 아르도 군이 나타났다!! 모두 대피해!

리암 뭐? 아르도가 확실한 거야?

남자1 네, 확실히 봤다고요 붉은색 장미!

어디선가 불길이 치솟는다. 사람들이 이리저리 움직이고 리암과 에스더 주위를 두리번거린다.

에스더 여러분! 모두 제 저택으로 대피하세요!

그러던 중 리암과 에스더 앞에 부상자가 쓰러진다. 에스더 주저 없이 부상자에게 다가간다.

에스더 공작님. 여기 좀 도와주세요!

리암, 에스더의 말에도 불구하고 점점 뒷걸음질친다.

에스더 여기서 도망치게요?

리암 너도 살 궁리나 해!

에스더 그게 지금 할 말이에요? 다이우스님!

여자1 저기 건물이 무너져요!

그러던 중 건물이 불타며 쓰러지며 리암과 에스더 사이를 가르고, 자욱한 연기가 올라온다.

[세렌포트 도시 외곽, 숲 속]

대피한 사람들이 도시 외곽에 숨어있다. 블레이크, 몸에 묻은 먼지를 털며 주위를 살피고 그때, 리암이 먼지를 뒤집어쓴 채 기침을 하며 등장한다.

블레이크 다이우스 공작님!
리암 프로디즈 공작님!
블레이크 무사하셨군요. 혹시 제 동생 못 봤습니까?
리암 에스더… 아까 광장에서 마지막으로 봤는데 여기 없나요?
블레이크 아무래도 아직 못 빠져나온 것 같습니다. 공작님… 실례지만 에스더를 찾아 주실 수 있을까요?
리암 그 위험한 곳으로 다시 들어가라고요? 직접 가면 되잖아요.
블레이크 제가 가면 아르도에게 잡힐 겁니다. 아시다시피 지금 제가 퓨릿 쪽에 있어서.

리암 고민에 잠긴다.

리암 아무리 그래도 위험이 너무 많아요. 다른 사람 구해보세요.

리암, 뒤를 돌아 떠나려 한다.

블레이크 내가 도와줄게! 상위 가문으로의 복귀.

리암 뒤돌며 놀란 눈으로 다시 블레이크를 바라본다.

블레이크 퓨릿 공작 킬리안! 그와 만나게 해줄 수 있어.

리암, 아무 말 없이 고민을 한다.

리암 복귀가 보장되는 게 아니면, 그를 볼 이유가 없는데… 보장할 수 있어요?

블레이크 걱정하지 마. 내 모든 걸 걸고 약속할게.

리암 고민하다 고개를 끄덕이고 도시로 향한다. 블레이크 리암이 사라진 방향을 바라본다. 킬리안의 실루엣이 등장한다.

킬리안 갈수록 저항이 거세지고 있어. 최대한 빨리 리암을 내게 데려와.

블레이크, 초조한 듯 킬리안을 바라본다. 이내 한숨을 내쉬고 얼굴을 찡그리며 리암이 사라진 반대방향으로 사라진다. 실루엣 역시 사라진다.

[불타는 도시 세렌포트, 프로디즈 저택 앞]

리암 프로디즈 가문 저택 앞에 도착한다. 주위를 둘러보다 저택 문을 열고 들어간다. 저택 안에는 부상당한 사람들이 누워있다. 이때 2층에서 내려오던 에스더와 눈을 마주친다.

에스더 공작님! 여길 어떻게?
리암 살아있었구나. 얼른 나가자.

에스더 리암의 말을 들으면서 손은 수건을 적셔 환자들 이마에 올려놓는다.

에스더 여기 사람들이 이렇게 많은데 제가 어떻게 떠나요.
리암 저 사람들이 뭐 어쨌는데. 그냥 알아서 하겠지.

에스더 실망감이 가득한 눈으로 리암을 노려본다. 일어나 리암 앞으로 다가가 말한다.

에스더 다쳤잖아요! 이대로 두고 가면 대부분 죽을 거예요.
리암 그럼 그냥 그게 운명인 거야. 나와. 블레이크가 찾아.
에스더 전 이 사람들 살리기 전에는 안 나갑니다.
리암 너 지금 상황이 이해가 안 되는 거 같은데….

리암 말을 하며 에스더에게 다가가고, 에스더 황급히 리암의 허리띠에 꽂힌 검을 빼앗아 리암에게 겨눈다.

리암 이게 뭐하는 짓이야!
에스더 난 말했어. 지금 안 나간다고.
리암 너 검 그렇게 쥐면 다친다. 그거 일단 내려놔.

리암, 두 손을 든 채로 에스더에게 다가가고, 에스더 정말 리암을 찌를 듯이 검을 휘두른다.

리암 너 정말 미쳤어?
에스더 저들만 치료하고 나갈 게요. 약속해요.
리암 왜 이렇게까지 하는 거야?
에스더 힘이 있으니까. 내가 안 하면 죽을 테니까….
리암 아, 또 오지랖.
에스더 돕는 건 바라지도 않아요. 며칠만 기다려 주세요.

리암, 한숨을 푹 내쉰 후 에스더를 바라본다.

리암 좋아, 나흘 줄게.
에스더 고마워요. 저도 최대한 서두를….

에스더 긴장이 풀리며 휘청거리고, 리암 그녀에게 다가간다. 에스더 리암의 손을 뿌리치고 천천히 일어나 2층으로 걸어간다.

에스더 전 괜찮아요. 조금만 쉬면 돼요.

에스더 사라지고, 리암, 신음하고 있는 부상자를 본다. 황급히 다가가 머리에 손을 대보고 수건에 물을 적셔 이마에 갖다 대려 한다. 그러다 문득 정신을 차리고 의자에 앉는다.

리암 힘이 있으면 도와라… 도우라고? 어차피 도와봤자….
목소리 사람들이 고통 받겠지. 너 때문에. 넌 네 생각만큼 대단하지 않아.

리암 뭐?

목소리 너도 알잖아. 넌 나약해. 아무것도 할 수 없어.

주위가 온통 어두워지고 리암의 앞에 어머니의 실루엣이 나타난다.

리암 어머니?

리암 어머니에게 다가가고 그가 가까워지자 어머니가 사라진다.

리암 난… 난 할 수 없어요.

목소리 그래. 할 수 없겠지. 너의 선택은 항상 고통만 주니까. 네 부모님도 네가 죽인 거야.

리암 아니야… 내가… 아니야!

리암 두 손으로 머리를 감싼 채 바닥에 무릎 꿇는다. 리암 소리를 지른다. 이내 눈을 뜨고 저택 바닥에 주저앉은 자신을 발견한다.

리암 또 이 악몽이야.

[M.05 나의 과거]

리암

난 기억해 우리 가문과 나

조금만 기다리라 말했던 내 부모

누가 알았겠어 그게 마지막일 줄

죽음은 가문을 덮쳤고
내 가문은 몰락했지
내 안엔 오직 증오만 가득해져

과거를 피하기 위해
난 매일을 도망쳐 왔네
그날의 기억들을 떠올리지 않으리라

잊었다고 생각했었는데
또 다시 내 눈앞에 보이는 악몽들
누가 알았겠어 내가 추락중인걸
더 이상 악몽은 끔찍해
난 매일을 도망치네
하지만 나는 오늘도 마주하네

리암, 벽을 손으로 친다. 그러다 바닥에 놓인 수건을 보고 주워서 부상자 이마에 던져 놓고 의자에 앉는다.

2장

[모르폴레나 왕국 수도 로즈빌, 퓨릿 군단 거주지]

한 남성이 문서를 검토하고 있다. 그는 이번 전쟁의 한 축을 담당하는 퓨릿 가문의 리더 킬리안이다. 이때 블레이크 들어온다.

킬리안 무슨 일이야?

블레이크 리암 다이우스 포섭을 성공했습니다.

킬리안 수고했어. 그래서 리암은 지금 어디 있어?

블레이크, 당황한 듯 쳐다본다.

블레이크 그게… 에스더가 세렌포트에서 실종돼서 리암이 찾으러 갔습니다.

킬리안 블레이크를 바라보며 소리 지른다. 이내 그의 멱살을 강하게 낚아챈다.

킬리안 이런 멍청한! 그러다 리암이 죽으면! 네가 낸 아이디어 아니었나? 내가 세렌포트를 언제 공격할지도 알고 있었잖아. 군사들이 리암을 못 찾았다 했을 때 당연히 너랑 있을 줄 알았는데… 근데 누가 실종되고 누구를 보내?

블레이크 리암은 무사할 겁니다.

킬리안 니 여동생 하나 때문에… 걔가 이 전쟁에 얼마나 중요한데!

블레이크 죄송하지만, 이미 유리한 상황에서 그의 전술적 능력이 굳이 필요합니까?

킬리안 다이우스 가문을 강등한 이후에 여기 로즈빌을 차지했지만 여전히 이곳 사람들은 나를 인정하지 않아. 모두 가문의 유일한 후계자, 리암을 원한다고!

블레이크 그래서 말인데… 에스더도 우리 군에 큰 도움이 될 겁니다.

킬리안 무슨 도움?

블레이크 제가 중립을 깨기 전까지 에스더는 사람들에게 살아있는 성녀로 불렸습니다. 그녀가 했던 수많은 기적 같은 일들. 리암과 함께 여기 민심을 확실하게 잡을 수 있습니다.

킬리안 그건 성녀가 아니라 마녀 아니야? 기적을 원한다고 이뤄내게… 그래! 차라리 마녀라고 발표를 하자.

블레이크 지금 제 여동생을 마녀로 몰아 죽이겠다는 말을 하시는 건가요?

킬리안 걱정하지 마. 절대 안 죽일 테니까. 민심을 잡기 위해 쇼를 하는 거지. 마녀임을 알고 우리에게 합류한 블레이크, 그리고 그런 에스더조차 용서하고 받아들이는 퓨릿 군단. 이해가 안 돼?

[M.06 그가 필요해]

킬리안

끝이 보이는 전쟁 속에서
나를 향한 불신의 시선들
피로 물들어버린 나라에
나를 위한 사람이 필요해

내 정통성과 고결함
강력한 왕권과 권리
그를 통해 얻을 수 있어

위대한 군주로 군림하고
모두를 내 손 아래 두기 위해
그가 필요해

블레이크
강력한 가문과 나의 명예
이 전쟁으로 가질 수 있어
어떠한 악행도 감수했지

그러나 불타는 도시 속에서
가문의 공녀는 실종되고
공작만 살아남는다면
내겐 수치와 추락일 뿐

에스더가 살아 돌아오고
우리 가문을 드높이기 위해
그가 필요해

다른 곳에는 또 다른 남성이 책상에 앉아 계획을 세우고 있다. 그는 이번 전쟁에 다른 한 축을 맡고 있는 아르도 군단의 리더 더스틴이다. 그의 옆에는 한 여인이 문서를 보고 있다. 그녀는 아르도 군단에 협력하는 유라트 가문의 공녀, 앨리슨이다.

앨리슨 더스틴, 우리 아르도가 세렌포트를 공격했다고 소문이 퍼지고 있어요.

더스틴 흰 장미가 아니라 붉은 장미 깃발을 들었다는 거지? 확실한 거야?

앨리슨 확실해요. 분명 퓨릿 군이 저희가 그런 것처럼 꾸몄어요. 하지만, 왜 공격을 중간에 멈추고 빠진 건지… 마치 겁만 주기 위한 것처럼.

더스틴 사람들의 비난을 우리에게 돌리는 거야. 멍청하게 당한 거고.

앨리슨 분명 다른 이유가 있어요. 물론 공격이 블레이크에 대한 세렌포트 사람들의 민심은 되찾을 수 있지만, 그들에겐 로즈빌이 더 중요하잖아요.

더스틴 로즈빌 민심이야 어차피 다이우스 가문 아니면 못 잡아. 그건 중요한 게 아니야.

앨리슨 만약 그곳에서 로즈빌 사람들의 민심을 잡을 만한 무언가를 찾고 있다면….

더스틴 그게 무슨 소리야?

앨리슨 확실하진 않은데… 제가 알기론 리암이 지금 세렌포트에 있어요.

더스틴 리암이? 그래서 그를 데려오려고 공격을 했다?

앨리슨 하지만, 진짜 있다면 이미 퓨릿이 데려가지 않았을까요?

더스틴 퓨릿에서 아무 발표도 없었어. 병사들 움직임도 없고. 그들도 못 찾은 거야.

앨리슨 제가 다녀올게요.

더스틴 안 돼. 거기 있는지 확실하지도 않은데, 위험해. 정찰병 먼저 보낼 거야.

앨리슨 그럴 시간 없어요. 그리고, 다른 사람은 설득 못해요. 전 어릴 적부터 친구잖아요.

더스틴, 깊게 고민하다 고개를 끄덕인다.

더스틴 감정에 휘둘리지 말고.

앨리슨 큰 기대는 하지 마요. 그를 강등 시킨 게 당신하고 킬리안이니까.

더스틴 물론. 내가 저지른 일이니까. 차선책을 세우고 있을게

더스틴

적의 공격에 숨통이 막히고
더 이상 물러설 곳 없네
민심을 전투를 바꿔야해
우리에겐 승리가 필요해

내 야망과 이상

강력한 왕권과 신뢰
그를 통해 얻을 수 있어

불리한 상황을 역전시키고
우리가 다시 진격하기 위해
그가 필요해

앨리슨

항상 머뭇거렸던 내 마음
어릴 적부터 홀로 키워왔지
이젠 흐려지지만

그런 그 앞에서 내가
중립을 선언한 그에게
군의 책임자로 설 수 있을까
도와 달라 말할 수 있을까

할 수 있어 아니 해야만 해
내 주군, 나의 사람들을 위해
그가 필요해

킬리안

이 전쟁의 승자는

앨리슨

그를 데려오는 곳

블레이크

철저한 계획을 통해

더스틴

그들보다 더 빨리

다같이

우리가 이길 테니

킬리안

전쟁을 끝내리

기회는 없어

기회는 더 없어

밀어붙이고

더 밀고 나아가

돌아갈 수 없는

이 지옥에서

전쟁을 이기고

끝을 내기 위해

우리에겐

그가 필요해

블레이크

가문을 위해

나를 위해

돌아갈 수 없는

이 지옥에서

전쟁을 이기고

끝을 내기 위해

우리에겐

그가 필요해

더스틴

전쟁을 끝내리

기회는 없어

기회는 더 없어

밀어붙이고

더 밀고 나아가

돌아갈 수 없는

이 지옥에서

전쟁을 이기고

끝을 내기 위해

우리에겐

그가 필요해

앨리슨

우리 군을 위해

나를 위해

돌아갈 수 없는

이 지옥에서

전쟁을 이기고

끝을 내기 위해

우리에겐

그가 필요해

3장

[불타는 도시 세렌포트, 프로디즈 저택]

밤하늘에는 별들이 가득하다. 에스더는 밖에 나와 고개를 들고 은하수와 별이 가득한 하늘을 바라보고 있다.

리암 나한테 일은 다 시키고 자기는 나와서 쉬는구만.
에스더 공작님이 돕겠다면서요. 빨리! 여기 와봐요!
리암 또 뭐 시키게. 나 좀 쉬자.
에스더 저기 하늘 좀 봐요.

리암 고개를 들어 하늘을 본다. 아름다운 모습을 바라만 본다. 에스더 리암에게 말을 건넨다.

에스더 질문 하나만 해도 돼요?

리암 아무 말 없이 별들을 바라본다.

에스더 절 억지로 데려가지 않은 이유가 뭐에요? 벌써 열흘째 돕고 있잖아요.
리암 아니 뭐 아직 부상자들이 남아있으니까.

에스더 첫인상과 참 달라요. 배려도 할 줄 아시고.

리암 누구 놀려?

에스더 리암을 바라보며 웃다가 다시 하늘을 바라본다.

에스더 이렇게 별들을 보는 게 오랜만이에요.

리암 별들을?

에스더 어머니가 죽은 이후에 처음이니까.

리암 어머니께서 사고로 돌아가셨지…?

에스더 네. 배가 침몰했죠. 십년 전에….

리암 안 그리워?

에스더 그립죠. 매일 보고 싶고. 그래도 본인 구명정까지 남에게 주며 돌아가신 걸 아니까, 저 하늘의 반짝이는 별이 되었다고 생각해요.

리암 그런데 왜 하늘을….

에스더 어머니와 다르게, 저는 간단한 일조차 못하는 것 같아서요. 보기가 겁나요.

리암 너도 충분히 잘하고 있어. 네 덕분에 몇 명이나 살았는데

에스더 다 진심이 아니에요. 주위의 시선이 있으니까, 어머니처럼 행동하려는 거죠.

리암 그런 애가, 불 나고 건물이 무너져 가는 곳에서 사람을 돕겠다고 남아?

에스더 그거야 당연히 사람이 다쳤으니까….

리암 나처럼 도망치지 않은 것만으로도 넌 이미 잘 하고 있어.

에스더, 볼에 흐르는 눈물을 닦으며 웃는다.

에스더 공작님의 어머니는 어떤 분이셨어요?

리암 내게 많은 가르침을 준 사람. 마주하기 두려운 사람. 그리고 그리운 사람.

에스더 다이우스 공녀님께서도 사고로 돌아가셨죠?

리암 아니… 내가 죽였어.

에스더 네?

리암 부모님은 왕을 뵈러 갔었고, 집사가 저택 앞에 굶주려 보이는 꼬마가 쓰러져 있다고 했어. 너무나 연약한 아이여서 그랬는지 몰라. 집으로 들여서 씻기고 밥을 줬어.

에스더 공작님….

리암 근데 부모님이 돌아오시던 그날 밤 집에 불이 났어. 순식간에 불은 번졌고 부모님은 나를 구하겠다고 성 이곳저곳을 찾아다니셨지. 그 뜨거운 불길 속에서 말야. 근데 난 멍청하게도 그 꼬마 아이를 찾고 있었거든. 근데 감쪽같이 사라져 버린 거야. 결국 난 혼자 바깥으로 빠져 나왔고, 부모님은 그러질 못 하셨지….

에스더 리암.

리암 눈앞의 도움을 외면하지 말라고, 어머니가 하신 말이야. 내가 그날 그 꼬마를 들이지 않았다면… 내게 그런 말을 한 어머니가 너무 원망스러운데, 너무 보고 싶어.

에스더 아무도 예상 못한 일이에요. 당신의 잘못이 아니라.

리암 내 삶에 기적이라는 게 있을까?

[M.09 별빛이 함께]

에스더

아버지께서 늘 말씀하셨죠
기적은 만들어내는 것이라
노력이 누구에겐 기적이라고

나의 노력이 신념이 함께
기적이 함께, 당신과 함께
이 세상 살아갈 수가 있죠

에스더 과거는 돌아오지 않고 기적도 항상 찾아오진 않아요. 그래도 기적은 오도록 계속 노력할 수는 있죠. 포기하지 않는다면 언젠가 올 거예요.

리암, 무언가 생각난 듯 멍하니 에스더를 바라본다. 에스더 화제를 전환한다.

에스더 그거 알아요? 저기 먼 북쪽 나라에는 유성우가 쏟아진대요. 유성우를 보면 끔찍한 기억이 모두 씻겨 나간다는데, 훗날, 모든 게 끝나면 저랑 같이 가실래요?

리암 북쪽 나라. 그래 가자.

그러나 에스더 문득 얼굴이 어두워진다.

에스더 돌아가면 지금처럼 자유롭지 못하겠죠… 제가 방금 한 말

잊어주세요.

리암 너가 방금 말했잖아. 기적은 만들 수 있다며.

리암

아버지께서 늘 말씀했었지
포기 따위 안 하는 것이라
노력은 불가능도 깨부순다고
그것을 믿어야 한다고

리암 따라와 봐.

리암

별빛이 반짝이네
하늘은 광명하네
너와 나 이제는 함께

리암, 에스더에게 손을 건넨다. 에스더 그의 손을 잡는다.

에스더

별빛이 반짝이네
하늘은 광명하네

리암 & 에스더

너와 나 이제는 함께

리암

우리의 노력이 신념이 함께

당신과 함께

한계를 넘어서

나갈 수 있어
저 빛을 향해서

우리의 마음이 행동이 함께

저 세상을 넘어서

저 별빛을 향해서
나갈 수 있어
너와 나 함께

에스더

우리의 노력이 신념이 함께
기적이 함께

불가능을 넘어서

별빛을 향해서
나갈 수 있어

저 빛을 향해서

우리의 마음이 행동이 함께
당신과 함께

수평선 너머로
저 별빛을 향해서
나갈 수 있어

너와 나 함께

두 사람 서로를 바라본다. 하늘에서 별똥별이 떨어진다. 별똥별을 따라 두 사람의 시선이 옮겨진다.

에스더 와. 별똥별이네요. 우리 소원 빌어요.

두 사람 눈을 감고 소원을 빈다. 에스더 한쪽 눈을 뜨고 리암을 쳐다본다. 그녀 미소를 지으며 먼저 들어간다. 리암, 하늘을 보다 들어가려 한다. 그때 풀숲이 흔들리고 후드를 뒤집어쓴 두 사람이 나타난다.

앨리슨 리암?
리암 누구세요?

앨리슨 쓰고 있던 후드를 벗고 리암을 바라본다. 앨리슨의 얼굴에 크고 작은 상처가 가득하다.

앨리슨 정말 여기 있었구나.

리암 앨리슨? 너 아르도 군단에 있는 거 아니었어? 여긴 왜 온 거야?

앨리슨 너가 필요해. 이대로 가다가 킬리안한테 결국 점령당할 거야.

리암, 아무 말 없이 앨리슨을 바라본다.

앨리슨 킬리안은 너무 위험해. 왕이 되면 무슨 일이 일어날지 몰라.

리암 더스틴도 크게 다를 건 없잖아.

앨리슨 비록 널 강등시킨 사람이지만 백성들을 함부로 죽일 사람은 아니야.

리암 그래서 여기 세렌포트를 공격한 건가?

앨리슨 그건 오해야. 킬리안의 군대가 더스틴이 한 것처럼 꾸민 거라고!

리암 그걸 믿으라고?

앨리슨 병력도 부족한 우리가 굳이 중립인 여기를 공격할 이유가 없잖아. 하지만 블레이크는 킬리안에게 합류한 이후로 사람들의 지지를 잃었으니까, 이번 일로 되찾으려 했을 거야. 무엇보다 우리가 공격했다면 프로디즈 저택이 온전할 일도 없어.

리암 그저 신임을 되찾고자 공격을 했다고?

앨리슨 그거 말고도, 확실하진 않지만 리암 널 원하는 거 같아. 너가 여기 있는 걸 알고 데려가려고.

리암 킬리안이 날 데려가? 그렇지만 블레이크가 이제 막 만나러 갔을 텐데….

리암, 앨리슨의 말을 듣고 고민한다. 이내 결심을 내린다.

리암 그렇다 해도 안 돼. 이 전쟁 이제 관심 없어. 떠날 거야.

앨리슨 떠난다니. 갑자기? 어디로?

리암 북쪽으로

앨리슨 그게 무슨 소리야? 좋아, 더스틴이 싫다면 백성들을 살린다는 생각으로 도와줘. 정말 모두가 위험해진다고!

리암 네가 더스틴 옆에서 잘 이끌어 주면 되잖아.

앨리슨 나 혼자는 못해. 나한테, 우리한테 네가 필요해.

리암 그 마음은 알겠지만….

앨리슨 그놈의 망할 북쪽을 지금 왜!

저택 안쪽에서 에스더의 목소리가 들린다.

에스더 공작님, 아직도 소원 빌어요? 빨리 들어오세요!

앨리슨, 저택을 바라보다 리암을 본다. 충격에 빠진 얼굴로 바닥을 바라보다 리암을 쳐다본다.

앨리슨 아니다. 내가 무슨 말을 해도 다 의미 없겠지. 그래 알겠어.

리암 미안해.

앨리슨, 리암을 바라보다 아무 말 없이 저택 밖으로 나온다. 호위무사, 그녀를 따라 같이 나온다.

앨리슨 잠시만 혼자 있고 싶어요.

호위무사 하지만… 네 알겠습니다. 숲으로 향하는 길목에 있겠습니다.

호위무사, 자리를 떠나고 앨리스 고민에 빠진다.

[M.08 그의 웃음]

앨리스

어렸을 때부터 우린 친했지
그는 나의 모든 걸 알아
나의 기쁨 또 슬픔 내 아픔까지도

내가 아플 땐 달려왔고
내가 기쁠 땐 웃어줬어
그가 날 위로했지

그의 웃음은 나를 녹여요
그 웃음은 나를 웃겨요
그의 웃음과 함께 하고 싶어

그러나 이젠 볼 수 없어
어딘가 차가워졌고 공허해
내가 되찾아주고 싶었어

그렇게 그를 찾아온 여기

그에게 보이는 행복
그러나 그의 옆에 없는
나의 모습

나를 녹이던 그의 웃음은
나를 웃기던 그의 웃음을
이젠 날 향하지 않을 그 웃음

그는 떠나고 난 여기에 서 있어

호위무사, 급하게 앨리슨에게 다가온다.

호위무사 방금 무장한 수상한 사람들이 프로디즈 저택으로 향하는 것을 봤습니다. 따라갈까요?

앨리슨 얼른 가죠.

앨리슨 고개를 끄덕이고, 앨리슨과 호위무사, 프로디즈 저택으로 빠르게 이동한다. 검사들 프로디즈 저택에 다다른다. 문을 두드리고 리암이 나온다.

검사1 다이우스 공작님.

리암 누구?

검사1 무사 하셨군요. 퓨릿 공작님께서 보내셨습니다. 공작님과 프로디즈 공녀를 안전하게 모셔오라고.

리암 블레이크가 아니라 킬리안이? 그것도 에스더를?

검사3 네, 프로디즈 공작님의 요청으로. 아시다시피 아직 아르도의 공격이….

리암 킬리안이 날 데려오라고 한 이유는?

검사1 아, 이 전쟁을 끝내기 위해 공작님의 도움이 절실하다고 하십니다.

리암 좀 전에는 블레이크의 요청이라며? 이것들 봐라?

검사3 퓨릿 공작님께서 찾으셔서 프로디즈 공작님이 저희에게 명령한 겁니다.

리암 (웃는다) 가서 전해. 더는 전쟁에 관심 없으니 난 안 간다고.

검사2 일단 수도로 가서 직접 말씀하시죠.

리암 그래 수도로 가서 너희가 직접 말해.

리암, 뒤돌아 저택으로 들어가려 하고, 검사들, 그대로 그를 급습한다.

검사1 죄송합니다. 무조건 데려오라고 명을 받아서.

두 명의 검사가 리암을 공격하는 동안 한 검사가 저택으로 들어가 에스더를 기절시켜 데리고 나온다. 리암 흥분하며 싸우려 하지만 무장한 세 명의 검사를 상대로 무기도 없이 버티기 버거워진다. 그러던 중 앨리슨과 호위무사가 나타난다.

검사3 이런 젠장! 일단 공작은 두고 간다.

검사들 황급히 장소를 떠나고 앨리슨, 그들을 쫓아가려고 하지만, 호위무사, 그녀를 막고 리암을 가리킨다. 앨리슨 리암에게 다가가 그를 부축해 저택 안으로 옮긴다. 앨리슨 급하게 붕대를 찾아 피나는 리암의 얼굴에 붕대를 두른다. 리암 거친 숨을 내쉰다.

리암 간 거 아니었어?

앨리슨 가는 길에 마주쳤어. 수상해 보이길래.

리암, 그제서야 에스더가 사라진 것을 눈치챈다.

리암 에스더… 에스더는…?

앨리슨 그 사람들이 데리고 갔어.

리암 뭐해 그럼 쫓아가야지!

앨리슨 너도 지금 상태가 심각해!

리암, 앨리슨의 호통에 아무 말 없이 그녀를 응시하다 고개를 떨군다.

리암 이해가 안 돼. 왜 킬리안이 에스더까지 데려가려는 거지?

앨리슨, 주저하다 리암에게 말을 꺼낸다.

앨리슨 소문이 사실이었나?

리암 무슨 소문?

앨리슨 에스더가 마녀고, 아르도에 협력한 세렌포트 사람들을 마법으로 치료하고 있다는 소문.

리암 무슨 소리야. 알아듣게 설명해봐.

앨리슨 최근에 퓨릿 쪽에서 돌고 있는 내용이야.

앨리슨, 품에서 쪽지를 꺼내 리암에게 건넨다.

리암 에스더가 자신의 오빠와 사람들을 홀렸다. 나라의 평화를 위해 그녀와 세렌포트 사람들에게 마녀재판을 행한다….

앨리슨 프로디즈 가문은 자신에게 협력하는데, 공녀는 적군을 도왔다고.

리암 그래서… 아군의 사기를 위해 처형하고, 세렌포트 사람들까지 죽인다고? 왜 아무 상관없는 사람들까지 다 죽이는 건데?

앨리슨 중립을 유지하며 킬리안의 명을 거부하던 세렌포트 사람들과 에스더니까.

리암 하지만, 세렌포트 사람들이 에스더를 따르지는 않는데….

앨리슨 어차피 얼마 안가서 풀릴 의심이었어. 양측 다 마녀와 추종자로 몰린 게 문제지.

리암 아니란 거 너도 알잖아?

리암, 충격을 받은 듯 바닥만 쳐다본다.

앨리슨 이럴 시간 없어. 널 데려가려고 더 많이 몰려올 거야. 일단 아르도 쪽으로 가자.

리암 아무것도 변하지 않았어 그대로….

앨리슨 뭘 고민하고 있는 거야!

리암 내가 도우려고만 하면 주위 사람들이 다 고통을 받아.

앨리슨 리암!

리암 고민하다 앨리슨을 본다.

리암 내가 수도로 가서 직접 킬리안을 죽이고 오겠어.

앨리슨 지금 그게 무슨 헛소리야!

리암 그게 모두를 살릴 유일한 방법이야.

앨리슨 지금 네 꼴을 보고도 몰라?

리암 잊었어? 난 지금 킬리안 앞으로 가장 가깝게 갈 수 있는 유일한 사람이야.

앨리슨 하지만….

리암 앨리슨. 오랜 친구로서 부탁할게. 네가 좀 도와줬으면 하는 일이 있어.

리암, 앨리슨에게 다가가 귓속말로 무언가를 속삭인다. 앨리슨의 눈이 커지고, 리암을 바라본다. 리암 고개를 끄덕이고, 앨리슨도 고개를 끄덕인 채 경호원과 함께 먼저 사라진다.

[M.13 검 앞의 맹세]

리암 말없이 벽에 걸쳐 놓은 자신의 검을 바라본다.

리암

난 오늘도 망설이네
다 포기하고 도망가야 하나
그녀를 포기해 너는 할 수 없어
내 안에 목소리가 맴도네

난 기억해 우리 가문과 나
그날의 선택들이 앗아간 부모

기억은 영원히 나를 휘몰아치네
하지만 이번만은 전부 떨쳐내야 해
오늘의 난 여기서 나가겠어

어머니가 등장해 리암과 대면한다.

어머니 넌 우리를 죽였어
리암 맞아. 내가 지키지 못했어. 하지만 이번만큼은 다를 거야.
어머니 지키지 못할 거야. 너 따위는….
리암 가문의 상징처럼, 완벽하게 해낼 거야.
어머니 넌 또다시 죽음을 부를 거야. 지금이라도 도망쳐.
리암 내 힘으로 이겨내겠어. 더 이상 흔들리지 않아. 난 혼자가 아니니까.

리암, 검을 집는다. 부모님 어둠속으로 사라진다.

리암 이젠 정말로 놓아드릴 게요

검을 들었고 모두 베었어
이것이 절대 끝이 아니라고
난 무슨 일이든 할 거야
너를 만나기 위해서

고갤 들었고 난 외쳤어
내 노력은 빛을 볼 거야
너를 놓치지 않기 위한

나의 검 앞의 맹세

맘속에 어둠을 헤쳐내고
새 삶을 살기 위해 변해가려 했지
그러나 행복도 새 삶의 이유도
물거품 돼 버리듯 한순간 사라졌어
널 구하긴 위한 내 길을 나서리

검을 들었고 모두 베었어
이것이 절대 끝이 아니라고
난 무슨 일이든 할 거야
너를 만나기 위해서

고갤 들었고 난 외쳤어
내 노력은 빛을 볼 거야
너를 놓치지 않기 위한
나의 검 앞의 맹세

부모를 향하는 나의 죄책감일지 몰라
도망치기 위한 변명이었을지도 몰라
그런 내 삶을 바꿀 사람을 만났어
하지만 그녀는 점점 멀어져 가
절대 너를 놓치지 않을 거야

난 너를 찾으러 갈 거야
너를 놓치지 않을 거야

너를 만나러 갈 거야

고갤 들었고 난 외쳤어
내 노력은 빛을 볼 거야
너를 놓치지 않기 위한
나의 검 앞의 맹세

4장

[모르폴레나 왕국 수도 로즈빌, 퓨릿 군단 거주지, 재판장]

어젯밤 리암의 공격으로 수도가 피해를 입게 되고 이에 백성들은 모두 어수선한 상태다. 재판장 입구 앞에는 뉴스걸이 신문을 들고 이리저리 돌아다니고 있다. 사람들 분주히 주변을 지나간다.

[M.14 죄목]

사람들

모르폴레나
행복이 끝나버린
모르폴레나
어둠이 집어삼킨
모르폴레나
행복이 끝나버린
모르폴레나
어둠이 집어삼킨

뉴스걸

전쟁은 갈수록 거세지고

우린 불안에 떨고 있을 수밖에

백성 대표1

여기 로즈빌도 완전히 달라졌지

선대 공작이 없는 지금

백성 대표2

하지만 희망은 존재했지

우리는 믿으며 기다리고 있었어

백성 대표3

반드시 이곳에

백성 대표 2&3

구원이 올 거라고

뉴스걸, 이곳저곳 돌아다니며 사람들에게 호외를 건넨다.

백성 대표1, 호외를 받고 읽기 시작한다. 백성 대표3에게 손짓하고

백성 대표3, 다가온다.

백성 대표1 이거 봤어? 그 일을 당하고도 여기에 불을 질렀어.

백성 대표3 부모님과는 너무 다르잖아. 우리를 도와준다 생각했는데

백성 대표1 심지어 성모상 머리를 부순 게 리암 공작이라고!

백성 대표2 뉴스걸에게 호외를 받고 읽으며 다가온다.
뉴스걸 계속해서 호외요 호외를 외치며 멀어진다.

백성 대표2 입 조심해. 보는 눈이 많아. 그리고 저런 모습이라면, 기대를 버리는 게 좋을지도.

백성 대표들, 무리 지어 재판장으로 이동한다.

사람들

성모상 아래 기도했네
자신의 죄를 마주하고
우리의 죄를 뉘우쳤지
여기에 구원을 내리소서

그러나 우리의 구원은
우리를 차갑게 버렸지
믿음은 산산이 부서지네
기다림도 모두 부서지네

백성 대표들 재판장에서 킬리안을 기다린다. 모두 착석한 이때,
문이 열리고 킬리안과 블레이크가 나타난다.

킬리안 우리 백성 대표님들. 모두 모였나?
백성 대표2 네. 모두 왔습니다.
킬리안 어젯밤 수도에 공격이 있었지. 거룩한 성모상까지 부서졌고.

백성 대표2 그런데 왜 공개 재판을 안 하고 저희만 부르신 겁니까?

킬리안 공개 재판은 혼란만 부를 뿐이야. 우리가 처벌까지 해서 알려줘야지. 백성들을 무지하게 만드는 게 우리 역할 아닌가?

백성 대표들 서로의 눈을 보다 마지못해 고개를 끄덕인다. 킬리안 손짓하고 리암이 병사의 손에 이끌려 등장한다. 이를 지켜보던 백성 대표, 리암에게 화를 낸다.

백성 대표1 우린 당신을 믿었는데 어떻게 성모상까지 부실 수 있죠?

백성 대표3 돌아가신 공작님 부모님께 부끄럽지도 않습니까?

리암, 당황한 눈으로 백성 대표를 쳐다본다.

백성 대표1

나라의 공작이 수도를

백성 대표2

이것은 명백한 반란

사람들

우리에게 반역자는 필요 없어
더 이상의 전쟁따위 하기 싫어
당신은 정신 나간 전쟁광일 뿐

킬리안

그래서 그의 죗값은?

백성 대표1

반역에 따른 처형을!

백성 대표3

아주 가혹하게 교수형을

사람들

당신의 죄를 마주하라
자신의 죄를 뉘우쳐라
당신의 죄를 마주하라
자신의 죄를 뉘우쳐라

열띤 사람들의 반응에 킬리안, 리암을 바라본다.

킬리안 편하게 오라고 미리 사람까지 보냈는데, 그때는 거부하더니 이제 와서 난리를 쳐? 자, 지금이라도 내 손을 잡아.

리암

네 손은 절대 잡지 않아
누가 너와 함께 하겠어
인간성을 버리고 괴물이

킬리안

괴물이 되어버린 리암이란 전쟁광!
뉘우침은 존재조차 안 하는가

사람들

진실은 당신이 반역자인 것
무지함으로 이곳을 불태운!

당신의 죄를 마주하라
자신의 죄를 뉘우쳐라
당신의 죄를 마주하라
자신의 죄를 뉘우쳐라

리암

그에게 속아가는
사람들 천지
진실조차
보지 못 하나

킬리안

뉘우침은
존재조차 안 하는가

사람들

당신의 죄를 마주하라
자신의 죄를 뉘우쳐라
당신의 죄를 마주하라
자신의 죄를 뉘우쳐라

다같이
당신의 죄를 마주하라
자신의 죄를 뉘우쳐라
당신의 죄를 마주하라
자신의 죄를 뉘우쳐라
너의 죄를 마주보라

킬리안 마지막으로 하고 싶은 말이 있나?

리암 에스더와 말을 하게 해줘.

킬리안, 의미심장한 눈으로 리암을 쳐다보다 백성 대표들에게 말을 한다.

킬리안 아, 그런 거였어? 자, 여러분 조사 결과 리암은 아르도 군단의 첩자였고, 어젯밤 몰래 도시를 습격했으며 심지어 우리의 성모상을 부수기까지 했습니다. 따라서 나 킬리안은 리암을 반란죄와 신성모독죄로 처형할 예정입니다.

대표들 당황하며 머뭇거린다.

킬리안 다들 뭐하십니까? 가서 소문 내셔야죠.

병사, 리암을 데리고 이동한다. 백성 대표들 고개 숙여 인사하고 재판장을 나간다. 병사는 리암을 감옥으로 데려간다. 킬리안 웃으며 재판장을 나가고 블레이크, 그를 뒤따른다.

5장

[모르폴레나 왕국 수도 로즈빌, 지하 감옥]

병사 리암을 끌고 와 감옥에 밀어 넣는다.

에스더 리암?

리암 에스더! 괜찮아? 다친 덴 없고?

에스더 당신이 여길 왜 온 거예요?

킬리안 왜 왔긴! 널 구하려다 잡혔지. 세렌포트에서 무슨 일이 있었는지 널 그렇게 만나고 싶어하던데.

킬리안 그들의 말을 끊으며 감옥으로 들어온다.

킬리안 그깟 감정에 휘둘리다니. 정신 차리고 어서 내 손을 잡아.

리암 어차피 사형선고를 내렸는데 이제 와서 네 손을 잡으라고?

킬리안 사형선고 따위 철회하면 돼. 오히려 내가 선처를 베풀면 사람들이 나를 존경하게 될 텐데. 그 정도야 감수할 수 있지.

킬리안 리암을 지나 옆 철창으로 이동한다. 그곳에는 에스더가 갇혀 있다. 에스더 말없이 킬리안을 노려본다. 감옥에 오랫동안 있었는지 상당히 초췌한 모습이다.

에스더 리암 손끝 하나 건드려봐. 죽어서라도 찾아갈 거니까.

킬리안 애틋하군. 네가 마녀라고 인정만 하면 리암과 세렌포트 사람들은 살려 줄게. 뭐 두 사람 다 잘 생각해보라고.

킬리안 웃으며 그들을 떠난다. 리암, 에스더 철창 쪽 벽에 기댄다.

리암 미안해. 블레이크가 그런 생각을 가진 줄은

에스더 당신 탓이 아니에요. 오빠가 날 아끼지는 않았지만, 이렇게 죽이려고 할 줄은 저도 몰랐으니까.

에스더 창문을 통해 암흑만이 가득한 하늘을 바라본다.

에스더 어쩌면 아버지의 말이 틀렸을지도. 노력을 해도 안 되는 건 있나 봐요.

리암 아니야. 포기하지 말자. 우린 여기도 나갈 수 있을 거야.

[M.15 별빛이 함께 REPRISE]

리암

우리의 노력이 신념이 함께
당신과 함께
한계를 넘어서
저 빛을 향해서
나갈 수 있어

리암 유성우 같이 보기로 한 약속. 지켜야지.

에스더 노력으로 넘을 수 있을까요?

리암 못 하면 억지로라도 넘을 거니까 걱정하지 마.

에스더, 리암의 말에 웃음을 보인다. 에스더 고개를 끄덕이고 좁은 철창 사이로 손을 뻗는다. 리암도 자신의 손을 뻗어 에스더의 손을 잡는다.

리암

우리의 마음이 행동이 함께
당신이 함께

저 세상을 넘어서

저 별빛을 향해서
갈 수 있어

너와 내가

에스더

에스더

우리의 마음이 행동이 함께
당신과 함께

저 세상을 넘어서
수평선 너머로

저 별빛을 향해서
갈 수 있어

너와 내가
함께하면

함께하면

그때, 무언가 부스럭거리는 소리가 들린다. 병사 다가간다. 어둠속에서 앨리슨과 호위무사가 나타난다. 호위무사가 빠르게 병사를 제압하고 앨리슨, 리암에게 다가간다.

리암 왜 이렇게 늦게 와! 죽는 줄 알았네.
앨리슨 지금 농담이 나와? 시간 없어. 서둘러.
에스더 당신이 어떻게.
리암 내가 앨리슨한테 미리 부탁했어. 얼른 나가자.

앨리슨, 자물쇠를 능숙하게 푼다. 철창 문이 열리고 앨리슨, 리암 손에 묶인 밧줄을 단검으로 자르기 시작한다. 앨리슨, 곧 이어 에스더의 철창을 열려고 하지만 문제가 생긴 듯 당황한다. 황급히 호위무사를 부른다. 병사를 놓고 앨리슨에게 다가간다. 병사 캑캑거린다.

호위무사 아가씨, 자물쇠 속에 뭐가 걸린 것 같습니다.
리암 부술 수 있어요?
호위무사 일단 해보겠습니다.

그때 병사가 정신을 차렸는지 비틀거리며 계단을 통해 사라지며 소리친다.

병사 여기 침입자가 있다! 지원 바란다!

위에서 병사들의 웅성거리는 소리가 들리고 점차 소리가 가까워지기 시작한다.

앨리슨 리암! 계획이고 뭐고 당장 출발 안 하면 우리 다 죽어.

리암, 에스더를 바라보며 고민한다. 에스더, 그런 리암에 얼굴에 손을 뻗어 그를 어루만진다.

에스더 얼른 가요. 돌아올 때까지 안 죽을 거니까.
리암 꼭 데리러 올 게. 내 모든 것을 걸고.

리암, 에스더의 손에 키스하고 앨리슨과 경호원을 따라 비밀통로로 떠난다. 그들이 떠나고 곧이어 킬리안과 블레이크가 병사들과 함께 등장한다.

킬리안 리암은!

킬리안 분노를 억누르지 못하여 크게 소리 지른다. 킬리안 에스더를 바라본다.

킬리안 너도, 너희 세렌포트 사람들도 이제 다 끝이야.

킬리안과 병사들 떠나고 블레이크도 같이 떠나려 한다. 그러다 에스더를 향해 다가간다.

블레이크 에스더, 이렇게까지 될지는 몰랐어. 킬리안도 널 죽일 생각은 없다고 했단 말이야.

에스더 ….

블레이크 내가 킬리안을 설득할게. 나와 함께 리암을 데려오자.

에스더 그럼 킬리안은 날 빌미로 삼아 그를 마음껏 조종하겠죠.

블레이크 네 처형이 내일 아침이야. 시간이 없어.

에스더 킬리안에게 속고도 절대 맞서 싸울 생각은 안 하네요.

블레이크 내가 여길 왜 왔는데. 다 우리 가문 살리려는 거잖아. 부모님 다 잃은 우리가 언제 다이우스 꼴 날지 모르는데, 그럼 가만히 있을까?

에스더 강력한 가문이 되려고, 세렌포트 사람들을 저버려요?

블레이크 대를 위해 소는 희생되는 법이야.

에스더 오빠에겐 가문의 명예? 힘? 그런 게 중요할지 몰라도, 전 아니에요. 그 힘, 수많은 사람들을 위해 쓰는 게 더 중요하지.

블레이크 그래 너 말이 맞다고 치자. 알겠으니까 킬리안한테 가자. 일단 살고 봐야지!

에스더 나 하나 살자고 남을 희생시킬 순 없어요.

블레이크 너의 그 신념! 어쨌든 살아야 지킬 수 있잖아.

에스더 한번 신념을 버리고 살아가면 이후에 지키는 의미가 없어요.

블레이크 제발 어머니처럼 되려 하지 마. 그런 개죽음 한번이면 족해.

에스더 그날 어머니는 승객들에게 기적이 되었어요!

블레이크 그리고 본인에겐 오지 않을 기적만 바라다 홀로 차갑게 식어 갔지.

에스더 어머니는 자신의 기적조차 남들에게 베푼 거죠.

블레이크 그래. 좋아, 지금 너가 만들어낸 기적은 어디 있지?

에스더 어머니는 저희가 이러는 모습을 원치 않으실 거예요.

블레이크 너 뭔가 착각하는데, 어머니는 내게 그리움이 아니야. 무능과 증오의 대상이지.

에스더 어떻게 그렇게 말을 해요! 누구보다 어머니를 존경했던 사람, 오빠잖아요.

블레이크 그 무능함이 우리 가문엔 필요 없으니까. 말투 하나하나가 전부 어머니를 닮았구나. 그래 그렇게 죽어라. 난 기회를 줬어.

블레이크 화를 내며 감옥을 떠나고 에스더 벽에 기대앉는다. 자신의 신념을 계속 추구하는 것이 맞는지에 대해 갈등한다. 이때 감옥의 창문을 통해 별빛이 들어와 에스더를 비춘다.

[M.17 기적은 나에게]

에스더

오늘도 난 절망에 빠져
캄캄한 밤하늘을 바라보네
끝이 없는 이 어둠 속에서
나의 불안함은 점점 더 커져만 가네

깊은 바다에 빠진 듯
마치 폭풍 속에 갇힌 듯
난 길을 잃고 헤매이고 있어

이제는 더 이상 절망하지 않아
슬픔이 나를 삼키게 두지 않아
저 별을 봐

밤하늘에 반짝이는 저
별들은 비가 되어 나에게 다가와
빛나는 모습 마치 기적과 같아
기적은 나에게 다가오게 될 거야

절망이 가득한 세상 그리고
공포에 젖어가는 사람들 나
어떻게 다 위로할 수 있을까

이제 난 다짐했어 기적을 믿어
사람들에게 희망을 전하리라
저 별을 봐

밤하늘에 반짝이는 저
별들은 비가 되어 우리에게 다가와
빛나는 모습 마치 기적과 같아
기적은 우리에게 다가오게 될 거야
모두 저 별을 따라가

어둠 속을 밝혀주는 저 별처럼
기적은 우리의 길을 환히 비출 거야

기적을 원하면 저 별을 따라가

저 빛나는 별들처럼 기적은 다가올 거야

6장

왕국 외곽, 아르도 군단 거주지

더스틴 누군가를 기다리며 불안한 듯 이리저리 둘러본다. 이때 앨리슨과 리암, 나타난다. 더스틴 리암을 보자마자 그의 멱살을 잡는다.

더스틴 정신 나갔어? 어차피 수도는 킬리안의 폭정 때문에 도화선만 있으면 언제든지 봉기가 일어날 수 있었어. 그런데, 수도를 공격하고 소란을 일으켜?

리암 앨리슨! 계획인 거 말 안 했어?

더스틴 계획은 킬리안의 병사만 공격해서 잡히는 거였지. 근데 거기서 성모상은 왜 부숴! 널 믿었던 로즈빌의 사람들을 다 적으로 돌릴 생각이야?

앨리슨 그건 실수였어요. 병사들이 너무 많아서 그만….

리암 그러는 너 역시 혼자는 자신이 없으니까 백성들을 이용하는 거 아니야?

더스틴 난 상황에 따른 가장 합리적인 판단을 내리는 거야. 그게 군주의 역할이고!

리암 군주의 역할은 백성들과 함께 하는 거지. 이용하는 게 아니라.

더스틴 난 그들의 분노와 함께 하는 거야.

리암 희망과 함께 해야지. 그들의 목소리를 듣는 나라를 만들 수 있다는 그 희망.

더스틴 그래 그 희망을 지금 너가 망쳐 놨잖아.

리암, 잠시 고민을 한다.

리암 백성들한테는 내가 해명하겠어.

더스틴 수도로 돌아가겠다고?

리암 변명을 하겠다는 게 아니야. 에스더와 백성들이 결백하다는 진실을 말하는 거지. 물론 세렌포트의 공격이 아르도가 아닌 퓨릿의 소행이라는 진실도 함께.

더스틴 그들이 믿어줄까?

리암 그건 그들이 정할 문제야. 다시 희망을 가질지 말지도.

리암 의지가 가득한 눈으로 더스틴을 쳐다본다.

리암 내일 아침이 처형이야. 지금 출발한다.

리암, 먼저 떠나고, 앨리스, 그런 리암의 뒤를 따른다.

7장

모르폴레나 왕국 수도 로즈빌, 유흥가 술집 '플라워 가든'

[M.20 플라워 가든]

손님2

오늘 하루의 고생도

손님3

오늘 하루의 걱정도

손님1

술과 함께 날려버려

손님4

마시고 털어버려

가게 주인

오늘도 떠나

보냈지

우리의 가족과 친구들

다같이

모든 슬픔을 한데 모아

마시고 털어버려

술과 함께 날려버려

마시고 털어버려

손님1

없어진 희망 속에도

손님2

포기하고 싶은 날에도

가게 주인

술과 함께 날려버려

마시고 털어버려

다같이

술과 함께 날려버려

마시고 털어버려

갑자기 밖에서 이상한 소리가 들린다.

가게 주인 모두 쉿!

리암과 앨리슨 검은 후드 망토를 뒤집어쓰고 주변을 살피며 조심스럽게 움직인다. 두 사람 에스더와 사람들의 결백을 말하는 종이를 벽에 붙이려고 한다.

리암 로즈빌에서 가장 큰 술집이라면서, 왜 이렇게 조용해?
앨리슨 불도 꺼져 있는 거 같은데….
리암 뭐 내일이라도 누군가 와서 보겠지. 아니 거기를 잡아야지.
가게 주인 뭐야 너희는? 일단 들어와.

갑작스럽게 열린 문에 리암과 앨리슨은 당황하고, 가게 주인을 따라 가게로 천천히 들어간다.

가게 주인 모두들 안심해. 군인 아니야.

가게의 불이 켜지고 사람들이 무기를 들고 기다리고 있다. 모두들 무기를 내려놓고 다시 술을 마신다.

가게 주인 못 보던 사람들인데 외지인?
앨리슨 네. 지방에서 올라왔어요.
가게 주인 하필 시기를 골라도 이런 때 오셨네.
리암 요즘 어떤데요?
가게 주인 아 왜. 킬리안 공작 때문에 병사들이 밤에 돌아다니잖아.
리암 여기는 뭐하는 곳인데 병사들을 두려워합니까?
가게 주인 뭐야? 여기가 어딘 줄 모르고 온 거야?

가게 주인

오늘도 흥겹게 마시고
흥겹게 즐기는 여기는

다같이

플라워 가든!

손님2

모든 근심과 걱정들이
사라지는 곳

다같이

플라워 가든!

손님1

하루 고통과 실패들이
잊혀지는 곳

다같이

모든 슬픔을 한데 모아
술과 털어버리고 잊어

손님1&손님2

얼마 남지 않은 시간
하루하루 술과 함께

손님1

요즘엔 장사가 안돼

손님4

걱정이 매일 늘어가

손님2

전부 다 잊고 싶어져

다같이

전부 다 잊고 싶어

가게 주인

모두 포기하고 싶은
그냥 떠나고 싶은 날
모두들 이끌리듯 여길 찾지

다같이

여길 찾지

가게 주인

그럴땐 흥겹게 마시고
흥겹게 즐겨봐 여기서

다같이

플라워 가든!

손님3

모든 근심과 걱정들이
사라지는 곳

다같이

플라워 가든!

손님1

하루 고통과 실패들이
잊혀지는 곳

다같이

모든 슬픔을 한데 모아
술과 털어버리고 잊어
얼마 남지 않은 시간
하루하루 술과 함께
모두 들이마셔!

모두들 신나게 건배를 하며 술을 마신다. 가게 주인 의자를 가져와 리암과 앨리슨 앞에 앉는다.

리암 저희를 왜 경계하지 않은 거죠?
가게 주인 순찰병치곤 둘이 너무 시끄러워서. 안에서 소리가 다 들려.
리암 아….
가게 주인 아까 보니까 가게 문에 뭘 붙이고 있던데.

테이블 위에 놓인 종이를 들어 본다.

가게 주인 내용이 상당히 위험하네요?

리암 그게 사실은….

가게 주인 당신들 킬리안에 대항하고 싶은 거예요?

손님1 소용없어요. 이런 글 올려봤자 동조할 사람 몇 없으니.

리암 네?

가게 주인 사실 저희는 내일 봉기를 일으킬 계획이었습니다. 많은 사람들이 함께 하기로 약속했고….

앨리슨 그런데요?

가게 주인 저희는 리더가 없어요. 그래서 한때 이곳의 영주였던 다이우스 공작에게 기대를 가지고 있었죠.

손님2 그럼 뭐해. 기대는 저버리고 수도나 불태우는데.

손님3 그래도 이렇게 사는 건 아니야. 그가 없어도 우리끼리 내일 싸워야 해.

손님4 다들 우왕좌왕하다 죽을 걸? 그냥 포기해.

가게 주인 보다시피 여기 백성 대표들도 이중 스파이로 노력 많이 했는데. 힘들 것 같네요.

리암 다른 사람들은 내일 하는지 안 하는지 알고 있습니까? 혹시 모르고 일어서면….

손님3 저희가 신호를 주면 시작하는 거로 모두 알고 있어서, 큰 혼란은 없을 겁니다.

가게는 순식간에 내일 싸울지 말지를 두고 두 편으로 나뉘어 싸우기 시작한다. 가게 주인도 중재를 하다 이내 싸움에 끼어든다. 사람들 간에 언쟁이 오고 간다.

리암 모두들 그만!

사람들 모두 리암을 바라보고, 리암 후드를 벗어 던진다. 사람들 술렁거린다.

[M.21 연설]

리암

로즈빌 나의 고향
길고 긴 여정을 떠나
다시 여기로 돌아왔지

내 뜻과 상관없는 여정
인내의 시간이 지나고
이 전쟁의 폭풍 속에서
난 찾았어 돌아올 길을

그렇게 돌아온 여기서
새로운 변화를 만들어
이곳을 시작으로
맞서 싸워 이겨내

손님2 우린 당신이 킬리안을 물리치고 과거를 되찾아줄 거라 생각했어.

손님4 하지만 당신은! 성모상을 부수고 가게들을 부수고! 우리

삶의 터전을 가져갔죠.

리암

그래 알아 내가 망친 걸
길을 스스로 버리고
당신들을 모두 외면한 나

용서를 바라지는 않아
다만 진실은 알아야 해
많은 사람들이 죽을 거야
그것만큼은 막아야 해

오늘도 도망친다면
내일은 절대 오지 않아
오늘의 한 걸음이
변화의 시작이 될 테니까

그러나 나 홀로는 못해
모두의 힘을 모아야 해
새로운 소용돌인
여길 정화할 테니

리암 씻을 수 없는 죄라는 거 잘 압니다. 절 벌해도 좋아요. 하지만, 무고한 사람들은 살리고, 여러분의 나라를 만들고 나서 절 벌하세요.

손님3 성공하더라도 아르도가 저희를 또 지배하지 않을까요?

앨리슨 저흰 여러분과 함께 할 겁니다. 군단 작전참모로서 약속해요.

앨리슨, 후드를 벗고 말을 한다. 앨리슨의 등장에 역시 사람들, 수군거린다.

손님1 아무리 작전참모라 해도 그 말을 어떻게 믿죠?

리암 아르도 군단은 여러분들의 도움 없이 절대 마음대로 나라를 운영할 수 없어요. 제가 꼭 그렇게 만들 겁니다.

가게 주인 죄는 우리를 위한 나라를 운영해서 갚으세요. 정당한 로즈빌의 공작으로서.

가게 주인, 리암에게 손을 내밀고 리암 그의 손을 잡는다. 가게 내의 손님들도 다시 나라를 바꾼다는 열망으로 가득하다.

리암

나와 함께 하겠는가?
이 폭정을 끝내고
우리가 선택하며
스스로 이겨내
사라진 평화와 우리의 행복을 되찾자

다같이

모두 함께 하겠는가?
이 폭정을 끝내고
우리가 선택하며

스스로 이겨내
사라진 평화와 우리의 행복을 되찾자

되찾자

8장

[모르폴레나 왕국 수도 로즈빌, 퓨릿 군단 거주지, 궁전]

날이 밝아오고 에스더의 처형날이 된다. 킬리안은 사람들 앞에서 발표할 준비를 한다. 그의 옆에는 블레이크가 그를 보좌하고 있다. 그들의 앞에는 투항한 리암이 서 있다.

킬리안 천하의 리암이 스스로 투항을 하다니. 에스더가 죽을 때가 되니 걱정이 되나 보지?

리암, 두 손을 든 채로 킬리안에게 다가가며 말한다.

리암 거래를 하자. 내가 대신 죽을 테니 에스더를 풀어줘.
킬리안 여기서 널 그냥 잡으면 되는데 거래가 될 거 같아?
리암 너한테 도움이 될 만한 정보가 있어. 아르도 군단에 관한.
킬리안 그게 무슨 소리야?
리암 아르도 군에서 성 내로 침입해 너를 잡을 계획을 세우고 있어. 그 날짜와 인원, 진입 경로까지 내가 다 알고 있고.
킬리안 네가 그걸 어떻게 알고 있어?
리암 잊었어? 내 탈옥을 누가 도왔는지? 아르도 측을 돕겠다고 해서 얻어온 정보야.

킬리안 좋아. 그 정보와 에스더를 교환하자… 이미 마녀라 공표해서 풀어줄 순 없고, 처형 대신 추방으로 끝내지. 이게 내 최선이야.

리암 추방… 그 후에 절대 건드리지 않는다고 약속해.

킬리안 좋아. 약속하지. 이제 정보를 넘겨.

리암, 품에서 종이를 꺼내고 킬리안, 블레이크에게 손짓한다. 블레이크 종이를 건네받아 킬리안에게 건넨다. 킬리안, 이를 읽어보고는 품 속에 종이를 넣는다.

킬리안 묻고 싶은 게 있는데, 그녀가 그렇게 중요한 이유가 뭐야?

[M.22 너와 나]

킬리안

쓸데없는 너의 생각
눈을 뜨고 현실을 봐
백성들을 또 사랑을
왜 지키려 하는 거야

리암

그렇다면 모두 잊고
증오만을 따라 가나
내 삶은 내가 정해

킬리안

연민은 일시적인 감정
냉정하게 판단을 해
우린 그들을 지배해

강력한 힘을 통해서
억압하고 밀어붙여
백성들의 위에서 군림해
그게 귀족이야

리암

의미 따위 내가 정해
너의 생각 듣지 않아
백성들을 또 그녀를
지키는 게 귀족이야

킬리안

모두 헛된 말들일 뿐
넌 눈이 멀어버렸어
똑바로 봐

리암

너의 말엔 더 속지 않아
내 판단은 나의 몫

에스더의 처형을 알리는 종이 울리고 에스더가 병사2에게 이끌려 등장한다.

에스더 리암! 당신이 왜 여기에!
킬리안 리암을 포박해.

손님1과 손님3이 다가와 리암을 묶기 시작한다. 에스더 발버둥치고 병사2, 그런 그녀를 잡아둔다.

리암 자 이제 에스더를 풀어줘.
에스더 리암! 당신 죽게 된다고!
리암 나한테도 기적이 오겠지.
킬리안 참, 아름다운 사랑이야. 그런데 어쩌지? 네 뜻대로 되지는 않을 것 같은데.
리암 설마….
킬리안 에스더를 처형장으로 데리고 가.
리암 킬리안! 마지막까지도 약속을 어기는 거야?! 너가 어떻게!
에스더 이거 놔! 리암! 리암!

병사2, 에스더를 데리고 사라진다. 병사들 리암을 데려가려 한다. 그러던 중 갑자기 밖에서 함성소리가 들린다. 그와 함께 리암을 잡아 두던 손님들이 줄을 풀고 킬리안에게 검을 겨눈다. 병사1, 손님들에게 검을 겨눈다.

킬리안 뭐야! 이놈들이….
리암 저 소리 안 들려? 네 밑에서 더 이상 못살겠다는 백성들의 소리가.

병사2 급히 달려와 리암에게 검을 겨누며 킬리안에게 말한다.

병사2 군주님. 반란입니다. 광장에 모여 있던 사람들이 단체로 일어섰습니다.

킬리안 그럼 전부 죽이면 될 거 아니야! 내가 지금 갈 테니까 여길 지켜.

손님1 여긴 저희가 최대한 버텨 보겠습니다. 킬리안을 따라가세요.

혼란한 상황 속에서 블레이크, 눈치를 보다 에스더가 사라진 방향으로 나간다. 킬리안 황급히 도망치려 하지만, 리암이 달려가 그의 경로를 막고, 할 수 없이 킬리안은 첨탑을 향해 이동한다.

[모르폴레나 왕국 수도 로즈빌, 퓨릿 군단 거주지, 첨탑]

킬리안 이런 젠장! 천한 것들 주제에 어디서 감히!

리암, 첨탑에 나타나 킬리안을 바라본다. 킬리안 아직 리암이 나타난 것을 눈치채지 못한다.

리암 어디까지 도망치려고?

킬리안 리암! 너가 이 반란을 계획한 건가?

리암 그러게 우릴 놔두지 그랬어.

킬리안 어떻게 그러겠어? 이 나라가 내 건데.

리암 아직도 그런 소리가 나와?

킬리안 저 천한 것들로 뭔가 바뀔 것 같아? 그것도 훈련 받은 내 군사들을 상대로?!

어디선가 나팔소리가 들려오고 함성소리가 뒤따른다.

킬리안 더스틴!

리암 내가 말했잖아. 아르도 군단이 쳐들어온다고. 아, 그리고 착각하지 마. 내가 아르도를 돕는 게 아니라 아르도가 나와 사람들을 돕는 거야.

킬리안, 검을 뽑아 리암을 공격한다. 리암, 능숙하게 자신의 검으로 킬리안의 공격을 막는다.

킬리안

아직 늦지 않았어
내 세계에서 함께할
마지막 기회를

리암

나에겐 나만의 길이

리암
우린 손잡을 일 없어

내 세상은 오직 내가
너와 나 이곳에서 죽음만이 존재하면

아니! 그럴 일은 없어

너와 나 여기 함께 한다면
많은 일을 해내겠지

피와 죄로 물들 이 땅에
너와 내가
함께 할 수는 없어
너와 내가

킬리안
너와 나 여기 함께 한다면
많은 일을 해내겠지

피와 죄로 물들 이 땅을
우린 바꿔갈 수 있어
이 세상을 너와 내가

썩어빠진 이곳을
너와 나 손을 잡는다면

너와 내가
함께 할 수는 없어
너와 내가

리암과 킬리안, 서로 검을 휘두르며 싸우고, 리암, 킬리안을 벤다.

킬리안 무릎을 꿇고 주저앉는다.

킬리안 내 손을 잡았으면 더 큰 걸 가졌을 텐데. 역시 지 애미 애비를 닮아서 멍청하구나.

리암 뭐?

킬리안 그들도 결국 죽었지. 너처럼 굴다가. 미련한 놈들.

리암 그날… 그 꼬마. 네가 보낸 거야?

킬리안 글쎄… 근데 집안으로 들여보낸 건 내가 아닌데.

리암, 강하게 킬리안을 발로 찬다.

리암 그 입 두 번 다신 못 놀리게 해 줄게.

리암, 검을 들고 킬리안을 베려 하고, 더스틴, 나타난다.

더스틴 리암! 그만둬!

리암 우리 부모님을 죽였어. 이건 정당한 복수야.

더스틴 그럼 넌 살인자가 될 뿐이야. 어떻게 되찾은 사람들의 마음인데! 에스더도 그걸 원하지 않을 거고!

리암 에스더… 그래 에스더! 에스더 어디 있어? 구한 거지?

더스틴 블레이크가 에스더를 데리고 갔어. 여기서 이러지 말고 빨리 구하러 가.

리암 어디로?

더스틴 플라워 가든 근방.

리암, 말없이 그대로 떠난다.

더스틴 오랜만이네요.

킬리안 그래. 기쁘겠지. 드디어 너가 원하던 세상을 얻었으니.

더스틴 그래도 나 혼자 꾸려갈 생각은 없어요. 우릴 도운 저 사람들과 함께 하는 거지.

킬리안 리암이랑 같이 있다 보니 너도 천한 놈들에게 동정심이라도 생겼나봐?

더스틴 동정심이 아니라 공평한 거죠. 깨달았으니까. 백성들이 함께 하는 나라가 필요하다고.

킬리안 위인 납셨구만.

더스틴 선택하시죠. 여기서 죽든지. 나를 따라 목숨이라도 부지할지.

킬리안 날 내려다보지 마!

킬리안 마지막 힘을 쥐어짜 검을 더스틴을 향해 휘두른다. 하지만, 이미 피를 많이 흘린 킬리안의 굼뜬 동작을 더스틴은 쉽게 막는다.

킬리안 내… 내가 죽는 날은 내가 정해! 내가!

킬리안 밑을 바라본다. 자신의 왕국이 몰락하고 있다. 킬리안, 더스틴을 향해 웃는다.

킬리안 지옥에서 기다리고 있지.

킬리안 그대로 추락하여 불속으로 사라진다.

9장

[모르폴레나 왕국 수도 로즈빌, 유흥가 술집 '플라워 가든' 근방]

블레이크 묶여 있는 에스더를 업고 적막한 유흥가에 나타난다. 모두 시위를 위해 나간 탓인지 항상 시끄럽던 유흥가에는 고요함이 가득하다. 블레이크 플라워 가든의 고요한 것을 보고 안으로 들어간다. 블레이크, 에스더를 묶고 있는 줄을 풀어준다. 블레이크, 말없이 에스더를 바라본다. 그러다 가게 밖으로 나가려 한다.

에스더 나가면 사람들이 오빠를 죽일 거야.
블레이크 네가 언제부터 내 걱정을 그렇게 했다고 그래.

블레이크 그대로 나가려 한다.

에스더 고마워.
블레이크 착각하지 마. 좋아서 살려준 거 아니니까.
에스더 그래도 살려준 거잖아.
블레이크 너가 나보다 공작에 더 어울리니까… 우리 가문을 위해서 살려준 거라고.
에스더 도대체 언제까지 가문의 명예 같은 거에 집착할 거야? 이제 그런 짐들 좀 내려놔.

블레이크 그래서 너한테 준다고! 너라면 나와 다르게 우리 가문을 지킬 수 있겠지.

에스더 오빠도 나처럼 할 수 있는데 안 하는 거잖아! 어머니의 죽음을 부정하고 싶으니까! 지금이라도 인정하고 바꾸면 안 돼?

블레이크, 에스더의 말을 무시하고 나가려 하고 에스더 황급히 달려가 블레이크의 팔을 잡는다.

에스더 나가면 죽는다니까!

블레이크 이거 놓으라고!

블레이크 자신을 잡는 에스더를 강하게 뿌리친다. 에스더 넘어지며 벽에 머리를 박고 쓰러진다. 블레이크 당황하며 에스더에게 다가간다. 그때, 가게 주인이 등장한다.

가게 주인 지금 뭐하는 거야!

가게 주인, 블레이크에게 달려들고 블레이크 가게 주인의 공격을 계속해서 피한다. 그러던 중 램프가 쓰러지며 가게에 불이 나기 시작한다. 블레이크 자신의 칼을 빼 들어 빠르게 가게 주인을 제압한다. 칼을 그의 목에 갖다 댄다.

가게 주인 언제 불이 이렇게….

블레이크, 고개를 들고 주변을 둘러본다. 어느새 가게에 불이 퍼져

주변이 온통 붉게 물들어 있다. 블레이크, 고민을 하다 칼을 치우고 가게 주인을 에스더 쪽으로 밀어버린다.

블레이크 걔 데리고 당장 꺼져.

가게 주인, 블레이크를 노려보며 에스더를 업고 가게 밖으로 나간다. 블레이크 천천히 가게의 의자에 앉는다. 가게 점점 불타며 무너진다. 가게 주인 불타는 가게를 바라보고, 에스더가 천천히 몸을 움직인다.

에스더 제가 왜 여기에…! 블레이크는!
가게 주인 저 안에서 안 나왔습니다.
에스더 네?

에스더, 당장 가게 안으로 들어가려 하고, 가게 주인 그런 그녀를 붙잡는다. 곧이어 리암이 등장한다.

리암 에스더! 무사했구나.
에스더 이럴 시간 없어 리암. 오빠가 저기 갇혔어. 구하러 가야해.
리암 너 미쳤어? 널 팔아넘긴 인간이야. 게다가 저 불타는 곳을 들어간다고?
에스더 마지막에 날 구해줬어. 날 풀어줬다고!
리암 그렇다 해도 이미 늦었어! 죽었을 거야.
에스더 내가 말했지? 기적은 만드는 거라고. 아직 살아있어. 그리고 내가 갈 거야.
리암 이건 기적이 아니라 미친 짓이야. 정신 차려.

에스더, 그런 리암을 보며 한숨을 쉬다 갑자기 가게로 뛰어 들어간다. 리암, 그녀를 잡으려 하지만 놓치고 만다.

리암 에스더!

리암, 에스더를 따라 가게 안으로 뛰어 들어간다.

10장

[모르폴레나 왕국 수도 로즈빌, 유흥가 술집 '플라워 가든]

주변이 밝아지고, 리암, 더스틴과 대화를 나누고 있다.

리암 치료는 힘듭니까?

더스틴 그곳에서 한쪽 눈만 먼 것도 기적이야. 조만간 의식을 차릴 것 같다고 하던데.

에스더, 리암에게 다가와 그의 등을 때린다.

에스더 어서 와요. 뭐가 그렇게 궁금한 게 많아요!

리암 떠나기 전에 블레이크가 깨어나면 좋잖아.

에스더 갔다 오면 깨어 있겠죠.

리암, 에스더의 손에 이끌려 자리에 앉는다. 자리에는 앨리슨과 단골손님들이 앉아있다. 더스틴 역시 그들을 따라 자리에 앉는다.

앨리슨 내일 떠난다고 했나?

리암 응. 내일 아침에.

손님2 아쉽네요. 이렇게 떠나신다니.

리암 세렌포트는 아직 복구가 안됐으니까. 끝나면 돌아올 겁니다.

앨리슨 그래. 여긴 우리가 수습하고 있을 테니까 얼른 해결하고 돌아와.

더스틴 그래도 여기 로즈빌의 지배 가문은 다이우스 가잖아. 백성들도 너를 원해.

손님1 기다리고 있겠습니다.

가게 주인 여기 주문하신 맥주입니다.

가게 주인, 손에 병들을 한가득 들고 나타난다. 테이블에 술들을 올려놓는다.

가게 주인 뭐. 리뉴얼 기념으로 오신 건 감사하지만, 귀족 분들이 이런 곳을 좋아할 줄은 몰랐네요.

더스틴 이제 나라도 바뀌는데, 저희도 여기 단골이 되어볼까 해서요.

모두들 술을 마시고 떠들며 웃는다.

[M.24 기적의 세상]

리암

수많은 시간들이 지나가고

마침내 오늘이 다가왔네

모두가 꿈꾸던 아름다운

평화의 세상들이

에스더

절망과 공포가 가득했던 나라의
어둠은 저편으로 사라지고
기적이 가득한 세상에는
별들이 떨어지네

리암

세상의 핍박과
저주가 오더라도
주먹을 쥐고 팔을 뻗어
기적을 만들어가

더스틴&앨리슨

오늘 실패해도 일어나
기적이 오리라 믿으며
다시 시작해봐
눈을 떠봐

에스더&리암&사람들

모두 포기하고 싶은
그냥 떠나고 싶은 날

다같이

그럴 땐 손을 내밀어봐

여긴 모르폴레나
모든 정의와 평등함이
함께하는 곳

모르폴레나
하루 고통과 실패들을
모두 이겨내는 곳

모든 슬픔을 한데 모아
함께 이겨내고 잊어버려
같이 하면 할 수 있어
불가능조차 가능해

여긴 기적의 세상이니까
기적의 세상

막이 내린다.

기적이 절실하게 필요한 시기다. 근 2년간 세상은 변화하였고 단절되었다. 모두의 마음속에서 기적은 사라져갔고, 절망과 공포, 서로에 대한 혐오만이 가득한 세상이 찾아왔다. 사실 모두의 마음속에 기적은 살아있을지 모른다. 지나친 절망 속에 존재를 잊고 있을 뿐. 모르폴레나라는 작품을 통해 사람들의 내면에 숨어있던 기적의 존재를 꺼내고 싶었다. 기적은 공포와 유사하다. 한번 물결이 일어나면 눈 깜짝할 새에 온 곳이 그 물결로 가득 차게 된다. 모르폴레나에선 공포의 물결이 가득한 세상에 기적을 믿는 한 명의 행동이 결국 공포를 몰아내고 기적만이 가득한 세상을 만들어내게 된다. 우리의 현실도 이와 같다고 생각한다. 이 작품이 현재 세상에 가득한 절망과 공포가 기적으로 바뀌게 되는 물결의 시작이 되기를 기원한다.

독고만수

김승철 지음

등장인물

그　　　권도균
그녀　　임소희
코러스　김용민
양의열
송유정
미야나가 히카리
오주현
윤형조
김슬우

작/ 연출　김승철
조연출　김하영
무대감독 신윤재
이동훈
조준아
무대　　민지원
신군재
남상호
기획　　정은하
박서연
조명　　이혜진
　　　　유겸
음향　　김정호
의상　　장정인
김소민
작곡　　윤수아

0장

[독고만수 부재와 회피 시퀀스]

만화책 '독고만수' 무대 위에 놓여있다. 스피커 음성으로 만화 '독고만수'의 줄거리가 나온다. 오래된 라디오에서 나오는 듯한 '독고만수'의 메인 테마 음악과 음성. 그, 음성과 함께 무대로 등장. 무대에 놓인 만화책을 본다. 그, 책에 무엇인가 적기 시작한다.

우리의 친구 독고만수. 독고만수! 낮에는 심리상담사. 저녁에는 히어로! 그는 갖가지 방법들로 위기에 처한 사람들을 구해낸다! 뻔한 이야기는 가라! 그는 신비한 능력으로 마음의 병을 치료해준다. 와우 너무나도 마법 같은 일. 어디 그뿐인가! 이 복면과 함께라면 그 무엇도 두렵지 않다! 수많은 악당들을 물리친다. 독고만수! 세계의 수호자! 독고만수는 어떠한 고난에도 굴하지 않는다! 맞서 싸운다! 독고만수! 그러다 문득,///// 한 가지 궁금증이 생긴다! 나는 누구인가! 나는 무엇을 위해 이토록 필사적인가! 내가 진정 원하는 것은 무엇인가! 찾아야한다. 그는 여정을 떠난다!

그 내가 원하는 삶을! 나는 마주한다!

코러스들, 각각 문에서 등장한다. 신호에 맞춰 자리한다.

코러스 그는 독고만수와 동일시되는 삶을 살아간다!

코러스 그와 독고만수는 부재를 경험한다!

코러스 그와 독고만수는 공포를 마주한다!

코러스 그와 독고만수는 공포를 마주한다!

코러스 그와 독고만수는 공포를 마주한다!

코러스 그와 독고만수는 공포를 마주한다!

코러스 그와 독고만수는 계속해서 마주한다!

코러스들 그와 독고만수는 계속해서 마주한다. 그와 독고만수는 계속해서 마주한다. 그와 독고만수는 계속해서 마주한다.

종소리 세 번. 코러스들 무대 중앙으로 한 명씩 들어간다.

코러스 그와 독고만수는 심리상담사.

코러스 독고만수는 나아간다! 그는 머무른다.

코러스 독고만수는 여정을 떠난다!

코러스 그는 이야기를 써내려간다.

코러스 독고만수는 맞서 싸운다! 그는 계속해서 써내려간다.

코러스 독고만수는!/ 그는.

코러스들 독고만수는 나아간다! 그는 머무른다.

종소리. 코러스들, 그를 몰아세운다. 그, 코러스 사이를 헤집고 나온다.

코러스들 그와 독고만수는 결말에 다다른다!

그 나는 손을 뻗지 않습니다. 나는 회피합니다.

그, 무대 길을 따라 퇴장한다. 그의 상황을 대변하는 내레이션 나온다. 그, 자신만의 문으로 퇴장한다.

1장

무대 위는 텅 빈 공간.

[독고만수 시퀀스] – 말과 행위의 반복

코러스 독 고 만 수. 낮에는 심리상담사 저녁에는 히어로.

코러스들 홀로 독. 외로울 고.

코러스 독 고 만 수. 사람들을 구해낸다.

코러스들 속일 만. 죽일 수.

코러스 독 고 만 수. 그와 반대되는 선택.

코러스들 홀로 외롭게.

코러스 독 고 만 수. 그가 이해하고자 하는 삶.

코러스들 속이고 죽이며.

코러스 독 고 만 수. 그는 여정을 준비한다.

코러스 이야기의 끝을 짓기 위한 여정!

코러스들 그는! 자신만의 이야기로 독고만수를 재창조한다!

'그' 무대 왼편에서 등장한다. '그녀' 무대 오른편에서 등장한다. 그와 그녀, 코러스들의 소리를 들으며 앞으로 나온다.

코러스 그는 살아간다. 그녀는 살아간다.

코러스 수많은 것들을 마주한다.

코러스들 공포. 두려움. 고통. 고난. 이별. 떠나감. 버려짐. 외로움.

그 존재하기 위해 존재한다. 살아가기 위해 살아간다.

그녀 존재하기 위해 존재하지 않는다. 살아가기 위해 살아가지 않는다.

그 회피합니다.

그녀 마주합니다!

[마주한다/ 회피한다 시퀀스]

코러스들 앞으로 일제히 걸어 나온다. 일렬로 선다.

코러스 왜 저런대?

코러스 힘들었나봐!

코러스 그래서 왜 그러는데?

코러스 아! 그래서 그랬다고?

코러스 저래서 힘들었고 이래서 힘들었다고?

코러스들 그래서 무슨 일이 있었던 건데.

그/그녀 나는!

코러스들 그와 그녀의 소리를 들어보려 앞으로 나오지만 그들의 말을 끊는다.

코러스 그게 이유야?

코러스 그게 왜 힘든데?

코러스 겨우 그 정도 가지고?

코러스들 에이!

코러스 야! 그건 네 잘못이지!

코러스들 특정 단어를 반복한다. 반복하며 각자 자리로 돌아간다.

그 회피합니다.

그녀 마주합니다! 과거를 마주보고 현재를 즐기며 미래를 상상합니다. 나 자신이 누구인지 끊임없이 되뇌이며 살아갑니다. 세상 모든 것들을 받아들인다. '반대'를 통해 밖으로 분출시키는 과정. 난 다가오는 것들을 피하지 않습니다. 두려워마세요! 마주할 용기만 있다면 세상 모든 결말은 행복해질 거예요. 피하지 마세요. 당신은 분명 이겨낼 수 있을 거예요. 나를 틀렸다고 규정하는 모든 것들과 맞서 싸운다! 마주봅니다. 이겨냅니다.

그 과거를 잊고 현재를 버티며 미래를 예견합니다. 나 자신이 누구인지 잊은 채 무던히도 살아갑니다. 받아들인다. 이해의 과정이 아닌 내 속에서 소멸 시키는 과정. 마주보면 회피하고, 기억나면 잊습니다. (책을 본다) 정해진 이야기대로 살아왔습니다. 이야기의 끝을 지으려는 노력. 그러기 위해선 변곡점이 필요합니다. 나는 곧 떠납니다. 나 자신을 찾기 위한 여정!

[뫼비우스 시퀀스]

코러스들. 큐브를 들고 무대 안쪽으로 나온다. 자리한다.

코러스(공포) 공포는 또 다른 공포를 낳고. 그 공포는 우리에게 새로운 선택지를 제시한다. 새로운 물음을 제시한다.

그 나는 심리상담사가 되어야만 했습니다.

그녀 나는 사람들을 돕고자 심리상담사가 됩니다.

코러스들 너무 힘들어요.

그 너무 깊이 들어가지 않습니다. 멀리서 관찰합니다.

그녀 그들의 삶에 깊게 개입합니다. 속에서 헤엄칩니다.

코러스 편도체의 크기는 동일하다.

코러스 편도체는 감정, 특별히 공포와 공격성을 처리하는 핵심적인 구조물.

코러스 결국엔 받아들이고 대하는 것에 대한 관점의 차이.

그 나는 완전한 회피를 통해 이겨낼 것을 제시합니다.

그녀 나는 완전한 마주함을 통해 이겨낼 것을 제시합니다.

코러스 인생은 한 치 앞도 알 수 없는 것.

코러스들 의심, 불안, 환멸, 자책.

그 회피합니다.

그녀 마주합니다!

코러스(공포) 항상 해오던 것처럼 환자들을 상대한다.

그 나는 다가오는 것들을 마주하지 않습니다.

그녀 나는 다가오는 것들을 회피하지 않습니다!

코러스(공포) 그것은 과거의 어느 시점에서 발생한다. 그것은 항상 예기치 못한 순간에 찾아온다.

코러스들 예기치 못한 불상사. 트라우마. 평소와 같이 환자를 상대하던 중.

코러스(공포) 그는 문득 자신의 존재 이유에 대해 생각한다/ 그녀는 문득 자신의 진실된 삶에 대해 생각한다.

코러스들 우연을 가장한 필연!

코러스(공포) 둘은 평행세계 속 인물처럼 같은 일을 경험하게 된다.

코러스(환자) 전 살아야 할 이유를 모르겠습니다-!

코러스들 그는 손을/ 그녀는 손을.

코러스들 강하게. 뿌리친다./ 강하게. 잡아챈다.

코러스 일어나는 연쇄 작용. 놀란 환자는 뒷걸음질 친다. 책장에 머리를 쾅. 다시금 환자를 앞으로. 본인의 발에 걸려 넘어진다. 선반은 환자의 어깨를 쾅. 환자는 오른쪽으로. 오른쪽 옷걸이에 눈과 귀, 코가 연달아 쾅. 그대로 쓰러진다.

코러스들 전치 4주!

코러스(공포) 유력한 용의자와 피해자. 어지러운 사건 현장. 그는 쓰러진 것의 주위를 배회한다. 그녀는 쓰러진 것을 일으켜 흔든다. 점점 더 심해지는 부상.

코러스들 전치 5주! 6주! 7주! 그만!

그녀는 환자를 일으켜 흔든다. 그는 환자 주위를 배회한다.

2장

[구금당하다 - 그와 그녀의 만남]

코러스 그! 그녀! 새로운 보금자리. 구금소 동기들과의 첫 만남.

코러스들 반갑다-!

그 안녕하세요. 반갑습니다

그녀 죄송해요. 아니. 잠시만요! 죄송한데 제가 일부러 그런 게 아니에요. 전 그저 그를 도와주려고 했을 뿐이에요!

코러스 불행하게도 피해자의 몸에는 그녀의 지문이 한 가득.

그 제가 좀 더 주의했어야 했는데 죄송합니다.

그녀 (당시의 상황을 몸으로 설명해가며) 일부러 그런 게 아니라니까!

그와 그녀는 각자 다른 방에 구금되어 있다. 그는 복면을 쓴다. 그는 벽면에 기대어 쪼그려 앉아 독고만수 책을 보고 있다. 중간중간 책에 무언가를 끄적인다. 그녀, 그와 같은 벽면에 기대어 앉는다. 그와 그녀 꾸벅꾸벅 졸기 시작한다.

코러스 아침이 오고, 다시 저녁이 옵니다. 그렇게 하루 이틀. 모두가 깊이 잠든 늦은 새벽. 악!

그와 그녀 놀라 벽에 머리를 부딪친다. 아파한다.

그녀 아잇!

그 아야.

그녀 계십니까.

그는 책을 응시할 뿐 아무런 반응도 하지 않는다. 대답이 없자 그녀는 계속해서 대답을 요한다.

그녀 (속삭이지만 크게) 계십니까!

그 네. 여기 있습니다.

그녀 당신은 지금 무엇을 하고 있습니까. 뭘 하는 사람입니까. 왜 이곳에 오게 되었습니까-! 구금소 안에는 어떤 물건도 가지고 들어오지 못합니다. 뭘 쓰고 계십니까-! 개인 물품은 반입 금지입니다. 제 물음에 대답하지 않을 시 소리를 지를 겁니다. 교도관이 오면 당신이 가지고 있는 물건도 뺏길 겁니다.

그 (말을 자르며) 보통 속옷 안까지는 검사하지 않습니다. 구금뿐이지 저희가 범죄자는 아니니까요.

그는 호탕하게 웃어 보인다.

그녀 저랑 같은 날 들어오신 분 맞으시죠? 처음이랑은 사뭇 분위기가 다르시네요. 밤마다 뭘 그렇게 끄적이시는 거예요?

그 그대에게 말해줄 의무는 없다고 생각합니다.

그녀 (그를 따라하며) 성의 있게 대답하지 않을 시 소리를 지를 겁니다.

그 만화책의 결말 부분을 적어 내려가는 중이었습니다.

그녀 무슨 책이요? 듣고 싶어요. 저한테도 알려주세요! 여긴 너무 지루하단 말이에요.

그 하하. 우리의 친구 독고만수!

교도관 소리 지른다. 화들짝 놀라는 그와 그녀. 그는 다급히 책을 숨긴다.

코러스 아침이 오고, 다시 저녁이 옵니다. 두 사람은 대화를 이어나갑니다. 흥미로운 이야기. 와-

이야기를 이어나가는 그와 그녀.

그녀 그럼 제가 그때 가만있었어야 한다는 걸 말하고 싶은 거예요?

그 결론적으로, 기절해 있는 환자를 흔들어 상황이 더 악화되지 않았습니까.

그녀 기절해 있기 때문에 그를 깨워야겠다고 판단했어요. 정신의학에서 쇼크가 일어난 환자에게 적절한 행동요령을 취하지 않을 시.

그 (말을 끊으며) 하지만 결론적으로 그 판단은 틀린 판단이었습니다.

그녀 (말을 끊으며) 결과론적으로 판단하는 건 아무 의미가 없다고 생각합니다.

코러스 관점의 차이가 불러온 서로 다른 결말. 구금소 석방 전 정신감정. 형식상 존재하는 절차.

그 억울한 부분이 없지는 않습니다. 의도한 바가 존재하지 않고 내가 그에게 위해를 가할 목적이 없었기 때문입니다. 하지만, 상대방이 듣고 싶은 말을 내보냅니다. 상념들을 지워내고 정해진 답을 배출합니다.

그녀 억울한 부분을 하나하나 전달합니다. 나의 무고함을 증명하고 싶습니다. 물론! 죄송해요. 아니. 잠시만요! 나는 그를 다치게 할 어떠한 이유도 없었고, 단편적인 것으로 내가 판단되는 것을 반대합니다. 내 행동은 틀리지 않았습니다.

코러스 그!는 구금소에서 석방된다.

코러스 그녀!는 구금소에서 석방된다. 하지만-

코러스 감정 결과 그녀는 일정 부분 정서 상태 불안이 존재-

코러스 그녀의 심리 상태-를 돌아본 바.

코러스 상담사로써의 자격에 의문-이 생깁니다.

코러스 고로! 일시적으로 그녀의 상담사 자격을 박탈-

코러스 수습기간을 거쳐 그녀의 상담사 자격에 대한 진위여부를 논한다. 수습 기간을 무사히 마치는 것은 이 확인서로 확인한다.

코러스 그녀의 수습기간을 담당할 심리상담사는. (그를 바라보며) 당신!

그녀 네?!

코러스들 네?

그 네.

3장

[동행의 시작 - 불규칙 속 규칙]

그녀 이건 불공평해요!

그 저 또한 그렇게 생각합니다.

그녀 왜 당신이 그렇게 생각하죠?

그 전 반드시 해결해야만 할 것이 있습니다. 전 여정을 떠나야만 합니다.

그녀 무슨 여정이요?

그 설명드릴 이유는 없습니다. (사이) 당신과의 동행은 사실상 저에게 주어진 난제입니다.

그녀 그건 저도 마찬가집니다! 원치도 않는데 왜 알겠다고 하신 거죠?

그 저에게는 선택권이 없었습니다. 그들의 요구를 들어주지 않을 시 저 또한 불이익을 받을 수 있었습니다.

그녀 네?

그 아 (가방에서 종이 한 장을 꺼낸다) 보고서에 따르면 '그녀의 정신감정 면담 및 구금소에서의 행태를 살펴보아, 그녀의 수습기간을 담당해줄 심리상담사를 구한다. 다음 단락. 수많은 요청 건에도 어느 상담사도 답하지 않았음. 다음 단락. 그로 인해 협회 차원에서 임의로 상담사를 지정하기로 합

의됨. 기한 내에 확인서가 제출되지 않을 시 담당상담사 또한 불이익이 있을 것임.'

그녀 (말을 자르며) 아니요! 그만 듣고 싶어요. 당신과 나는 분명히 비슷한 일로 들어왔는데, 왜 나만 그런 부당한 처우를 당해야 하는 건데요?

그 너무 많은 것을 그들에게 배출했기 때문이라고 생각합니다. 그리고 말씀 드리지 않았습니까. '수많은 요청 건에도 어느 상담사도 답하지 않았음.'

그녀 (말을 자르며) 전 아무런 잘못도 하지 않았고, 당신의 수습상담사가 될 이유는 어디에도 없다고 생각합니다. 전 틀리지 않았어요!

그와 그녀 마주본다. 화가 나 있는 그녀를 바라보는 그.

그 그렇게 저와의 동행이 싫으시면 자격 박탈을 인정하시면 되는 거라고 생각합니다. 서의 개인석인 사견입니다만 당신은 심리상담사로서 부적절하다고 생각합니다. 만약 함께 여정을 떠나게 된다면 제가 설정한 규칙들을 반드시 지켜주셔야 합니다. 첫째, 접촉 불가. 둘째, 단독행동 금지. 셋째, 어떠한 일이 생기든 '갑'의 여정을 마무리하는데 일조할 것.

그녀 거기, 두 번째 조항에 갑은 저라고 적혀있어요.

그 무슨 소리십니까. 그럴 리가 없습니다.

그녀 저기랑 저기도 잘못 적혀 있잖아요. 순 엉터리네.

그녀, 그의 손에서 '독고만수' 책을 뺏는다.

그는 모른 채 보고서만 보고 있다.

그 제가 그런 간단한 실수를 할 리가 없습니다.

그녀 분명 잘못 적혀있었어요. 자세히 보세요. 독고만수?

그녀는 그를 피해 다니며 만화책 속의 내용을 읽는다.

그 부탁입니다. 제발 그 책을 돌려주세요. 지금 당신은 정서적으로 매우 불안한 상태입니다.

그녀 우리의 친구 독고만수! 낮에는 심리상담사. 저녁에는 히어로! 그는 갖가지 방법들로 위기에 처한 사람들을 구해낸다! 수많은 악당들을 물리친다. 세계의 수호자! 독고만수는 어떠한 고난에도 굴하지 않는다! 맞서 싸운다! 독고만수! 그는 여정을 떠난다!

그녀 책의 뒷부분을 펼친다. 비어있는 것을 보고 의아해한다.

그 부탁입니다. 제발 돌려주세요.

그녀, 그가 무릎을 꿇자 되려 당황한다.

코러스들 (그녀를 가리키며) 전형적인 악당.

그녀 이러니까 꼭 내가 악당이 된 거 같습니다.

그녀, 그에게 책을 건네준다. 그, 자리에서 일어나 책을 가져간다. 그는 책의 상태를 계속 살피고 있다.

그녀 독고만수! 뒷부분이 비어있던데. 원래 그런 거예요?

그 써내려가는 중입니다. (사이) 결말 부분은 아직이지만요.

그녀 결말의 완성이… 당신이 말하는 여정과 관련 있는 건가요?

그 그렇습니다. 여정을 통해 이야기를 마무리 지어야만 합니다.

그녀 저에게 심리상담사라는 직업은 정말 특별해요. 그만 둘 생각은 해본 적도 없고요. 좋아요. 불공평하든 어떻든 나는 더 이상 주저할 시간이 없어요. 동행합시다! 대신 그 규칙에 대한 건, 저와 함께 정하도록 해요.

그 그렇지만 당신과 나는 갑-을 이라는 상하관계가 분명히 존재 (그녀의 표정을 본다) 해야 하지만 또 다르게 해석하면 건강한 동행을 위해서는 상호간의 합의점을 찾을 필요가 있겠군요. 당신과 나는 다르기 때문이죠.

그와 그녀 떠날 채비를 한다. 코러스들, 무대 곳곳을 돌아다니며 조항을 읊는다.

코러스들 규칙의 설정!

코러스 첫째! 을은 갑의 상담일정에 성실히 참여할 것!

코러스 둘째! 갑은 을에게 그 무엇도 강요하지 않을 것!

코러스 셋째! 단독행동 혹은 불필요한 접촉이 필요할 시 상호간의 합의를 할 것!

코러스 넷째! 여정의 목표를 이루는 데 최선을 다 할 것!

[동행 시퀀스 - 도시로]

조명 전환된다. 코러스들 각각 사람, 지형지물, 개념들로 변모한다. 그들의 여정에 함께한다.

그와 그녀 무대 곳곳을 돌아다니고 코러스들과 상호작용하며 시간의 흐름과 그 사이 겪어온 일들을 표현한다.

[상담일지 시퀀스 - 텅 빈 무대]

그와 그녀, 텅 빈 무대를 계속해서 맴돈다. 그가 그녀를 앞장서고 있으면 그녀가 추월하고, 다시 그가 추월한다. 무한 동력. 분주히 움직이는 코러스들. 도시 소음 들려온다.

그 출생. 이름. 키. 몸무게.

그녀 제가. 왜. 말씀을. 드리죠?

그 상담을 방해하는 요소에 대한 반대. 난 당신 자체를 반대하고자 합니다.

그녀 둘째! 갑은 을에게 그 무엇도 강요하지 않을 것!

그 첫째! 을은 갑의 상담일정에 성실히 참여할 것!

그녀 전 아프지 않아요! 전 멀쩡해요! 강압적인 독고만수를 반대합니다!

그 (일지를 적는다) 병적 증세가 의심되는 그녀의 상태. 그녀는 독고만수의 신성함을 모독한다. 대량의 약물 치료를 권장하며-

그녀 억지로 떠맡았다면서 왜 그렇게까지 하는 건데요? 당신과의 대화에서는 어떠한 즐거움도 찾아낼 수 없다고요!

그 저에게 선택권은 없었습니다. 그리고 말씀드리지 않았습니까. '수많은 요청 건에도 어느 상담사도 답하지 않았음.'

그녀 저기 있잖아요.

그 (일지를 적는다) 그녀는 상담 중 상담사에게 폭행을 서슴지 않는다. 당장 치료를 권고하는 바이다. (도망치는 그녀를 쫓아가며) 단독행동은 상호 간의 합의를 할 것!

음악의 빠르기에 맞춰 움직이는 그와 그녀. 그와 그녀, 무대 상수로 퇴장한다.

4장

코러스들 음악에 맞춰 서서히 간격을 벌린다. 일정한 간극을 유지하며 특정한 행동을 계속해서 반복한다. '공포' 무대 전면으로 나온다. 〈4장의 코러스들은 전부 공포〉

[Episode1 - 공포]

코러스 안녕하세요 반갑습니다. 저는 공포입니다. 저는 모든 인간의 탄생과 함께 태어납니다. 저에게는 정해진 이름이 없지만 시대에 따라 혹은 개개인에 따라 변하고 또 양산됩니다. 나의 아이들. 나의 형제. 나의 부모. 난 저기 있는 모두를 대변합니다.

코러스 배신/ 범죄 피해/ 사회적 부정의/ 개인적 고난/ 실패와 실수/ 어린 시절의/ 특정한 상처!/ 예기치 못한/ 불상사!/ 장애와 미관 손상.

코러스들 우리는야-

코러스 나는 또 다른 나를 낳고. 나를 낳고 길러준 당신들에게 항상 새로운 선택지와 물음을 제시합니다.

코러스 누군가는 나를 뛰어넘으려 하고, 누군가는 나에게 굴복하고자 합니다. 개념에서 시작해 점점점점 실체화 될 때의 그 짜릿함. 나는 매 순간 존재하지 않습니다.

코러스 나로 인해 사람들은 다방면으로 변하게 됩니다. 뒤집어진 그들의 삶. 모든 사람들이 인생이란 큰 여정을 떠날 때, 가장 중요한 순간을 맞이할 때. 시발점은 다양합니다. 외부로부터!

코러스 따돌림/ 악의적인 소문/ 납치, 감금/ 실연. 폭력.

코러스 혹은 내부로부터!

코러스 옳은 행동을 하지 못하다. 정신질환. 잘못된 믿음

코러스 작은 것에서부터 큰 것으로. 단발적인 것에서부터 복합적인 것으로. 난. 끝없이 새로운 모습으로 변모합니다. 많은 사람들은 나를 두려워합니다.

코러스 하지만 너무 제 탓을 하진 말아주세요. 저도 태어나고 싶어서 태어나는 게 아니거든요. 난 절대 강요하지 않습니다. 선택과 제시. 그뿐입니다.

코러스 여기. 새로운 여정을 떠나고자 하는 두 인물이 있습니다. 그와 그녀. 그들은 몇 가지의 사건과 이야기를 마주합니다. 내가 그들에게 보내는 모종의 선택지. 이야기의 끝을 짓는다는 건 언제나 괴로운 일. 하지만. 새로운 이야기를 시작하기 위해서는 반드시 필요한 과정. 나와 우리는 그들의 여정에 함께 합니다.

코러스들 함께합니다!

그는 책을 뚫어져라 보고 있고, 그녀는 그런 그를 계속해서 닦달하고 있다.

그녀 제가 심리상담사로 왕성히 활동하던 시절. 세상만사 다양

한 사람들을 만나봤지만. 저런 독종은 처음 봅니다! 아침부터 저녁까지 저 만화책에만 매달려 있고, 정작 중요한 것들은 회피합니다. 사실, 저번의 일을 통해 그에게도 최소한의 인간성이 있을 거라고 생각했습니다. 하지만 매번 진행하는 그와의 상담은 날 너무나 버겁게 합니다! 난 아직까지도 당신을 반대-

그 가야할 길이 멉니다. 서두르시죠.

그녀 완전한 대척점에 서 있는 나와 당신. 그간의 짧은 동행으로 파악된 건, 저 사람에게는 일정 부분 감정결여가 있다는 것. 우리 대화 좀 해요!

그와 그녀, 상-하수로 나뉘어 움직인다. 각자 자리한다. 공포, 무대 중앙에 코러스들과 존재한다.

코러스 그간 그들의 여정에 동행해본 바, 둘은 나를 마주할 때! 혹은. 나와 함께 하는 사람을 마주할 때! 지극히 다른 차이점을 보입니다.

그 회피합니다!

그녀 그게 문제라고 생각합니다! 당신이 상담을 진행하는 방식이 저와는 정반대라는 것! 변하겠다고 마음먹었으면 마주보고 나아가야죠. 이래서는 지난번 상담들과 별반 다를 게 없잖아요! 도대체 뭘 위한 여정이고 동행인 거죠? 이럴 바에는 새로운 사람들을 만나보는 게 더 좋은 선택이라고 생각합니다.

그 오면서 말씀 드렸잖습니까. 그동안 제가 상담했던 환자들을 다시 만나보고 제가 혹시 그들에게서 놓친 것이 없나

찾기 위함이라고. (마지막 페이지로 넘긴다) 독고만수의 마지막 단락을 위해서는 반드시 필요한 과정입니다.

코러스 사실! 그들은 이 여정에서 가장 중요한 것을 놓치고 있습니다. 그것은 바로!

코러스들 사람은 쉽게 바뀌지 않습니다!

코러스 그는 이전에 자신이 상담했던 사람들을 만나보지만 여전히 그들의 문제에 대해서는 회피합니다. 여정의 재구성!

그와 그녀, 자리에서 일어난다. 띵동, 울리는 벨소리. 코러스와 공포가 존재하는 무대 공간이 밝아진다. 그와 그녀를 마주하는 환자에게 옮겨 붙어 다니는 공포.

그 안녕하십니까. 작년 심리상담을 도와드렸던 담당 상담사입니다. 연락드린 대로 방문 드렸습니다. 잠시 말씀 나눌 수 있을까요?

그녀 안녕하세요! 반갑습니다!

환자 그게 누구요. (잠시 생각하더니) 아- 그 의사양반!

그녀 상담사! 저희가 오늘 이렇게 온 이유는-

그 네 맞습니다. 기억하고 계시는군요. 다름이 아니고 저와 제 수습 상담사가 환자분들의 상담 후의 모습을 확인하고자 이렇게 방문하였습니다.

환자 근데…?

그 그러니까 제가 말씀드리고 싶은 것은 저와의 상담 이후 일정 부분 나아진 것이 있다거나 혹은, 본인의 삶의 질이 좀 더 높아졌다고 느끼는 것이 있다면 말씀해주시면 좋을 것 같습니다.

코러스들 사람은 쉽게 바뀌지 않습니다!

환자 아! 그렇구만. (웃다가 이내 웃음을 거둔다) 지금 날 놀리는 건가?

그 네?

환자 당신이 피하라고 해서 문제를 피했었지. 그때 내 문제를 조금만 더 직면해보고 아내에게 다가갔다면 이혼은 피할 수 있었을 거야. 덕분에 아이들도, 아내도 다 떠나갔어! 당장 나가!

코러스들 당장 나가!

문이 쾅 닫히는 소리가 들린다. 띵동, 다시 한 번 울리는 벨소리. 팔을 계속 긁고 있는 여자가 등장한다.

환자2 누구세요?

그녀 안녕하세요! 저희는 심리상담사입니다. 다름이 아니고 올해 초 받으셨던 심리상담 후의 모습을 확인 차 방문하였습니다!

환자2 심리상담… 아, 네 그래서요?

그녀 분명 이전에 받은 상담으로는 큰 변화가 없으셨을 거 같아 제가 이렇게 도와드리러 왔습니다.

그 수습 상담사입니다.

환자2 전 받을 생각 없어요. 빨리 나가주세요. 병균 옮아요.

그녀 뭐 때문에 그러시는 건지 알아요. 결벽증이 심하시다고 적혀있네요? 저희 무서운 사람들 아니에요. 우선은 들어가서 얘기를 해보시면-

환자2 절 이상한 사람 취급하지 마세요. 전 이대로도 사는데 아무 문제없어요. 이만 나가주세요.

그녀 좀 더 나은 삶을 살게 해드리고 싶어서 그래요. (환자의 팔을 잡는 시늉을 한다) 어디 불편하세요?

환자2 (팔을 앞으로 내밀었다 뒤로 뺀다) 당장 나가!

벨소리 점점 고조되며 울린다. 코러스들, 허공에 '당장 나가'/ '다 너 때문이야'/ '당신들만 아니었어도'/ '이럴 일은 없었을 거야!'라고 반복해서 외친다. 그와 그녀, 무대를 빙 돌아, 중앙에서 마주친다.

코러스 여정의 재구성! 끝-!

그 결국 얻은 것이 하나도 없습니다. 도대체 뭐가 문제였을까요. 전 누구보다도 그들이 좋은 방향으로 나아가기를 원했고 그에 상응하는 대답을 해줬다고 생각했습니다.

그녀 독고만수 씨. 뭔가 단단히 착각하고 계시는 거 같은데 그렇게 회피하기만 해서는 나아질 게 아무것도 없다고 제가 분명히 말씀드렸죠. 그런 식의 상담은 환자에게 아무런 도움도 되지 않을 뿐이에요.

그 그건 제가 할 소립니다. 증상이 악화된 환자를 더욱 자극시켜 여정에 차질이 생기게 하지 않았습니까.

그녀 그건 환자가 마주하려는 적극적인 태도를 가지지 않아서예요. 애초부터 절 만났으면 증상이 심해질 이유도 없었을 거예요.

그 상담사로서 가장 하지 말아야 할 선택들만 하시는군요.

그녀 그럼 당신이 한 건 무슨 의미가 있죠?

그 전 환자의 아픔을 최대한 건드리지 않는 선에서 접근합니다.

그녀 그렇게 해서는 아무런 변화도 이끌어 낼 수 없어요.

그 상처를 덮어주는 게 상담사의 본질입니다.

그녀 상처를 돌아보는 게 저희의 본질인 거죠!

그 저희라는 표현은 상당히 불쾌하군요. 당신은 현재 자격 정지 상태입니다.

그녀 누구 좋으라고 지금 여기까지 온 건데요!

그 여기까지 오면서 정해진 규칙을 몇 번이나 어기셨죠?

그녀 규칙이 꼭 지키라고 있는 건 아닙니다.

그 마주하라고 하면서 정작 중요한 것들은 회피하는군요. 당신은 겁쟁입니다.

그녀 그럼 당신은 복면 없으면 아무것도 못하는 천상 겁쟁이네요.

그 지나치게 상대방의 감정과 문제에 개입하려는 당신 덕분에 그동안의 여정이 모두 물거품이 되었습니다.

그녀 물거품이 되든지 말든지! 그깟 만화책 결말 따위 궁금하지도 않다고요!

그 회피하세요.

그녀 마주하세요!

그/그녀 당신은 틀렸습니다! 당신의 존재를. 반대합니다!

그와 그녀, 다시 무대를 빙 돌아 상-하수로 나뉜다. 코러스들 기뻐한다. 환호한다. 이내 퇴장한다.

코러스 나름 성공적인 이야기의 시작이었습니다. 본질적인 차이에서 발생하는 갈등은 언제나 절 설레게 합니다. 또 다른 이야기의 시작!

5장

그, 무대 하수 쪽에 앉아있다.

코러스 이야기 속 독고만수에게는 조수가 등장한다. 조수는 여정 속에서 독고만수를 전폭적으로 도와주는 인물! 그가 독고만수의 이야기를 써내려 갈 당시!

그 조수의 존재는 불필요합니다. 독고만수의 여정에는 그 어떠한 동행도 필요로 하지 않습니다. 홀로 독. 외로울 고. 그는 외로워야만 합니다. 그것이 그의 숙명! 혼자서도 충분히 이야기를 마무리 지을 수 있습니다!

코러스 조수의 존재를 지워버린다. '야! 그걸 지우면 어떻게 해!'

그, 독고만수의 소리들을 외면한다.

코러스 외면하고 외면합니다. 그러다 문득!

그 완전무결한 독고만수에게 왜 조수라는 인물이 필요했을까.

코러스 완전한 건 없답니다. 독고만수가 걸어갔던 길. 그 또한 걸어가야만 하는 길.

그 나 스스로가 지워냈던 조수를 다시 꺼내어 봅니다. 어쩌면 이 또한 나에게 제시될 새로운 방향성. 단지 존재하기 위해 존재하는 것이 아니라는 생각. (사이) 여정만이 중요한 것이 아니라는 그의 메시지. 같이 길을 걸어간다. 동행의 의미를 사유합니다.

그는, 책의 페이지를 넘기며 계속해서 그간의 이야기들을 읽어간다. 그는 이야기를 쓰고 지우고를 반복한다. 그녀 하수 업에서 등장해 상수 쪽으로 걸어간다. 그녀, 걸어가다 의자에 앉는다. 한숨을 계속해서 쉰다.

[Episode – 2 낙하산]

코러스 둘의 관계가 살며시 틀어짐을 감지합니다. 여기서 나는 그녀에게 한 가지의 선택지를 제시하고자 합니다! 쉽게 말해-! '그냥 고민상담 해준다고요.' 그의 경우엔! 내가 따로 나설 필요가 없습니다. 그는 사유하는 인간이기 때문이죠! 쉽게 말해-! '그냥 저렇게 두면 풀릴 거예요'

그녀가 있는 쪽으로 길이 생긴다. 코러스, 상태를 전환시킨다. 회사원이 들고 다닐 만한 가방을 들고 그녀가 있는 쪽으로 다가간다. 회사원, 그녀 옆에 앉는다. 그녀, 계속해서 헛기침을 한다. 기침을 한다. '아–' 소리를 내본다. 회사원, 멍하니 하늘을 응시한다.

회사원 무슨 일 있으세요?
그녀 그래 보여요?
회사원 네.

다시 정적. 그녀는 계속해서 몸을 움직인다. 가만히 있지를 못한다. 회사원, 시계를 본다. 일어선다. 하늘을 바라본다. 그녀가 회사원의 팔을 잡는다.

그녀 어디 가세요?

회사원 저녁 시간이 끝나서요.

그녀 더 안 물어봐 주세요?

회사원, 다시 한 번 시계를 본다. 고민한다. 하늘을 본다. 다시 앉는다. 그녀 환하게 웃는다. 이내 이야기를 이어간다. 벌떡 일어선다.

그녀 그래서 제가요!

빠른 템포의 짧은 음악 나온다. 그녀 행동으로 그간 겪은 일들을 회사원에게 설명한다.

코러스 여러분의 시간은 소중하니까!

회사원 그렇군요. 상심이 크실 것 같아요.

그녀 그것뿐이겠어요! 요즘은 그냥 뭔가. 속이 너무 답답한 느낌이 들어요. 내가 틀렸다는 느낌이 들어요. (사이) 그때처럼.

회사원 속이 답답하고 내가 틀렸다는 느낌. 그러면 안 되는 건가요?

그녀 당연하죠! 반대합니다!

그녀, 손으로 반대한다는 행동을 취한다. 회사원, 그녀를 따라 해본다. 그녀 웃는다. 살짝 정적. 회사원 말을 이어나간다.

회사원 저는 고소공포증이 있어요.

그녀 그것 참 힘들 거 같아요. 어쩌다-

회사원 (말을 끊는다) 제 얘기 좀 들어주시겠어요?

그녀 네!

회사원 보통 고소공포증이라고 하면 높은 곳에 있을 때 무서워하는데 전 좀 달라요.

그녀 어떻게요!

회사원 전 하늘을 쳐다볼 때 더 큰 두려움을 느끼는 거 같아요. 근데 그것도 그렇다는 게 아니고 느끼는 정도이지만요.

그녀 어쩌다 생기신 거예요?

회사원 아 어릴 때 아버지가 비행기를 많이 해주셨거든요.

회사원, 어린 아이를 비행기 태우는 시늉을 한다. 그녀 웃는다.

회사원 그런데 어느 순간, 하늘을 바라보니 문득 그런 생각이 들더라고요. '내가 저기 존재하고 싶다.' 그러니까 저는 높은 곳이 두렵기 때문에 높은 곳에 가는 것이 무섭고, 그래서 과거에 기억을 이용했던 거다. 그런 거죠.

그녀 뭐하는 분이세요?

회사원 결국에 회피했던 나도, 마주보던 나도. 저였던 거였어요. 회피는 마주함의 의미를 알려주었고, 마주함으로써 회피했던 지난날을 돌아볼 수 있었죠. 틀렸다고 생각해도 틀린 게 아니라는 겁니다. 마주하세요. 본인이 제일 잘 하시는 대로. 그러다 아니다 싶으면 뭐. 그만두면 되는 거고요.

회사원, 천천히 자리에서 일어난다. 시계를 확인한다. 그녀, 생각에 잠긴다. 그러다 벌떡 일어선다.

그녀 저 다시 가봐야겠죠? (사이) 아저씨! 아저씨도 고민하지 마요! 그냥 눈 한번 딱 감고 냅다 뛰어요! 어디 가세요?!

회사원 회사요.

회사원, 가방에서 하얀 봉투 하나를 꺼내 보이며 천천히 걸어간다. 회사원 퇴장한다. 그녀, 자리에서 가만히 고민한다. 음악 변주된다. 그녀, 무대 상수에서 걸어온다. 그, 어디선가 가지고 온 이상한 복면을 쓰고 있다. 코러스들에게 무언가를 지시하고 있다.

그녀 뭐하시는 거예요?

그 아. 조수 왔는가!

그녀 뭐하시는 거예요?

그 잘 어울리지 않습니까?

그녀 반대! 합니다. (사이) 전에는 죄송했어요. 제가. 말을… 말을 좀… 심하게 한 것 같아요.

그, 그녀의 손을 이끌고 데려온다.

그 반갑습니다. 당신은 어떤 아픔을 가지고 있습니까?

그녀 뭐하시는 거예요?

그 장단 좀 맞춰주세요. 당신은 어떤 아픔을 가지고 있나요?

그녀 저는-.

그녀, 말하기를 주저한다. 그와 코러스, 모두 그녀를 바라보고 있다.

그녀 전 침묵이 무서워요! 전 주저하는 걸 무서워해요! 전 외면 당하는 것을 무서워해요!

밝은 분위기의 음악.

[Episode – 2.1 '독고만수의 괴짜상담소' 뮤지컬 넘버]

코러스 이 이야기는 흔하디흔한 한 영웅의 이야기. 먼 옛날 넓은 방에서 독고만수는 태어납니다. 그는 수많은 사람들 악당들 마주합니다. 우리의 친구 독고만수는 주저하지 않죠! 여정을 떠납니다. 우리를 구하고자 떠나는 여정!

그 '독고만수의 괴짜상담소' 의 개업을 알립니다!

음악의 변주.

코러스 얘는요, 쟤는요. 절 너무 힘들게 해요. 전 태어날 때부터 모든 게 문제였대요. 공포. 두려움. 고통. 고난. 이별. 떠나감. 버려짐. 외로움. 이것도 저것도 다 너무 무서워요. 이렇게 살다간 죽을지도 몰라요. 남들은 다 내가 이상한 사람이래요. 아무도 제 말을 들어주지 않아요. 믿어주지 않아요. 도와주세요.

그 난 당신의 말을 믿습니다. 나를 믿고 다가와 줘요.

그녀 두려워하지 말아요. 전 당신을 이해합니다.

그 마음을 열고 말해줘요 날 어려워하지 마요.

그녀 울고 싶으면 울고 웃고 싶으면 웃어요.

코러스 어떻게 설명해요 아직도 모르겠어요. 모두 다 저에게 잊고 살라고 말해요 그렇게 잊고 모든 걸 내려놓으면.

그/그녀 세상에 절대 가벼운 아픔은 없답니다.

코러스 마음이 가벼워져요. 공포. 두려움. 고통. 고난. 이별. 떠나감. 버려짐. 외로움.

그녀 언제까지 피하고 주저앉을 순 없죠.

그 당신을 힘들게 하는 일에 지지 말아요. 가슴에 손을 얹고.

그녀 고개를 들고.

그/그녀 마음 속 소리에 귀를 기울여요.

코러스 홀로 독. 외로울 고. 속일 만. 죽일 수. 밤이 옵니다.

그 복면을 쓰고 휘황찬란한 망토. 난 이 도시를 헤집고 다닙니다. 가끔은 친구 같이 어떨 땐 진정한 히어로. 원하는 모든 이에게 도움을. 아 그리고 나의 조수!

그녀 날렵한 움직임 그리고 날쌘 발. 난 가장 절친한 친구이자 파트너. 내가 있어야 진정한 독고만수! 그와 함께 악당을 물리친다.

그/그녀 우리는 이 도시의 진정한 영웅 어디든지 우리가 필요하면 불러줘요.

코러스 독고만수! 맞서 싸운다!

그 어둠이 내린 이 도시에 나라는 밝은 빛이 존재합니다. 맞서 싸우기 위한 노력 독고만수는 지치지 않죠.

그/그녀/코러스 슬픔이 있는 곳이라면 우리는 어디에나 존재하죠. 아픔이 있는 곳이면 우리는 당장 달려가지요. 정의의 이름으로 심판한다. 악당들을 물리친다. 사람들을 구해낸다.

브릿지 - 코러스들은 음악 후주에 맞춰 큐브를 정리하고 퇴장한다. 그녀도 코러스 사이에 있다. 그는 옷을 환복하고 들어온다.

6장

[Episode – 3 이해의 과정]

그와 그녀, 무대 하수에서 들어온다. 도시에서 조금 멀리 떨어진 간이역. 그녀는 신난 채 음악을 흥얼거리며 들어온다. 그는 '독고만수' 책을 피고 글을 쓰기 시작한다. 그와 그녀는 눈이 마주친다.

코러스 도시에서 조금 멀리 떨어진. 간이역.
그녀 여긴 어디죠?
그 간이역입니다.

그녀, 민망해하며 자리를 잡는다. 그는 글쓰기에 집중한다.

그녀 뭐해요. (글 쓰는 소리를 듣는다. 놀란다) 글 써요?
그 네. 갈피를 잡아가는 중입니다.

그녀, 웃는다. 이내 다시 벤치에 눕는다.

그녀 그거 정말 좋은 징조네요.

그, 글 쓰는 것에 열중한다.

그녀 당신 그 회사원한테 정말 고마워해야 해요.

그 회사원이라면….

그녀 있어요! 배바지에 우스꽝스러운 안경, 완벽한 올백 머리까지. (사이) 전, 아직도 당신을 이해할 수 없어요.

그 저도 당신을 이해할 수 없습니다.

그녀, 천천히 자리에서 일어난다. 그도 쓰던 것을 멈춘다. 그와 그녀, 승강장을 가운데 두고 서로를 마주한다.

[Episode – 3.1 침묵. 간이역]

공포, 등장한다. 손가락을 튕기며 모종의 신호를 준다. 그와 그녀, 잠에 든다.

코러스(공포) 모두가 잠에 든 깊은 새벽. 그녀는 요상한 꿈 하나를 꿉니다. 어릴 적 그녀의 단편적인 기억들이 뒤죽박죽 조금씩 합쳐집니다. 과거 그녀의 잔재가 묻어있는 이름도 모를 한 아이를 마주치게 됩니다. 꼭꼭 참아라. 재채기 할라. 소리 내지 않기. 말하지 않기.

그녀는 일어난다. 무대 오른편에서 코러스들 등장한다.

코러스(공포) 나의 부모. 나의 형제. 나의 아이들. 나에게 잠식당한 나약한 어른들. 아무. 소리도. 내지. 말 것.

코러스들 아침이다-!

아이 무대 안쪽에서 등장한다. 그녀는 무대 아래쪽으로 내려온다.

코러스(공포) 그녀는 세상 모든 소리들과 맞서 싸웁니다.

그녀/ 아이 소리를 낼 수 있다!

코러스(공포) 는 사실 하나만으로 살아갑니다. 피어오르는 벅찬 감정. 하지만.

코러스들 꾹꾹 참아라. 재채기 할라. 소리 내지 않기. 말하지 않기.

코러스들 대사 5번 반복한다. 음악 점점 커진다. 코러스들, 큐브를 가지고 반원을 만든다. 대사를 반복하며 점점 그녀와 아이를 가둔다. 공포, 그녀에게 다가간다.

코러스(공포) 후추! 쌍떡잎식물 후추목 후추과의 상록 덩굴식물. 우리에겐 없어서는 안 될 향신료. 누군가에겐 반드시 필요한 무언가.

공포 아이와 그녀 사이에 후추를 둔다. 재채기한다. 그녀 후추를 집는다. 아이와 그녀는 재채기를 한다.

그녀/ 아이 에취.

코러스들 둘을 완전히 가둔다. 때리려는 시늉을 한다.

7장

[Episode – 4 소리 감옥. 그녀와 아이의 집]/ 아이– 히카리

열차가 들어오는 소리 들린다. 코러스들 무대 전면 길로 들어온다. 그와 그녀, 다급히 열차에 탑승한다.

코러스 우연을 가장한 필연! 전 역에서 잘못된 선로 방향으로 인해 운행이 종료되었던 간이역에 열차가 정차하고 만다. 열차에 탑승하는 그와 그녀.

그 간이역에 열차가 정차하는 경우는 처음 봅니다. 마침 마지막 여정지와도 같은 방향이니 저희로서는 다행이네요. 곧 있으면 저희 여정도 마무리가 되겠군요. 어제 뒷부분의 내용을 적어봤습니다. 아 참. 당신의 복직을 위해 제출해야 하는 상담일지에 누락된 부분이 있습니다. 이 부분만 채워 넣으면-

그녀, 고장 난 것처럼 보인다.

그 무슨 일이십니까. (그녀의 상태를 살핀다) 괜찮으세요?

코러스(공포) 우린 때때로 너무나도 얄궂은 운명을 제시합니다. 뭐 어쩌겠습니까! 그래야 재밌어지는 걸요-!

그 열차를 탄 이후부터 상태가 좋아 보이지 않습니다. 아, 제가 여기서 말씀 드리는 상태란 병적인 증세나 증상을 말하는 게 아니고, 이전 당신의 상태와 비교했을 때 상당히 경직되어있고 불안에 가득 차 보이는 현상을 말합니다. 고로-!

의열, 입으로 지하철 도착음을 낸다. 코러스들, 그와 그녀, 무대 가운데 공간으로 들어간다. 그녀, 아이에게 다가간다. 아이의 손을 잡는다. 아이 놀란다.

그녀 도움이 필요한 거지? 그치? 너도 소리를 내고 싶은 거지? 그런 거지??

아이의 부모로 추정되는 코러스 무대로 들어온다.

부모 저희 아이에게 무슨 볼 일이시죠?/ 허락도 없이 접근하는 건 상당히 불쾌하네요./ 이상하네요./ 이상합니다./ 혹시 저희 어디서 본 적이 있나요?

그녀 (고개를 젓고, 손으로 입을 가리며) 에-취.

부모 감기 조심하세요. 저희 애한테 옮으면 좋지 않아요.

부모와 아이 퇴장. 그녀, 어딘가 고장 난 듯 같은 말과 행동을 반복한다. 처음 있는 일에 당황해하는 그. 허나 이윽고,

그 헤이! 헤 헤이! 헤이, 헤이! 헤이! 헤이!!

그녀, 그의 우렁찬 소리에 정신이 든다.

그녀 제가 예전에 살던 집이에요. 저를 대신할 아이일 거예요. 저애는 굉장히 큰 위험에 처해있을 확률이 높아요. 저희가 도와줘야만 해요. 지금 당장 들어가서!

그, 돌진하려는 그녀를 강하게 잡아챈다.

그 여정을 이루는데 최선을 다할 것! 단독행동은 반드시 상의 하에 결정할 것!

그녀 그치만!

그 지금 당장 뛰어 들어간다고 해서 나아질 것은 아무것도 없습니다.

그녀 그치만!

그 당신의 수습기간도 이제 채 3일도 남지 않았어요.

그녀 설명할 시간 없어요. 도와주지 않겠다면 저 혼자라도 들어가서!

그 (복면을 서서히 쓴다) 하지만! 불의를 보면 참지 않는 것이 독고만수의 길! 난 지금! 외면하지 않습니다!

그와 그녀, 단숨에 무대 단으로 올라간다. 머리를 맞댄다.

그녀 어떻게 하는 게 좋을까요. 지체할 시간이 없어요.

그 이성적인 사고가 우선입니다. 전 당연히 당신의 말을 믿습니다. 하지만 만에 하나! 우리가 생각했던 그런 가정이 아니고 정말 평범한 가정이었다면. 얘기가 달라집니다. 당신

뿐만 아니라 저도! 큰 위기에 봉착할 수 있습니다.

그녀 어제 양치했어요?

그 못했습니다.

그녀 그렇다고 가만히 손 놓을 수도 없는 거잖아요.

그 (사이) 저에게 나쁘지 않은 생각이 있습니다. 설득과 제시!

그와 그녀, 서로의 귀에 대고 속삭인다.

그/그녀 난 나의 일을! 당신은 당신의 일을!

[Episode – 4.1 설득과 해방 시퀀스]

그는 무대 2층에서 '독고만수' 완결판을 절찬 판매한다. 코러스들 무대 오른편에서 나온다. 아이는 무대 길 쪽을 따라가고, 나머지 코러스들은 그가 판매하려고 하는 책에 관심을 보인다. 그녀는 아이 쪽으로 다가가 대화를 시도한다.

그 아- 날이면 날마다 오는 게 아닙니다. 이 책으로 말씀드릴 것 같으면 아주 저명한 심리상담사가 집필한 베스트셀러입니다. 그 저명한 심리상담사는 바로! 접니다. 그리고 또 말씀드릴 것 같으면 바로 저쪽에 저에게 항상 도움을 주는 저의 조수!가 존재합니다.

코러스들 조수?

그 아! 조수는 없습니다. 조수의 존재는 불필요합니다.

그녀, 아이에게 호루라기를 건넨다.

그 아! 아쉽게도 전판 매진이 되었습니다. 아쉽지만 다음 기회에 뵙도록 하겠습니다. 이만 나가주세요.

코러스들과 아이 퇴장.

그 진전이 있었습니까? 아이는 뭐라고 합니까.

그녀 아이가 말을 잘 알아듣지를 못하는 거 같아요. 분명 말을 배웠을 나이인데 아무 말도 하지 않아요.

그 모든 준비는 끝났습니다.

그와 그녀 아이의 집 쪽으로 걸어간다.

그 너무 긴장하실 필요 없습니다. 그동안 그래왔던 것처럼 잘 이겨낼 수 있을 겁니다. 그러니-

그녀 그거 안 벗으실 거예요?

그 (복면을 벗어 주머니에 넣는다) 아. 네.

그녀 (살짝 웃는다) 저기. 감사해요.

벨소리 울린다. 부모와 아이 무대에 등장한다. 그, 굉장히 당당하게 들어간다. 그녀도 뒤따라 들어간다.

부모 누구세요?

그 (잔뜩 경직!) 아- 네- 안녕하십니까- 저희는-

그녀 저희 옆집에 이사 온 부부예요. 저번에 연락드렸던.

부모 네. 어서 오세요. 곱기도 하셔라./ 함께 식사하시면 되겠네요. 마침, 아이도 있었습니다.

아이 홀로 무대 중앙에 서 있다. 그와 그녀, 부모는 일정한 간격을 두고 무대 앞에 있다. 우아한 음악이 흘러나오고 다 같이 식사를 시작한다.

그녀 아이가 참 이뻐요. 안녕!

그 아- 안녕하신가! 낯을 많이 가리나 봅니다.

부모, 그의 목소리에 굉장히 놀란다.

부모 저희가 소리에 굉장히 예민해서.

그녀 아. 아니에요. 아이가 불편해하지 않았으면 좋겠어요.

아이, 굉장히 미세한 소리를 낸다.

아이 읍.

부모 조용히 하랬지.

정적.

부모 식사들 드세요.

그녀 아이가 혹시 말을 못하나요?

부모 말이요?

부모, 굉장히 큰 소리로 웃는다.

부모 저 사람 지금 뭐라는 거예요!/ 말을 못한다니! 몇 살인데!/ 말을 못하는 게 아니고, 손님들 계실 땐 애가 낯을 가려서요./ 아 그리고 아침에 보니까 목이 좀 부었더라고. 자. 먹어. 먹어. 먹어.

그녀 (아이에게) 이것 좀 먹어봐. 골고루 먹어야 건강하지. 뭐 더 먹고 싶은 거 없어?

부모 알아서 잘 챙겨먹을 거예요.

아이 (수화로) 잘 먹었습니다.

그 아이가 수화를 하네요. 명석하기 그지없군요. 하하. 요즘 애들은 밥을 정말 빨리도 먹습니다. 하하.

그녀 아이가 꼭 수화를 해야만 하는 이유가 있나요.

부모 아무래도 아이들은 초기에 가정교육이 정말 중요해요./ 부모가 올바른 길을 제시할 줄 알아야 하거든요. 처음에는 얼마나 정신 사나웠는지 몰라요./ 그러니까요. 아 참. 그 애가 생각난다. 왜 예전에 그 재채기했던 애 말이에요. 그래요. 나도 방금 그 생각났어!

부모(공포) 어쩌다 그런 애를 데려왔을까. 어찌나 듣기 싫던지. 그런데 저희 어디서 본 적 없나요. 이상하네요.

그 하하하. 이 수프 정말 맛있습니다. 하하.

음악 점점 고조된다.

부모 꼭꼭 참아라 재채기할라. 소리 내지 않기. 말하지 않기. [반복]

그 이 수프. [반복]

그녀, 자리에서 일어난다. 그때, 아이가 그녀에게 수화를 한다.

그녀 도와주세요.

부모 소리 내지 않기.

그녀 도와주세요.

부모 말하지 않기.

그녀 도와달래요.

그녀, 무대 앞쪽으로 나온다.

그녀 전 침묵이 싫어요. 가만히 있는 게 싫어요. 재채기를 했을 때. 시원하게 소리를 질러봤을 때. 그보다 시원했던 적은 없었어요. 소리를 낼 수 있다는 사실이 너무 행복했어요. 전 제가 틀렸다고 생각해본 적은 한 번도 없었어요. 과거에 맞서는 걸 두려워하는 사람들을 보면 이해하지 못했어요. '도망치지 마!' '거기서 맞서 싸웠어야지!' 완전히 이겨내고 마주하다. (아이를 보고, 정면을 응시한다) 완전한 건 없답니다! 독고만수!

아이에게 성큼성큼 다가간다. 부모, 놀라 일어나 그녀에게 다가가려 한다. 복면을 쓴 그가 부모를 가로막는다. 그와 부모 몸싸움을 벌인다.

그 여긴 저에게 맡기세요!

코러스 그녀! 아이에게 후추를 뿌! 린!

아이, 그녀에게 건네받은 호루라기를 분다. 정적. 그녀, 들고 있던 후추를 떨어트리고 박수를 친다. 아이, 무대 앞쪽으로 걸어가 무대 인사를 한다. 그녀에게 감사 인사를 전한다. 그리고 울리는 사이렌 소리. 부모 퇴장.

코러스 가정폭력을 행하던 부모! 구속된다!

코러스 그동안 한두 번이 아닌 수많은 아이들을 대상으로 크나 큰 공포를 심다!

코러스 고로 본 판결은 다음과 같이 정리한다!

코러스 부모에게! 종 신 형!

코러스 이 나라에서 그게 가능해?

코러스 연극적 허용!

아이 감사합니다! 조심히 가세요! 응원할게요! 독고만수!

그와 그녀 무대 중앙에서 아이를 향해 손을 흔들어준다.

8장

[Episode – 5 원점으로의 회귀]

그와 그녀, 서로 장난을 치며 무대를 걷는다. 무대 한 바퀴를 빙 돈다.

그녀 (그를 따라한다) 여긴 저에게 맡기세요!

그 제가 크게 도움이 되지 못한 거 같아서 죄송합니다. 그런 일을 겪으셨을 거라고는 생각도 하지 못했습니다.

그녀 저, 그 아이에게 후추를 뿌리지 않았어요. 어떻게 애한테 그런 짓을 하겠어요! (사이) 스스로 냈던 소리에요.

그 그건 좀 놀라운 일이군요.

그와 그녀 마주 본다. 그, 가방에서 확인서를 꺼내 사인을 한다.

그 마지막 상담입니다.

그녀 벌써! 마지막이네요.

코러스(공포) 또 다른 선택지를 마주한다.

그 (그녀에게 확인서를 건넨다) 내일이면 저희의 동행도 끝이 나겠군요. 제가 오해한 부분에 대해서 사과드리고 싶습니다. 이 확인서만 제출하면 복직도 문제없으실 겁니다. 당신은 분명 좋은 심리상담사입니다.

그녀 감사해요. 근데 제가 내일 안 나오면 어쩌시려고 그러세요?

그 믿고 있겠습니다.

그녀 농담이에요.

그 그럼. 내일 뵙겠습니다.

그녀 네. 내일 여기서 기다리고 있을게요.

그와 그녀, 무대 양쪽으로 걸어간다. 서로 점점 멀어진다. 그는 일정 부분 걸어가다 정지한다. 그녀도 정지한다.

그녀 분명 이야기의 끝을 지을 수 있을 거예요!

그녀 완전히 퇴장한다. 그, 무대에 홀로 남겨져있다.

코러스(공포) 처음에는 그동안의 여정이 너무 고되 깊은 잠에 빠져든 줄 알았으나, 마지막 상담을 앞두고, 만나기로 약속한 시간이 한참이나 지나서야 그녀가 떠나갔다는 사실을 깨달습니다.

그 '장난칠 필요 없습니다!'

아무 소리도 들리지 않는다. 그는 책을 바라보고, 정면을 응시한다.

그 여정의 마무리를 할 시간입니다. 변한 건 없습니다.

그, 문고리를 잡는 시늉을 한다. 한참을 고민한다.

그 이제 이 문을 열기만 하면, 이야기의 끝을 지을 수 있을 거라는 확신이.

그, 책과 그녀가 떠나간 길을 다시 한 번 쳐다본다. 문고리를 놓는다.

그 단 한 걸음만 남겨두고 나는 주저하고 있습니다. 늘상 그랬던 것처럼 회피하면 되는 일. (사이) 아-.

그는 책을 가방에 넣는다. 무대 쪽으로 걸음을 옮긴다. 코러스들, 그의 뒤를 따라 걷는다.

코러스(공포) 놀랍게도 그는 단말마를 뱉은 이후 뒤도 돌아보지 않고 그가 출발했던 곳으로 다시금 돌아갑니다. 마을과 집을 지나, 간이역을 지나, 도시를 지나, 수많은 사람들과 길을 지나며 그가 존재하기 위해 존재했던 곳으로 돌아옵니다. 그의 집, 그의 일터.

그, 무대 가운데 공간으로 내려온다.

그 나에겐 아주 단편적인 기억들이 있습니다. 무작정 회피만 했던 것은 아니었습니다. 마주했던 순간들. 나에게 있어서는 변곡점으로 작용했어야 할 파편들. 정확히 언제부터 시작됐는지 기억이 나질 않습니다. 홀로. 외롭게. 나 자신을. 속이고. 죽이며. 지나온 세월동안 나는 조금씩 깎여 나갑니다.

그, 가방에서 독고만수 만화책을 꺼낸다. 책의 마지막 페이지를 펼친다.

코러스 독고만수/ 낮에는 심리상담사/ 저녁에는 히어로/ 위기에 처한 사람들을 구해낸다./ 수많은 악당들을 물리친다./ 그는 무엇을 위해 이토록 필사적인가!

그 그저 그의 길을 따라가면 해답을 얻을 수 있을 거라 생각했습니다. 새롭게 써내려 간 그의 여정들. '분명 나를 찾을 수 있을 거야!'

스피커로 독고만수의 줄거리가 음성으로 나온다.

우리의 친구 독고만수. 독고만수! 낮에는 심리상담사. 저녁에는 히어로! 그는 갖가지 방법들로 위기에 처한 사람들을 구해낸다! 뻔한 이야기는 가라! 그는 신비한 능력으로 마음의 병을 치료해준다. 너무나도 마법 같은 일. 어디 그뿐인가! 이 복면과 함께라면 그 무엇도 두렵지 않다! 수많은 악당들을 물리친다. 독고만수! 세계의 수호자! 독고만수는 어떠한 고난에도 굴하지 않는다! 맞서 싸운다! 독고만수! 그러다 문득, 한 가지 궁금증이 든다! 나는 누구인가! 나는 무엇을 위해 이토록 필사적인가! 내가 진정 원하는 것은 무엇인가! 찾아야한다. 그는 여정을 떠난다!

그 독고만수는. 나는. 결국에 결말은 정해져있던 것. 다시 회피해야만 하는 순간이 찾아옵니다. 그 무엇보다 나에게는 간단한 일.

그, 코러스들에게 차례로 악수를 청한다. 강하게 뿌리쳐진다.

그 나는 회피합니다. 내게 찾아왔던 공포와 두려움들. 회피합니다. 남들의 생각들, 모든 아픔들도 회피합니다. 마주하면 죽을 수도 있겠다는 생각으로. 두 번 다시는 보지 않겠다는 생각 하나만으로 회피합니다. 어쩌면. 이대로 나 자신을 속이고 죽이는 게 더 나은 선택일지도 모릅니다. 난 더 이상 손을 뻗지 않습니다. 이제. 내가 할 일은. 이전처럼 모든 것들을 겸허히 받아들이는 일. 나는 이런 상황에 익숙합니다. 나는 괜찮습니다. 나는 괜찮습니다. 나는 괜찮습니다. 찢어버리자. 변한 건 없습니다.

그, 책을 찢는다. 자리에 주저앉는다. 공포, 서서히 그에게 다가온다.

코러스(공포) 이야기의 끝을 짓는다는 건 언제나 어려운 일. 새로운 시작. 선택과 제시. 그리고 우연을 가장한 필연!

코러스 수습상담사로 일하던 그녀는 모종의 행방불명 사건과 연관성이 있는 유력한 용의자로 떠오른다!

코러스 그녀는 행방불명된 남자와 마지막까지 같이 있던 유일한 사람!

코러스 행방불명된 남자의 인상착의! 배바지에 우스꽝스러운 안경, 줘도 안 가질 넥타이까지!

코러스 그녀는 내일 법정에 서게 된다!

코러스 그녀는 독고만수의 도움을 필요로 한다!

코러스들 독고만수! 떠난다!

그, 무대 전면에 놓인 찢겨진 이야기들을 집는다. 비장함을 알리는 음악이 들려온다.

그 이야기의 끝을 짓는다는 건 언제나 어려운 일. 난 지금 결말의 연장선에 와 있습니다. 더 이상 회피하지 않겠습니다. 맞서 싸우기 위한 노력. 독고만수! 위기에 처한 조수를 구하러 떠날 시간입니다. 회피를 회피합니다!

그, 빠르게 떠날 채비를 한다. 그 빠르게 퇴장한다.

코러스(공포) 그는 자신이 걸어갔던 길을 다시 한 번! 아주 작은 것에서부터, 큰 것까지! 그녀를 찾는데 필요한 단서가 될 만한 모든 것들을 마주하다!

코러스들 독고만수! 진실을 마주한다! 그녀를 구하기 위해 떠난다!

코러스들 대사를 계속해서 반복한다. 코러스들 무대 안쪽을 뛰어다닌다.

코러스(공포) 우연을 가장한 필연! 밤낮없이 뛰어다니던 독고만수! 지칠 대로 지쳐 빌딩 숲 사이 하늘을 바라본다! 그때!

그, 서서히 고개를 든다. 무대 앞으로 행방불명으로 알려졌던 회사원이 등장한다. 여전히 우스꽝스러운 복장에 낙하산을 매고, 헬멧을 쓰고 있다.

코러스들 그는 단번에 알아본다! 당장 저 자식을 데려와야 한다!

그, 무대 안쪽으로 들어가 뛰어다닌다. 회사원, 어딘가 굉장히 상기되어 있지만 가득 찬 설렘도 동반하고 있다. 이윽고 그는 회사원이 있는 곳에 다다른다.

회사원 (심호흡을 한다) 할 수 있다… 할 수 있다….

그 (거칠게 숨을 고르며) 선생님! 다시 한 번만 더 생각해보세요. 지금 살아주시면 한 명의 목숨을 더 구할 수 있습니다. 본인도 털어놓고 싶고, 마주하고 싶지 않으십니까! 저도 압니다! 그 여자 굉장히 자기 주관적이고, 하지만! 그건 절대 고의가 아니었을 거예요. 그녀도! 당신을 도와주고 싶었을 뿐입니다!

회사원 네…?

놀란 회사원 발을 헛디뎌 넘어지는 시늉을 한다. 그는 회사원에게 달려간다. 떨어지려하는 그의 손을 잡는다. 음악 더 빠른 음악으로 변주된다. 그는, 회사원의 손을 이끌고 뛴다.

코러스들 독고만수! 손을 뻗는다! 손을 잡는다! 뛴다! 법정으로!

코러스들, 법정을 연상케 하는 배치로 한 명씩 자리를 잡는다. 그녀도 등장한다.

그녀 그래서요, 그때 제가 말했죠! 아이가 말을 못 하나요…? 그리고 그때! 독고만수! 제 최고의 파트너에요.

코러스들 독고만수! 힘차게 문을 연다!

거대한 문이 열리는 소리가 들린다. 그와 회사원 무대 중앙으로 들어간다. 코러스들, 그와 회사원을 보자 웅성거린다.

그 독고만수! 그녀의 무죄를 증명하기 위해 오다!

정적. 그는 복면을 벗는다. 길게 소리를 지른다.

그 행방불명된 남자를 그녀의 무죄를 증명하기 위한 첫 번째 증거로써 제출합니다! 보시다시피 그녀는 어떠한 위해도 가하지 않았습니다! 남자는 그녀의 말을 듣고 용기가 생겼던 것뿐! 이어지는 남자의 증언!

회사원 죄송합니다. 저는 그냥 사직서 제출하고. 그 스카이다이빙 교육 받고 왔는데… 가족들한테 말은 했습니다… 그… 잠깐 다녀온다고….

코러스들 그걸 유서처럼 적으면 어떻게 해!

그, 무대 앞쪽으로 내려온다.

그 (가방에서 상담일지와 만화책을 꺼낸다) 또한! 그간 그녀와 동행하면서 적었던 일지와 일기들을 추가로 제출합니다! 그녀가 여정 속에서 진행했던 상담들! 그리고 그녀가 심리상담사로써 자격이 충분하다는 것을 입증합니다!

그, 복면을 벗는다.

그 나는! 모든 것들로부터 도망치던 사람이었습니다. 끊임없이 회피하고 또 마주하는 것을 주저했습니다. 나는! 마주하고 싶었습니다. 내 손을 놓던 것들을 그저 받아들이기만 했던 순간들을 후회합니다. 나는 끝까지 손을 뻗어봤어야

했습니다. 나와 그녀는. 틀린 게 아니고 다른 것뿐이었습니다. 동행을 하며 직관적으로 들어오는 이해의 과정. 나는. 더 이상 회피하지 않을 겁니다! 나는. 세상 모든 것들을 마주할 겁니다!

정적.

코러스들 그녀에게 무죄를 선고한다!

코러스들, 천천히 퇴장한다. 무대 중앙에 홀로 남은 그와 그녀.

그녀 감사합니다.

그 별 말씀을요.

그/그녀 솔직히

그 안 갈 줄 알았어요.

그녀 안 올 줄 알았어요.

정적. 그와 그녀, 마주 본다.

그녀 당신을 반대합니다.

그 나 또한 당신을 반대합니다.

그녀 당신은 나와 다르고.

그 나 또한 당신과 다릅니다.

그녀 다르다는 건 옳고 그름의 문제가 아닌.

그 이해하기 위한 과정의 시작.

그와 그녀, 천천히 무대 앞 쪽으로 나온다.

그 이제 어쩌실 겁니까

그녀 당신은 어쩌시게요?

그 일상으로 돌아가야죠.

그녀 일상으로. 그래야겠죠.

그 많이 바뀌어있지 않을지도 몰라요.

그녀 그럴지도 모르죠.

그 계속해서 아플지도 몰라요.

그녀 그것 또한 맞아요.

그 회피하고, 마주하고 힘들어 하겠죠.

그녀 당신이 그러는 만큼 저도 그럴 거예요.

그와 그녀, 정면을 바라본다.

그, 만화책을 무대 앞부분에 놓는다. 그와 그녀 퇴장한다.

9장

[Epilogue – 일상으로의 복귀]

코러스(공포) 그와 그녀는 다시 일상으로. 시작은 아주 작은 것에서부터.

그, 무대 중앙으로 들어온다. 공포, 환자로 변모하여 그에게 다가간다.

그 다른 특이사항은 없으신가요?

환자 네, 선생님. 감사해요.

그 오늘도 고생하셨습니다. 다시 한 번 말씀드리지만 계속해서 마주하려는 연습을 하셔야 합니다. 잠시 쉬고 싶을 때는 혼자만의 시간을 가지는 것도 좋아요.

환자 네, 선생님.

환자, 자리에서 일어선다. 퇴장하려고 할 때, 그가 웅얼거린다.

그 저, 그… 괜찮으시면 차라도 한 잔….

환자 네?

그 아니… 그… 뭐… 차라도 한 잔….

환자 (살며시 웃는다) 죄송해요. 제가 여자친구랑 약속이 있어서요.

그 그거 듣던 중 반가운 소리군요.

환자, 그에게 천천히 다가선다. 악수를 권한다.

환자 그럼, 다음 주에 뵙겠습니다.

그, 주저한다. 환자, 민망해하며 손을 내리려 할 때 그가 덥석 손을 잡는다.

그 아니요. 네? 아니, 아닙니다. 다음 주에 뵙겠습니다.

암전.

커튼콜 이후 회사원을 제외한 모두 퇴장. 회사원 무대 높은 단으로 올라간다. 그녀 무대 오른편에서 잠깐 등장한다.

그녀 아저씨! 고민하지 마요!
용민 나 아저씨 아니야!

암전.
막.

작가의 말 | 김승철

인생은 한치 앞도 알 수 없는 것. 우리는 항상 예기치 못한 불상사를 맞이합니다. 때로는 회피하고, 때로는 마주합니다. 정답은 없습니다. 삶을 살아가며 각자의 목표지점은 달라도, 우리는 내면의 소리에 귀를 기울이게 됩니다. 내가 진정 원하는 것은 무엇인지 생각하게 됩니다. 이야기의 끝을 짓기 위한 여정. 우리 모두는 그 여정 속에서 살아가고 있습니다. 어쩌면 닿지 못해도 여정을 떠나는 것만으로도 큰 의미가 되는 게 아닐까요.

〈연출 노트〉

이야기 상 등장하는 '코러스' 배역은 자유롭게 분배가 가능하다. '코러스'들이 특정 인물 혹은 개념으로 등장하는 것이 아니라면 무엇이든 될 수 있다.

유디트 LIVE

김가람 지음
C. F. Hebbel 원작

등장인물

유디트	아드마를 구하려는 사람.
마르타	유디트의 유일한 친구. 유디트 그 자신의 내면.
위버	GMO 사피엔스 군대의 대장
피터	유디트에게 구혼하는 남자

아래 역할들은 3장에서 병사의 역할도 함께 한다.

시장	도시의 시장. 학살을 명한 사람.
하이머	유전자 공학 연구소장. 과학자.
코르키	하이머의 동생.
Mr.우쿨렐레	냉소적인 예술가.
제사장	위선적인 종교 지도자.
Mr.젬베/다니엘킴	냉소적인 예술가/ 종군기자, 위버가 보낸 전령.

시간

근미래. 유전자 조작으로 인한 'GMO 사피엔스'들이 생겨난 시점.

공간

GMO 인간들이 봉쇄한 도시 '아드마'와 봉쇄된 터널 너머 위버의 막사

0장

관객들, 표를 찾은 후 로비에 모인다. 모두 모이면 하이머 들어온다.

하이머 자, 여러분 안녕하십니까. 저는 아드마 유전자 공학 연구소장 '하이머'입니다. 여기는 도시 아드마로 들어가기 위한 마지막 거점입니다.
여러분은 혹시 유전자 조작 인간에 대해 아시나요? 우리는 그들을 GMO라고 부릅니다. 그들은 우리 인간들과는 다르게 아주 강하고, 우성의 유전자만을 가지고 있습니다. 그들은 여기 아드마 네, 제가 속한 아드마 유전자 공학 연구소에서 처음 만들어졌고, 전 세계로 퍼져나갔죠. 참 아름다운 존재들이었습니다. 그리고 사건이 일어났습니다. 그들이 인간이 아니라며 아드마의 시장과 몇몇 정치인들이 언론 플레이를 하기 시작했고, 사람들은 광기에 휩싸여 GMO들을 학살하기 시작했습니다. 정말 끔찍했죠.
학살당하던 그들은 가만히 당하지만 않고, 반격을 시작했습니다. (사이) 위버. 위버. 위버. 그들의 대장의 이름이죠. 정체는 드러나지 않았습니다. 위버는 군대를 만들었습니다. 그리고 학살에 동참한 도시들을 차례로 점령했죠. 이제 남은 도시는 여기 아드마 뿐입니다. 지금 위버와 반란군들은 아드마에서 나가는 터널을 막고, 내일 우리의 도시를 침공한다고 합니다.
저는 생각했습니다. 우리는 항복해야 한다. 굴욕은 잠시지만 생명은 길지 않습니까? 그래서 저는 사람들에게 항복할 것을 설득하기 위해서 오늘 8시 아드마 광장에서 대책회의를 소집했습니다. 여러분, 죽는 것보다는 항복이 낫지 않습니까?

그때 밖에서 누군가 하이머를 찾는다.

스태프 연구소에서 소장님을 찾습니다.

하이머 잠시만 기다리세요. 제가 돌아오면 함께 아드마로 갑시다.

하이머 나가면, 관객 속에 숨어있던 유디트 나타난다.

유디트 여러분. 저 사람은 비겁한 위선자일 뿐이에요. (관객들 유디트를 바라보면) 전 유디트라고 합니다. 저 사람의 말대로 아드마의 사람들은 자신들이 만든 유전자 조작 인간들을 학살했어요. 그리고는 그들이 힘을 갖고 반격을 하자 비겁하게 도시 안에 숨어버렸어요. 그 누구도 책임지려고 하지 않죠.
하이머가 항복을 하자고 하는 건 자신의 연구 실적을 지키기 위해서예요. 정말 우리 모두를 살리기 위해서가 아니에요. 위버의 군대가 들어오면 분명 도시에 사는 대부분의 사람들은 죽고 말 거에요. 도시의 사람들이 몇 명이나 죽을지 저 사람은 관심도 없어요.
이제 도시엔 물도 식량도 남아있지 않아요. 버틸 시간이 없어요. 하지만 사람들은 그 누구도 나서서 이 전쟁을 끝내려고 하지 않고, 서로에게 책임만 전가하고 있어요. 아드마의 사람들은 용기도 의지도 없는 비겁한 사람들일 뿐이에요. 그래서 저는 오늘 대책회의 때 사람들에게 나가서 싸우고 우리를 지키자고 이야기하려고 합니다. 저와 함께 위버를 만나고, 그와 싸우고, 우리 자신을 지켜내요.

하이머 이야기하면서 들어오는 소리.

유디트 제가 한 말 명심해주세요.

유디트, 몰래 나가면 하이머 들어온다.

하이머 자, 우리 도시 아드마로 가는 문이 열렸습니다. 이제 곧 터널이 완전히 봉쇄될 거예요. 어서 갑시다.

하이머, 관객들을 데리고 아드마로 향하는데
피터, 하이머와 관객들을 보고 다가와.

피터 하이머! 사람들을 데리고 왔구나.
하이머 어, 피터. 8시에 대책 회의 알고 있지?
피터 그 전에 나 이 사람들에게 할 말이 있는데- 잠깐 시간을 줄 수 있을까?
하이머 무슨 이야기를 하려고….
피터 여러분. 안녕하세요. 저는 피터라고 합니다. 여러분에게 진지하게 할 말이 있어요. (관객 한 명에게) 혹시 내일 지구가

멸망한다면 뭘 하고 싶으세요? (관객 두어 명에게 더 묻는다) 저는 위버의 군대가 쳐들어와서 죽을 수도 있는 바로 오늘! 제 사랑을 고백하려고 합니다.

하이머 (질린다는 듯 아드마 안으로 들어온다)

피터 그래서 대책회의 시작 직전 저는 유디트에게 사랑을 고백하려고 합니다. 그때, 여러분이 저를 꼭 도와주셔야 해요. 알겠죠? 그러면 우리 함께 아드마로 들어가요.

1장

관객들 극장으로 들어오면 공간을 전쟁 중인 도시 '아드마'로 인지하게 된다.
무대 위에는 도시의 각 구역들이 구획되어 있다.
1.시장집무실 2.예배당 3.광장 4.전쟁 컨트롤 타워
각 공간에는 영상막이 존재하는데, 그곳에는 라이브 카메라 영상이 송출된다.
추후, 위버의 막사가 되는 반대편의 공간은 관객들이 접근할 수 없게 막혀있다.

배우들은 관객들에게 적극적으로 다가가 자신들의 이야기를 듣게 만든다.
다른 배우와 이야기 나누는 관객들을 자신들 쪽으로 적극적으로 데려오기도 한다.
이 시간 동안 배우들은 관객들에게 아드마의 학살과 위버, GMO 사피엔스에 대한 전사를 설명해준다.

" 'GMO 사피엔스' 즉, 유전자 조작으로 우성 유전자만 가진 인간이 현 인간들과 함께 존재하게 된 근미래. '아드마'는 처음에는 그 실험에 적극적으로 동참한 도시 중 하나이다. 하지만 1년 전, 아드마는 그들이 인간성을 위협하는 존재라는 정치적인 목적을 내세우

며 모두 학살하였고, 그 광기는 전 세계로 퍼지게 된다. 학살당하던 GMO 사피엔스들은 반란을 시작했다. 우두머리 '위버'는 동족을 모으고, 자신들을 학살한 도시들을 침공해 그들에게 항복을 받아내기 시작한다. 그리고 위버는 학살이 처음 벌어진 도시 '아드마'의 인간들을 모두 학살하겠다고 선포한다. 그들은 아드마의 물자를 모두 끊고 봉쇄된 터널 너머에서 그들을 지켜보고 있다. 아드마는 먹을 것이 떨어져가고, 그들에게 항복을 할 것인가 아니면 이렇게 죽을 것인가의 기로에 놓여있다."

10분 정도 관객과 배우들의 자유로운 소통이 이어진다.
어느 순간, 작품의 메인 시선인 '마르타' 등장한다. 마르타의 시선에 도시 '아드마'가 펼쳐진다. 마르타는 사람들과 관객들을 모두 바라보지만 어쩐지 말을 하지는 않는다. 다른 캐릭터들도 마르타의 존재를 인지하지 못한다.

잠시 후, 음악 조금 줄어들고, 피터와 유디트 마주친다.
피터는 앞 상황 동안 유디트를 위한 프로포즈 이벤트를 관객과 준비하고 있었다.

피터 유디트. 할 말이 있어. 네가 이제까지 몇 번이고 날 거절했어도 괜찮았어. 하지만 지금은 달라. 터널은 막혔고, 도시는 봉쇄됐어. 우리는 위버의 군대가 쳐들어오는 내일 죽을지도 몰라. 그래서 결정했어.

피터, 관객에게 손짓하면 약속된 관객 총을 건네준다.

피터 이 총으로 널 지키기로! 내 목숨을 다 바쳐서! 유디트 나랑 결혼해 줘.

피터의 큐에 관객들과 Mr.우쿨렐레, Mr.젬베 축가를 부르기 시작한다.
유디트, 피터의 총을 받아든다. 구경꾼들 환호성.
하지만 유디트는 그들의 염원과는 달리 총구를 피터에게 겨눈다.
깜짝 놀라 관객 뒤로 숨는 피터.

피터 (깜짝 놀라며) 지금 뭐하는 거야!
유디트 날 위해 목숨도 바칠 수 있다면서.
피터 넌 누구한테 거부당한 적이 없어서 이해 못하겠지만… 여기 있는 사람들은 다 알 거야. 내가 널 얼마나 사랑하는지.
유디트 (총을 건네며) 한 번 증명해 봐. 네가 얼마나 우리를 지킬 의지가 있는지.
피터 난 뭐든지 할 수 있어.
유디트 꽃을 꺾어 와.
피터 (총을 받으며) 무슨 꽃을 꺾어 올까?
유디트 전쟁 중에 피어나는 꽃.
피터 전쟁 중에 피어나는 꽃? (관객에게) 그런 꽃이 있어?
유디트 네 손으로 위버를 죽여. (피터 돌아보자) 네 손으로 위버를 죽이라고. 그 목을 가지고 와.
피터 너 미쳤어?
유디트 장난처럼 보여?
피터 우린 나가서 싸울 필요가 없어. 곧 연합군이 우리를 지키러 올 거라고. 우린 기다리기만 하면 돼.

유디트 (관객들에게) 이런 건 다 시간 낭비에요. 우리는 전쟁을 끝내기 위한 준비를 해야 해요. 만약 피터가 위버를 죽이기 위해서 저 터널을 달려 나갔다면 아마도 난 널 열렬하게 사랑하게 됐을 거야. 그리고 너를 지키기 위해서 총을 들고 네 뒤를 따랐겠지.

유디트 네 사랑은 비겁함에 대한 형벌일 뿐이야.

피터 위버가 내 앞에 있다면 딱 너 같은 눈빛일 거야.

그때, 사이렌 소리 들린다. 사람들, 무슨 일이지? 그를 파악한다.

2장

사이렌 소리를 낸 하이머. 더 이상 참을 수 없다는 듯 광장의 단상 위로 올라간다.

하이머 더 이상 시간이 없습니다. 다들 모이세요!

배우들은 관객들을 리드해서 무대 가운데 단상을 보게 한다.
하이머는 도시의 유전자 공학 연구소 소장이다. 결연해 보이는 그의 모습.

하이머 (단상에 올라) 저는 아드마 유전자 공학 연구소장 '하이머'입니다. 우리는 일 년 전 큰 죄악을 저질렀습니다. 우리가 만든 유전자 조작 인간들을 우리 손으로 죽였고, 그들은 이 도시에서 멸종했습니다. 저들의 대장 위버는 학살에 동참한 도시들을 정복했습니다. 마침내 우리 아드마 만이 남았습니다. 봉쇄된 이곳에는 더 이상 식량도 물도 남아 있지 않습니다. 우리는 항복해야 합니다. 그들에게 무릎을 꿇고 우리의 죄를 고백하고 자비를 요구합시다.

시장 (라이브 영상으로 나타난다) 아아. 나와요? 자, 여러분 안녕하세요. 아드마 시장입니다. 자, 여러분 침착하세요. 그들에게 무릎 꿇는다는 것은 인류를 지키기 위해 노력한 희생자들을 배신하는 거예요!

하이머 네. 시장님. 그렇게 인류를 사랑하신다는 분이 카메라 뒤에 숨어서 뭐하시는 거죠?

시장 우리 고위 관료들끼리 도시를 위해서 대책 회의를 하고 있죠. 자, 여러분. 곧 연합군이 우리를 구하러 올 겁니다. 우리는 역사에 투쟁자로 기록되고, 영원토록 기억될 것입니다.

제사장 (끼어들어 단상에 올라가며) 이것은 신이 내린 벌이오! 괴물들을 만든 결과가 이것입니다.

MR.우쿨렐레 (야유하며) 신이 있다면 우리를 이렇게 만들지 않았겠지.

제사장 그분은 우리를 아무 조건 없이 사랑하십….

하이머 문을 엽시다! 물을 마시고 살아남읍시다. 이것은 가장 약한 자들을 위함입니다. 말 못 하는 내 동생을 위한 것입니다! (코르키에게 다가가 과장되게 눈물짓는다) 딱한 내 동생은 학살이 일어나던 날 충격을 받고 말을 잃었습니다.

피터 불쌍한 코르키.

하이머 (관객들에게 다가가서 적극적으로) 이 아이가 목숨까지 잃어야 합니까?

제사장 지랄하네.

하이머 네?

Mr.우쿨렐레 (우쿨렐레를 치면서) 모두 굶어 죽어라~ 그래야 천국에 닿을 것이니.

그때, 유디트 단상 쪽으로 걸어 나온다.

유디트 (소리친다) 우리끼리 싸움이 대체 무슨 소용이죠?

하이머 유디트, 항복을 하는 데 동의하세요.

유디트 항복을 할 게 아니라 위버와 싸워야죠! 우리는 이 무의미한 전쟁을 끝내야 해요!

하이머 아니, 저들은 우리보다 훨씬 뛰어난….

Mr.우쿨렐레 좋은 생각이 났어! (시장을 향해) 시장을 제물로 바치고 우리들을 살려달라고 합시다.

시장 뭐?

Mr.우쿨렐레 학살로 재미를 본 건 저 당신이잖아. Great Human Again이라는 타이틀을 걸고 대선까지 노리려고 했잖아!

시장 나는… 나는 세상이 올바른 방법으로 가야 한다는 생각을 한 것뿐이야!

Mr.우쿨렐레 우리가 지금 여기 갇혀서 죽을 날만 기다리고 있는 것도 다 저 새끼 때문이잖아.

피터 맞아! 학살을 명령한 것도 저 새끼잖아.

하이머 맞아요. 시장이 우리를 선동했어요.

피터 진짜 넘겨버리자!

Mr.우쿨렐레 진짜 넘겨버려! (관객들의 호응을 유도하며) 넘기자! 넘기자! 넘기자!

광기에 휩싸인 사람들. 다 같이 넘기자! 소리친다.
마르타, 사람들 사이를 가면서 그들을 쳐다본다.
마르타의 시선에서 보이는 영상이 무대를 채운다. 그때, 시장 나타난다.

시장 (시선을 다른 쪽으로 돌리려는 듯) 아니! 투표! 우리 투표합시다. 자, 여기 남아서 살고 싶은 사람들은 나한테 오세요! 그리고 문 열고 가서 저놈들한테 찢겨 죽고 싶은 사람들은 저 쪽으로 가고!

하이머 하하. 네. 말 잘하셨네요. 항복해서 살고 싶은 사람들은 나한테 오세요! 여기 가만히 있다가 개죽음당하고 싶지 않으면!

시장과 하이머 각자 사람들을 자기 쪽으로 데리고 온다. 대치 구도의 두 편.

시장 거기 있다가 다들 대가리 댕강 날아갈 거예요.

하이머 누가 할 소리! 여기 남아있다가는 물도 없이 말라 죽을 겁니다. 정신 차리세요!

시장 · 하이머 (서로 째려보며 동시에) 하! (흥!)

황야의 무법자 깔리고 시장과 하이머는 원을 그리며 돈다.
반대편 진영으로 가서 한마디씩.

시장 그 괴물새끼 위버는 당신들과 협상하지 않을 거예요. 절대요. 다 죽일 거예요.

하이머 위버를 무력화 할 수 있는 방법은 오직 저한테 있습니다. 넘어오셔야 합니다.

시장, 하이머 동시에 서로를 향해 휙 돌아보며

시장 · 하이머 저 위선자!, 사기꾼!

시장과 하이머 다시 서로를 째려보며 제자리로 돌아온다.

하이머 여러분. 시장은 이 상황을 오직 정치적으로 이용하려는 것 뿐입니다. 절대 속지 마십시오.

시장 그 괴물을 만든 게 저 하이머입니다. 나랑 같이 여기서 목숨을 지킵시다!

하이머 마지막 5초 드리겠습니다.

시장 · 하이머 5 4 3 2….

그때, 삐삐삐– 무언가 감지되는 소리.

피터가 스크린 한 쪽을 보더니 갑자기 소리친다.

피터 으악! 누가 터널을 건너온다! 백기를 들었어!

Mr.우쿨렐레 두 명이다!

극장에 존재하는 모니터들에 다니엘 킴과 카메라맨의 모습 잡힌다.

시장 인간이야? 아니면 괴물이야?

하이머 백기를 들었어요.

시장 하지만 폭탄이라도 들었으면?

유디트 더 이상 물러날 곳이 있나요?

피터 (시장을 본다) 어떻게 하죠?

시장 문을 여세요.

다니엘 킴과 그를 찍는 카메라 들어온다. 사람들 경계하면서 그들을 바라보는데–

피터 (총을 들이밀며) 정체를 밝혀!

다니엘 킴, 품에서 기자증을 보여준다. 다니엘 킴을 찍는 카메라는 계속해서 그와 사람들을 찍고 있다.

다니엘킴 나는 종군기자 다니엘 킴입니다. 위버가 나를 여기로 보냈어요. (카메라를 향해) 이 사람은 그 증거를 찍기 위해 함께 왔습니다.

시장 뭐! 그럼 위버랑 같은 편이라고!

다니엘킴 아닙니다. 나도 잡혀 있었어요.

유디트 (다니엘 킴에게) 위버는 대체 어떤 사람이죠?

다니엘킴 나를 그를 증오합니다. 그는 나의 친구들을 죽였어요.

피터 정의도 없는 새끼! 기자를 죽이다니.

다니엘킴 나는 위버를 죽이고 싶습니다. 하지만 만약 그가 내게 총을 건네고 '날 쏴라'라고 말한다면… 나는 그를 감히 죽일 수 없을 겁니다.

유디트 당신을 살려주었으니?

다니엘킴 아니. 위버에게는 거부할 수 없게 만드는 힘이 있어요.

제사장 마술? 역시 악마야!

다니엘킴 이곳으로 올 때 우리 앞에 깊이를 알 수 없는 협곡이 있었죠. 다리가 될 것 같은 나무가 협곡 너머에 보였고 위버는… 그것을 건너뛰어 그걸 가지고 왔죠. 백조처럼 우아하게. 그걸로 다리를 만들고 쉬어가자고 했죠. 그리고는 잠들어버렸어요.

유디트 그래서 그자에게 상처라도 입혔나요?

다니엘킴 아니… 나는 나도 모르게 위버에게 다가가… 옷을 벗어 얼굴에 그늘을 만들어주었죠.

유디트 대체 왜….

다니엘킴 위버는 그런 존재입니다. 나는 위버를 증오하지만 그의 종이 되어버렸어요.

Mr.우쿨렐레 그래서 뭐 어쩌라는 건데! 위버가 널 왜 여기로 보낸 거냐고.

다니엘킴 위버가 전하랍니다. 내일 당신들을 모두 죽일 거랍니다!

사람들 아연실색이 되어 싸우기 시작한다.
보다 못한 유디트, 피터의 총을 뺏어 발사한다.
총소리에 놀라 소리치는 배우들. 일순간 조용해진다.

유디트 (관객들에게) 자, 우리 함께 가죠. 앉아서 죽을 순 없잖아요. 가서 싸워요. 그리고 우리 손으로 위버를 죽여요. 나한테 작전이 있어요.

유디트, 문 쪽으로 향하는데 말리는 피터.

피터 (살짝 놀라며) 너… 진짜 미쳤어? 가면 위버가 우리 모두 죽일 거야.

유디트 (총을 던지며) 기대도 안 했어. 너 같은 겁쟁이가 어떻게 위버를 죽이겠어.

피터 유디트….

유디트 (관객들에게) 자, 우리는 지금 위버의 막사로 갈 거예요. 터널이 좁아요. 두 줄로 서세요.

하이머 그래요. 여러분. 갑시다! 모두 유디트 앞에 줄을 서세요!

하이머 관객들을 유디트 쪽으로 인도하는데 뒤에서 제사장과 하이머 실갱이가 벌어진다.

제사장 (프랑스어) 신의 축복을 받을 수 있는 것은 오직 신께서 창조하신 인간뿐….

하이머 제발 비이성적인 이야기 그만해요!

하이머, 열이 받아 제사장을 밀치는데-
그 모습을 구석에 앉아 지켜보던 코르키 갑자기 크게 소리친다.

코르키 신께서 말씀하신다! 소돔에 불을 내리신다. 신께서 말씀하신다! 소돔에 불을 내리신다.

긴 정적. 놀라서 아무도 말하지 못하는데-
코르키 일어나더니 갑자기 아주 정상적으로 이야기한다.

코르키 나의 아이들아. 내가 너희에게 말하노라.

Mr.우쿨렐레 (자기도 모르고 툭 내뱉으며) 벙어리가 말을 한다.

하이머 코르키?

제사장 (코르키 앞에 무릎 꿇고) 신이 벙어리의 입을 통해 말씀하신다!

하이머 (어벙벙해 어찌 행동할 바를 모른다)

코르키 (제사장의 머리에 손을 올리고) 너희들은 때가 되었다고 생각하느냐?

Mr.우쿨렐레 신… 신이 진짜 있어. (도취되어 코르키 앞에 무릎을 꿇는다)

코르키 (Mr. 우쿨렐레 머리에 손을 올리고) 언제 때가 되는지 아는 건 나

뿐이니라!

하이머 (정신을 차리고 코르키에게) 너 왜 그래.

코르키 (하이머의 말은 듣지 않고 관객 사이를 성큼성큼 걸어 다니며) 내가 키운 곡식의 수확을 이교도들에게 넘길 셈이냐? 너희에게 분명히 이르노니 그런 일은 절대로 없으리라!

우쿨,제사장 (코르키를 향해 계속 절을 하며) 구원하소서! 구원하소서!

하이머 (코르키를 거칠게 잡으며) 코르키. 정신 차려. 코르키!

코르키 (하이머의 손을 밀치며) 나를 악마의 구렁텅이로 몰아 나의 말을 잃게 한 자가 이 자이니라. 신의 뜻을 막고 성전을 이교도의 불씨로 덮으려는 자가 이 자이니라! 이 자를 돌로 쳐라! 돌로 쳐!

하이머 (코르키의 입을 막는다)

코르키 (하이머를 제압하며) 이 새끼는 날 실험 도구로 썼어! 자기 동생을 괴물로 만들었어! 저들이 이 도시를 점령하는 것도 다 너 때문이야! 너 때문!

코르키 참지 못하고, 하이머를 제압하며 예배당으로 들어간다.

예배당 영상에서 코르키가 하이머를 죽이는 장면 보인다. 탕 하는 총 소리.

Mr.우쿨렐레와 시장, 조심스레 예배당으로 들어가는데 - 다시 한 번 더 탕 하는 소리!

Mr.우쿨렐레 둘 다 죽었어. 우리도 모두 죽을 거야.

유디트는 관객들에게 소리친다.

유디트 아니요, 우리는 이 비극을 끝낼 수 있어요. 그러기 위해선 우리 모두 위버의 막사로 가야해요. 자, 여러분 저와 함께 갑시다.

그러자 사이렌 소리와 함께 조명 모두 꺼지고, 터널에서만 조명이 켜진다.

유디트, 관객들을 통솔하고 터널로 향한다.

마르타는 관객들 가장 나중에 따른다.

3장

유디트와 마르타, 관객들은 터널을 지나간다. 터널에서 들리는 음침한 소리.
극장으로 다시 들어가기 전 유디트는 사람들에게 이야기한다.

유디트 작전을 말해 줄게요. 나는 우리가 아드마를 배신한 것처럼 항복을 할 거예요. 그리고 저들에게 아드마를 쉽게 정복할 수 있는 방법을 알려줘 경계를 낮출 거예요. 내가 위버의 눈을 속일 때 나를 도와 함께 배신하는 척해 줘요.

유디트 막사에 도착한다. 도착한 곳에는 아무런 소리도 들리지 않는다.
그때, EDM 음악과 함께 위버라고 적힌 LED 패널이 올라간다.
그리고 음악 커지며 병사들이 뛰어나온다.
병사들은 소리를 지르며 관객들에게 왜 왔어! 뭐하는 새끼들이야! 소리친다.

위버의 모습 보인다. 높은 곳에서 위압적인 조명과 함께 보이는 그녀의 실루엣.
그때, 유디트 관객들 사이에서 일어난다. 그러자, 병사들 일제히 유디트를 사격한다.

유디트 협상을 하러 왔습니다.

위버 협상?

유디트 더 이상의 싸움이 무슨 소용이죠? 많은 사람들이 죽어가고 있어요. 우리는 학살을 반대한 사람들이에요. 이런 인간들을 더 죽인다고 해서 당신에게 더해질 영광도 없어요.

위버 영광…? 영광! 너희들은 우리를 잔혹하게 학살했다. 아드마에서 도망치지 못한 내 동료들은 모두 죽었고, 다른 도시들도 우리들을 개미 죽이듯이 죽였지. 디트로이트에서는 한 미친 새끼가 우리 동족 10만 명을 가스실에 가둬 처참하게 죽였어. 그래서 난 디트로이트에 가서 그놈을 잡았다. 그리고 불판 위에 달궈 재로 만들어버렸어. 어떤 생각이 들지? 내가 그저 살인에 미친 학살자 같나?

유디트 ….

위버 이게 영광 따위를 위한 행동으로 보여?

유디트, 일어난다. 병사들 유디트를 향해 총을 겨눈다.

유디트 맞아요. 저들은 참회하지 않고, 또 다시 이 지구를 죄로 물들게 할 거에요. 난 아드마를 당신들의 희생 없이 손쉽게 파괴할 방법을 알아요.

위버 …?

유디트 아주 성대하고 소란스러운 축제를 벌이세요. 아드마에 들릴 정도로 아주 크게요. 저들은 겁에 질려 있어요. 동이 트기 전에 도시에서 나올 거라 확신해요.

위버 네 말 따위 듣지 않아도 너희들을 모두 죽일 수 있어.

유디트 저기에 들어가면 당신들 중 누군가는 죽을 수밖에 없겠죠.

아까운 목숨을 낭비할 필요가 있나요?

위버, 유디트를 응시한다. 그리고는 천천히 내려온다.
막사 문을 열고 나온 위버. 유디트에게 다가온다.

위버 (유디트를 거칠게 밀며) 내가 왜 너 따위들과 협상을 해야 하지?

유디트 난 당신들이 죽지 않길 바라니까요.

위버 너희들이 만든 비극을 끝낼 수만 있다면 누군가는 죽어야겠지.

유디트 나도 당신만큼 우리 도시의 사람들을 증오해요. 하지만 이 비극을 끝내는 방법은 다른 죽음이 아니에요.

위버 내 가족들, 여기 있는 병사들의 친구들 모두 아드마 새끼들 손에 죽었어. 우리를 죽어도 마땅한 괴물이라고 하면서 너희들이 모두 죽였다고.

유디트 나도… 나도 그 학살 때 소중한 사람을 잃었어요. 학살은 나에게도 너무 큰 고통이었어요. 그래서 이 비극을 끝내고 싶은 거예요.

유디트, 충동적으로 위버에게 다가간다. 병사들, 유디트에게 총을 겨눈다.

유디트 (굴하지 않고) 미안해요. (사이) 정말… 미안해요.

유디트 위버에게 다시 천천히 다가가고는 그녀를 안는다.
위버, 병사들에게 멈추라는 포즈.
잠시 후, 위버에게서 떨어져 그녀를 보는 유디트.

유디트 난 줄곧 내 눈빛이 당신과 닮았을 거라 생각했어요.

잠시 사이. 위버, 유디트를 바닥으로 거칠게 밀며-

위버 넌 내가 두렵지 않아?

유디트 두렵지 않아요. 적을 만나러 온 것이 아니라 친구를 만나러 왔으니까요.

위버, 유디트에게서 멀어져서 그녀를 바라본다.

위버 이름.

유디트 유디트.

위버 유디트.

둘의 시선이 클로즈업되어 보인다.

위버, 유디트를 한참 보더니 멀어져 관객들에게 이야기.

위버 학살을 반대한 자들이라니 기회를 주지.

위버, 의자 위에 올라서서 소리친다.

위버 우리는 우리의 존재를 증명하기 위해 고된 싸움을 이어왔다. 우리는 내일 이 모든 비극을 끝낸다. 내일 이후로 그 어떤 인간도, 생명을 가진 그 무엇도 부당하게 죽는 일이 없을 것이다! 내일 우리는 승리할 것이다.

폭죽과 함께 노래 나오고– 병사들 소리를 치며 춤을 추기 시작한다.
유디트는 위버의 옆에 다가가 무언가를 설득하는 듯한 모습.
마르타 그런 유디트와 위버를 쳐다보고 있다.

그때, 거센 사이렌 소리와 함께 터널 CCTV 영상에 피터 보인다.

위버 (소리친다) 확인해!

병사들, 나가서 체크하는데–
막사에 피터 들어온다. 병사들 총으로 위협하자 피터 손을 들고 있다.
피터, 유디트를 보고 깜짝 놀란다.

유디트 피터?
피터 유디트! 살아 있었구나! 위버는? 위버는 어디 있어? (그제서야 위버의 얼굴을 보고) 그냥 여자잖아?
위버 여기 온 목적이 뭐야.
피터 항복을 하러 왔습니다.
위버 (손짓)
병사1 (몸을 수색하다가 총을 발견하고 피터를 밀쳐 위버 앞으로)
위버 (비웃으며) 하하하. 저 총으로 날 쏘게? 니까짓 게 날 죽일 수 있을 것 같아??
피터 그… 그건….
위버 (칼을 피터에게 던진다) 찔러 봐.

피터, 망설이다가 칼을 들고 위버에게 달려드는데–
위버 한 손으로 칼을 막고 피터 나가떨어진다.

위버, 피터를 죽이려고 다가가는데- 유디트, 위버의 손을 잡는다.

위버 (유디트에게) 아는 자인가?

유디트 네, 아주 잘 알죠. 이놈은 학살에 동참했거든요.

유디트, 결심한 듯 위버의 칼을 뺏어 피터에게 겨눈다.

피터 (놀라서) 유디트… 왜 그래.

유디트 그리고는 위험이 닥치자 언제 그랬냐는 듯 도시에 숨어버린 비겁한 놈이죠.

피터 아… 아닙니다.

유디트 (위버에게) 이 새끼를 죽여서 날 증명할까요?

위버, 웃더니 유디트에게 다가간다.

위버 됐어. 벌벌 떠는 게 죽일 가치도 없는 놈이군. (병사에게) 끌고 가.

피터 유디트! 유디트! 네가 우릴 배신해?

병사 한 명 피터를 끌고 나간다. 피터가 지르는 소리가 울려 퍼진다.

위버 (부대장에게) 내일은 긴 하루가 될 거야. 병사들은 물러나서 쉬어.

병사들 네!!

위버, 퇴장하면 병사 부대장 관객들에게-

부대장 너희에게 기회를 주겠다. 우리 편에 서서 이곳을 지킬 자원자를 구한다. 자원자 앞으로.

부대장, 자원자 네 명을 각각의 병사들을 시켜 문 앞에 배치시킨다.

부대장 나머지 앞으로. (관객들 막사 앞으로 이동시킨 후) 여기서 꼼짝 말고 있어.

유디트는 관객들에게 다가가 모이라고 한 후, 작게 이야기한다.

유디트 (관객들에게) 여러분 전 이제 위버를 만나고 올 거예요. 오래 걸리지 않을 거예요. 조금만 기다려줘요.

마르타 (막사로 들어가려는 유디트의 손을 잡으며) 유디트.

유디트 누군가는 해야만 하는 일이야.

관객들은 막사 너머에서 위버와 유디트의 장면을 지켜보게 된다.
막사 안. 위버는 유디트에게 붉은 술을 건넨다. 유디트는 그것을 한 입에 마셔버린다.

마르타는 그런 유디트를 지켜보다가 유디트를 도와야한다는 듯, 피터 쪽으로 다가간다. 묶여 있는 피터를 풀어주는 마르타.
피터, 자신을 풀어낸 신비한 힘에 놀라는 것도 잠시, 감옥에서 빠져나와서 유디트와 위버의 모습을 훔쳐본다.

유디트 난 이 전쟁을 끝내고 싶어요.

위버 어떻게 이 비극을 모두 끝낼 수 있지?

유디트 당신이 죽어야겠죠.

위버, 유디트에게서 멀어져 고뇌한다. 유디트, 그녀에게 다가가 그녀를 쓰다듬는다.

위버 나를 죽이는 건 꽤나 매력적인 일일 거야. 너도 나를 죽이고 싶지?

유디트 피가 흐르는 당신 얼굴은 아름다울 거야.

유디트의 손을 잡아 그녀가 든 총구를 자신의 이마에 겨누는 위버.

위버 나는 누군가 나를 죽여주길 바래.

유디트 죽음이 두렵지 않나요?

위버 난 더 이상 두려운 게 없어.

유디트, 충동적이지만 줄곧 바래왔던 것처럼 위버에게 키스한다. 위버도 키스한다.

둘, 함께 무대 뒤로 사라진다. 마르타, 막사로 뛰어 들어가고 마르타의 시선에서 보이는 영상이 무대 위에 보인다.

피터도 삼면에 흘러나오는 영상을 바라보며 배신감에 분노한다.

고조되는 음악. 마르타의 시선이 흔들린다.

잠시 후 유디트, 핏빛으로 물든 자루를 들고 막사를 나온다.

차분해진 유디트. 천천히 피 묻은 손으로 자루를 들고 무대 반대편으로 걸어간다.

4장

무대, 아드마의 조명으로 변화하고-

시민들 나타나서 유디트가 들고 온 자루를 본다.

다니엘킴 그걸 확인하고는 놀라 무릎 꿇는다.

다니엘킴 (놀라며) 위버… 위버의 목이야!

시장 유디트는 영웅이야. 유디트 만세!!! (관객에게) 다 같이 합시다! 만세! 만세! 만세!

제사장 (유디트의 손을 잡으려고 하며) 신께서 당신을 기억하실 겁니다.

다니엘킴 (감격한 듯 유디트에게 다가와) 모든 인간이 유디트 당신의 이름을 역사에 남길 겁니다.

사람들 만세! 만세! 만세!

그때, 피터 들어와 소리친다.

피터 여러분! 유디트는 영웅이 아닙니다.

사람들 무슨 말인가 싶어 피터를 쳐다본다.

피터 유디트는 나를 죽이려고 했고, 우리를 배신했어요.

사람들 뭐?/ 말도 안 돼./ 거짓말.

피터 그리고 괴물새끼 위버랑 동침을 했어요. 내가 똑똑히 봤어요.

피터, 카메라맨에게 가서 카메라를 거칠게 뺏는다.
그리고 유디트의 행각을 모두에게 알리려는 듯, 카메라를 거칠게 들이민다.

피터 (유디트에게) 어때, 내 말이 틀려? 입이 있으면 말 해 봐.

유디트, 천천히 위버의 목을 들고 사람들을 본다.

유디트 그래요. 난 이 사람이랑 잤어요. 그건 다 당신들을 위한 거였⋯.
시장 더러워. 어떻게 저런 괴물이랑⋯.
유디트 이 사람은 자신의 동료들을 지키고 싶어 했을 뿐이었어요. 그런 사람을 내가 죽였⋯.
제사장 신이 너를 저주하실 거다!!!
MR.우쿨렐레 고상한 척은 다하더니, 더러운 년.
피터 그래서 나한테 그런 거야? 더러워.

시민들, 유디트를 돌면서 비난을 이어간다.

시민들 (반복되며 메아리치는 대사들) 더러워. 배신자. 미쳤어. 쓰레기. 그럴 줄 알았어.

유디트, 시민들의 비난을 끊으려는 듯 소리친다.

유디트 맞아. 난 이 사람을 도와 학살을 자행하고 부끄러운 줄도 모르는 당신들을 죽여 버리고 싶었어! 이 사람은 당신들처럼 비겁하지 않아. 이 사람이 날 안을 때 행복했어. 당신들을 구해야 한다는 건 하나도 중요하지 않았어. 난 이 사람을 죽이고 싶지 않았어.

유디트, 잘린 위버의 얼굴에 입을 맞춘다. 역겨워하는 사람들.

피터 여러분. (유디트를 보며 1장의 복수를 하듯) 시간 낭비하지 맙시다. (사람들에게) 갑시다. 저기 가서 남아있는 놈들을 모두 죽여 버립시다.

시장 그래. 도망가게 둘 수 없지.

Mr.우쿨렐레 다 죽여 버려!!!

피터 가자!

시민들 가자!!!!

사람들, 우르르 몰려 나간다. 고요해진 도시.
유디트는 실성한 듯 웃으며 자신을 비추는 모든 영상들을 보고 있다.

마침내, 마르타를 바라본다.
유디트, 위버의 목을 던지고 마르타의 카메라의 전원을 뽑는다.
삐- 하는 소리.
모든 무대 위의 영상이 블루 스크린으로 변화한다.

극 끝난다.

작가의 말 | 김가람

"이 이야기는 오직 죽은 자들만 침묵 속에서 기억하게 될 거야."

작품은 '시선의 폭력'에 대한 이야기이다. 살아있는 자들은 타인을 향해 시선을 내뱉는다. 오직 죽은 자들만이 시선을 갖지 않는다. 관객들은 계속해서 유디트를 바라보고, 판단하며 결국 자신의 시선을 인지하게 된다.

승자의 시선 속에 쓰여진 역사. 유디트는 세상의 시선 속에서 사라지길 바란다. 모든 폭력적인 눈길이 사라진 곳, 그녀의 이야기는 오직 죽은 자들만 침묵 속에서 기억하게 될 것이다.

Time to Sleep 4:13

김태희 지음

사람이 깊이 잠들 즈음 내가 그 밤에 본 환상으로
말미암아 생각이 번거로울 때에 - 욥기 4:13

등장인물

거트루드
오필리어
햄릿
관리자(1인 다역)

장소

사후 1차 영역, 중간계.

시간

각자가 죽은 시간, 거기에 멈춰있다.

무대

자신의 죽은 시간에 멈춰버린 시간의 공간.
무대 위에는 여러 대의 모니터가 있다.

#프롤로그

무수한 시계 소리….

햄릿, 거트루드, 오필리어 각자의 자리에서 끊임없이 자신의 이야기를 하고 있다.
관리자, 뒤에서 시계 침을 천천히 돌리고 있다.

모니터에는 햄릿 표지가 보이고, 책장이 넘겨지면서
거트루드와 오필리어, 그리고 햄릿에 대한 리얼 인터뷰 소리가 들린다.

이 인터뷰와 맞물려 햄릿, 거트루드, 오필리어 소리가 들린다.

햄릿 너는 어떤 선택을 했을 것 같아?
거트루드 왜 날 그렇게 봐?
오필리어 나에 대해 얼마나 알아?
햄릿 그 선택 만족해?
거트루드 시종일관 밤처럼 어두운 안색으로 나를 쳐다봤어.
오필리어 네가 아는 게 다가 아니야!
햄릿 고작 두 달. 아니 두 달도 안 지났어.
거트루드 하고 싶은 말 있어? (시계소리 빨라진다)

오필리어 너만 아는 진실, 그게 뭔데?

햄릿 그렇게 빨리, 그렇게 쉽게,

거트루드 네 생각이 전부는 아니야.

오필리어 거짓이 진실이 되기도 하지.

햄릿 모든 것이 낯설어.

거트루드 간단한 문제가 아냐.

오필리어 복잡하게 만드는 건 너야!

햄릿 정말 원하는 게 뭐야?

거트루드 원하는 대로만 살 수는 없어. 난 꼭 지켜야 해.

오필리어 변하는 진실 따윈 믿고 싶지 않아.

어느 시점부터 시계가 잘 돌아가지 않는다. 버거워하는 관리자. 더 이상 돌리기를 포기하고 이들을 바라보는 관리자.

햄릿 아 여자… 그래 그게 여자지!

거트루드 내 선택을 후회하지 않아.

오필리어 보이는 대로 믿지 말고! 생각한 대로 단정 짓지 마!

관리자 저기요….

햄릿 거짓 눈물이야!

거트루드 모든 걸 제자리로 돌릴 자신이 있었어.

오필리어 니가 아는 진실, 단 한 번도 의심한 적 없어?

햄릿 속마음을 볼 수 있다면.

거트루드 길을 잃은 걸까?

관리자 저기요. 잠….

오필리어 보이는 게 다는 아니잖아.

햄릿 가슴이 터질 것 같아.

거트루드 길을 잃은 건 내 잘못이 아니야.

오필리어 네가 보는 게 다는 아니야!

관리자 저기요 잠 좀!

햄릿 입은 닥쳐야 해.

거트루드 그런 눈으로 날 보지 마.

오필리어 다 거짓이야.

위험을 알리는 듯한 알람 소리.

#1 왜!

관리자 저기요! 잠 좀 자자니까~ 잠 좀!! 어! (한쪽 귀가 아픈지 귀를 잡고 있다) 그렇게 주절주절 떠들기만 하고 말이야 어! 그렇게 두서없이 떠들어대니까 시계도 안 가고 어! 잠도 못 자고 어! 거, 사람들 참… 아니 귀신들 참… 말 많네….
(관객 보며) 어!! 뭐야!! 오늘 왜 이렇게 많아!! 아이고… 이렇게 많은 억울한 영혼들이 안식을 찾지 못 하고 이곳에 왔구먼. 보자, 보자~~~ (관객을 유심히 살피고 살핀다) 어? 어~~~ 어! 에헤이 벌써부터 나에게 의지하고픈 눈빛을 보니 마음이 아프구먼. 자네들 반쯤 가린 마스크로도 상당히 억울해 보여.
하지만!! 당신만 억울한 것이 아니야. 지난 수 세기 동안 수많은 영혼들이 이곳에 왔지만 여전히 오해를 풀지 못해 남아있는 영혼들이 허다하니까. 나도 그 중에 하나고. 암튼 누구든지 이곳에 올 수는 있지만 아무나 안식의 평화를 누릴 수는 없는 법. 세상은 마스크 없이 돌아다닐 수도 없고 빌어먹을 QR코드를 들이밀어야 하는 이상한 세상으로 바뀌었지만 여긴 여전해. 억울한 놈들 오는 것도 여전하고, 그걸 해결해야 잠드는 것도 여전하고….
그러니 당신들! 두 눈 부릅뜨고 영원히 잠들기를 노력해야 할 거야! 아! 멈춰있는 초침, 정지된 이 공간, 이 적막함.

이 얼마나 잔인하고 고통스러운 소음이란 말인가? 영원한 안식을 원하는 당신들에게 충고 한마디 하지. 이 고통을 끝내기 위해서는 들로서야통소어해다한 거시기룰다이… 아 (당황하며) 그러니깐… 이 고통을 끝내기 위해서는 들로서야통소어해다한 거시기룰다이… 거, 참… 사실… 난… 거… 에이! 잘들 해봐요.

관리자, 관객석으로 퇴장.

햄릿 팽이를 돌리고, 거트루드 술을 마시고, 오필리어 그림을 그린다.

각 인물의 오브제. (인물의 심리, 현재 상태를 대변한다)

거트루드 재밌니?

햄릿 좀 더더더… (팽이 죽자) 어! 아 죽었다.

거트루드 하! 그래 죽었지. 모두!

오필리어 Everyone, everything!!!

햄릿 왜 그랬어요?

거트루드 내가 뭘? 일을 이 지경까지 만든 건 너야! 도대체 이유가 뭐야?!!

햄릿 아빠가….

오필리어 아빠? 죽었잖아!

햄릿 살아생전 늠름한 모습 그대로… 나를 찾아왔어.

거트루드 유령으로 나타났다는 거야?

오필리어 말도 안 돼! 너 진짜 미친 거야?

햄릿 그 어떤 모습보다 생생했어!

거트루드 설마 그 유령을 아빠라고 믿는 거야? (웃는다) (정색) 정말 아빠라고 믿는 거냐고!

평생 너만 바라 본 엄마보다 유령을 믿었다? 하~ 그런 유령 말 따위를 믿는다는 게 말이 돼?

햄릿 약한 자여 그대 이름은 여자!

거트루드 이게 진짜!

햄릿 엄마는 그때, 내게 유령보다 낯선 사람이었어요.

거트루드 뭐?? 그 유령이 나보다 편했다는 거야? 그래, 좋아. 아빠라고 치자. 그럼 너네 아빠도 미쳤고 너도 미쳤어! 조금의 의심도 없이 그따위 유령의 말을 덜컥 믿은 너도 정상은 아니지만, 아빠라는 사람이 자기 복수를 아들에게? 아들이 그 말을 듣고 어떨 거라는 생각 따윈 안중에도 없고 지 복수만을 위해서? 그게 아빠야?

오필리어 그러게~ 그건 좀 아니다. 유령을 아빠라고 단번에 믿은 것 자체가 정상은 아니지! 그리고 너네 아빠~ 네가 어떻게 크는지, 무슨 생각을 하는지 관심조차 없었잖아. 네가 사춘기로 힘들어할 때 옆에 있었던 건 나였는데… 암튼 이건 말이 안 되잖아. 갑자기 유령으로 나타난 아빠를 어떻게 믿어? 너 생각보다 좀… 순진한 걸로.

햄릿 To be or not to be, that is the question!! 죽는 것은 잠드는 것! 잠이 들면 고통은 끝나는 것 아닌가?그런데 왜 난 잠들지도 못하고 있는 거지? 왜 이 고통은 끝나지 않는 거냐고. 으~~ 그렇게 고민했건만, 죽어도 살아있는 것만 못하네….

거트루드 으~ 지겨워! 살아서도 중얼중얼, 죽어서도 중얼중얼! 똑바로 말 좀 해주면 좀 좋아. 네 생각만 분명히 알았어도, 일이 이렇게까지 되진 않았어! 딸들은 애살맞게 얘기도 잘한다던데….

오필리어 맞아요. 확실히 남자들은 좀 무뚝뚝하고 자기밖에 몰라요.

거트루드 오필리어….

오필리어 아 죄송해요… 근데 저도 하고 싶은 말이 많아서….

거트루드 할 말도 많은 애가 자살은 왜 했대.

햄릿 아 맞다. 자살인데 여긴 왜 있어?

오필리어 자살 아니거든!

거트루드/햄릿 자살 아니야?

오필리어 아니에요! 자살!

#2 보이는 게 다가 아냐!

과거. 폴로니우스와 오필리어.

폴로니우스, 영상으로 입만 나온다. 폴로니우스의 대사는 매우 권위적이고 억압적인 느낌으로

관객을 감싸는 사운드로 재생. 변환, 믹스 적절히 사용. 오필리어 제한된 움직임.

폴로니우스 하하하 우리 딸 연애한다고?

오필리어 아… 네. 고백을 받았어요.

폴로니우스 고백? 지금 고백이라 그랬니? 하하하 그 말이 진심인 것 같으냐?

오필리어 네? 아… 네….

폴로니우스 집어치워라. 뱀 같은 혓바닥에 다리를 벌리다니… 내가 한 수 가르쳐주지. 공중에 뜬 그깟 뚜쟁이 맹세 같은 것은 믿을만한 게 못돼. 네가 누구인지 항상 기억하도록 해. 자신의 몸가짐을 좀 더 값비싸게 처신하란 말이다. 그리고 또 하나! 너의 정조와 이 가문의 명예를 잘 지킬 것! 내 이름을 더럽히지 말거라. 명심해라.

오필리어 (잔뜩 겁을 먹었다) 명심하겠습니다. 말씀대로 하겠습니다. 아버지….

다시 이곳….

오필리어 아버지… 여긴… 여긴 내 자리가 아닌데, 대체 내가 왜 여기에 있는 거야?

거트루드 햄릿과 아버지를 잃은 슬픔 때문에 자살한 줄 알았지….

오필리어 내가… 내가 지금 이 자리에 있는 게 슬퍼요. 내가 왜 여기서 이러고 있는 거죠? 나 이제 숨을 쉴 수 있을 것 같은데… 자살이라니… 말도 안 돼요!!

햄릿 그래! 자살이라고 할 때부터 어쩐지 이상했어! 아~ 진짜 다행이다. 난 네가 나 때문에 자살한 건 줄 알고 괜히 미안해했잖아.

거트루드와 오필리어, 햄릿을 째려본다.

햄릿 뭐… 조금은 미안해할 수도 있고.

오필리어 물론 아무렇지도 않았던 건 아니에요… 아무리 미운 아빠라도 누구한테 살해당한 거라!

거트루드 미안.

오필리어 아줌마가 왜 미안해요?

거트루드 그게… 실은 난 도망갈 줄 알았지. 거기서 주책없이 소릴 지를 줄 알았나….

햄릿 내 솜씨가 좀 뛰어나지. (펜싱 시늉)

오필리어 죽고 싶냐?

햄릿 또 죽어? 그만 죽자. 죽는다고 해결되는 것도 없어.

오필리어 말을 말자… 그래도 한때 사랑한 놈이니 내가 참지.

거트루드 햄릿과 단둘이 이야기하고 싶었어. 너네 아빠가 늘 나를 감시하니까 얘기할 수가 없잖아. 그날도 어김없이 폴로니우스를 나를 위한 척 보냈길래, 영감쟁이 놀라게 해서 내보내려고 오버 좀 했는데, 거기서 소리를 지를 줄 누가 알았겠어? 수다스러운 영감쟁이 도망칠 때도 수다스러우니 뭐….

햄릿 삼촌이었어야 하는데! 그리고 왜 감시를 해요? 사랑하는 사람을? 이상해… 상식적이지 않아!

거트루드 햄릿! 이러니 네가 세상 물정 모른다는 거야. 이래서야 어찌 세상을 살아갈까~

햄릿 살 일 없잖아요.

거트루드 아 그래 살 일 없지! 누구 덕분에! 햄릿. 내가 정말 사랑해서 작은 아빠랑 결혼한 것 같아?

햄릿 아빠가 그랬어. 삼촌이 아빠를 독살했다고… 그런 삼촌과 결혼했으면 말 다 했죠.

거트루드 그러니까!! 왜 그 유령 따위 말을 믿냐고!!

햄릿 아빠라고요!

거트루드 아~ 그래. 아빠라고 치고! 아무리 아빠가 복수를 원한다 해도 그걸 들어줬어야 했어? 그놈의 과거 하나 해결하자고 네 미래를 다 버려? 엄마한테 얘기할 수는 없었어? 너한테 엄마는 뭐야? 널 누가 키웠는데….

오필리어 유모?

거트루드 (째려본다) 너 아플 때 잠 못 자며 간호해 준 사람 누구니? 너 걸음마 할 때 두 손잡아 준 사람 누구야? 두 손 놓자마자 너 등짝만 쳐다본 사람이 바로 나야! 행여나 넘어질까 마음 졸여가며 너만 졸졸 따라다닌 사람은 그 빌어먹을 유령인지 아빠인지 허깨비 같은 놈이 아니라 바로 나라고!!

나!! 너 엉덩이에 사마귀 있는 거, 오른쪽 사타구니에 얼굴만 한 큰 점 있는 거! 그거 아무도 몰라. 나만 알아! 그 빌어먹을 유령도 모른다고!

오필리어 어머어머~~ 나도 볼래~ (햄릿을 놀리며 엉덩이 보려 기웃기웃)

햄릿 저리 가~!! 엄마! 생각 좀 하며 말하세요. 저도 이젠 어린 애가 아니라고요. 그런 얘기는 좀!!!

오필리어 다 크긴~ 아직 한창이지~ 어우 귀여워~ 좀 철없어 보여도 순수한 모습이 쏘스윗이야~ 그래서 내가 좋아하긴 했지만….

햄릿 지금은 아니야?

거트루드 난 너희가 진심 잘 되길 바랐는데….

#3 오해

과거. 오필리어와 햄릿 행복했던 한때. 꽃밭.

오필리어 와~ 너무 예쁘다. 이건 무슨 꽃이야?

햄릿 이건 로즈메리야.기억이란 꽃말을 가지고 있어. 언제까지나 나를 기억해 줄 수 있지?

오필리어 그럼. 이건?

햄릿 동백꽃. 그대만을 사랑합니다… 라는 꽃말을 가지고 있어.

오필리어 예쁘다. 꽃도 꽃말도.

햄릿 그리고 너도….

오필리어 알아. (웃는다) 이건 나도 아는데~

햄릿 이번엔 네가 알려줘.

오필리어 이건 후~ 민들레. 꽃말도 알려줘?

햄릿 응.

오필리어 이건 두 가지의 의미가 있어. 진심 어린 사랑과 이별. 여기에 얽힌 이야기도 있는데 들려줄까?

햄릿 응. 얘기해 줘.

민들레 이야기를 담은 컬러 애니메이션과 햄릿 이야기를 담은 그림자 애니메이션 재생.

오필리어 어느 따뜻한 봄날에 남쪽에서 불어온 바람이 있었어. 바람은 넓은 들판에 서 있는 아름다운 노란 머리 소녀를 발견했지. 소녀의 아름다운 모습에 바람은 한순간에 반해버렸어.

햄릿 따뜻한 봄날, 처음 너를 보았어. 두 볼 위에 분홍 빛깔 꽃을 한가득 품은 너를.

오필리어 남쪽 바람은 아름다운 소녀에게 말을 걸고 싶었지만, 사람의 모습을 할 수 없었던 바람은 그저 소녀의 모습을 바라볼 수밖에 없었지.

햄릿 너에게 더 다가가고 싶었지만, 끔찍한 비밀이 너에게 가는 길을 막아버렸어.

오필리어 그렇게 바라만 본 채 세월이 흘렀고,

햄릿 그렇게 세월이 흘렀어.

오필리어 소녀의 노란색 머리도 어느새 하얀색 백발로 변했어.

햄릿 너의 분홍 빛깔 두 볼은 어디 갔지?

오필리어 바람은 노란 머리 소녀의 아름다운 모습이 사라진 걸 보고서 너무 슬픈 나머지….

햄릿 후우~

오필리어 하고, 그만 한숨을 내쉬었는데. 그만 백발의 노파가 된 소녀는 그 바람에 휩쓸려 힘없이 사라져 버렸어. 흔적도 없이.

다시 이곳.

오필리어 너도… 어느 순간… 말 못 하는 바람이 되어버렸어. 나에게 온갖 꽃말을 물어보며 사랑고백을 하던 네가.

햄릿 내가 너무 큰 한숨을 내쉬었나 보다. 그래서 네가 사라졌나 봐.

오필리어 너는 나를 웃게 하는 유일한 사람이었어. 편안하게 눈을 감을 수 있는 네 품이 정말 좋았는데… 지금은 다 소용없는 얘기지만, 한 번은 꼭 말하고 싶었어. 그럼 너도 유치한 연극놀이 대신, 나에게 와서 위로를 받을 수 있지 않았을까. 도대체 왜 날 그렇게 떠난 거야?

햄릿 그땐… 내가 할 수 있는 최선이었어. 너라면 어떻게 했을 것 같은데?

오필리어 나라면!! 너에게 얘기했었을 거야. 너처럼 그런 비수를 꽂는 말들을 내뱉으며 떠나지는 않았을 거라고. 정말 네가 한 행동이 최선의 방법이라고 생각했어???

햄릿 더 나은 방법이 있었을까? 그럼 좀 알려줘 봐. 누가 좀 알려달라고! 내가 감당하기엔 너무나 끔찍한 비밀이었어. 내가 원한 게 아니야!

오필리어 그러니까 네가 감당하기엔 끔찍한 비밀이었으니까! 나에게 더 말했어야지. 난 네가 솔직해지길 원했어. 진심으로 한 말이 아니라고! 미안하다고! 그럼 널 이해하고 힘이 돼주었을 거야!

햄릿 너무 많은 생각에 머리가 터질 것만 같았어. 난 내가 스물이 되면 빛나는 아침과 그 아침보다 더 찬란한 밤만이 있을 줄 알았지. 내 목을 죄어오는 새벽을 맞이할 줄은 몰랐어. 그 새벽에 사로잡혀 너까지 불행해질까 봐 두려웠다고. 사랑하는 너를 위해 내가 할 수 있는 최선이었어.

오필리어 나를 위해서라는 말, 지긋지긋해!! 너도 결국 우리 아빠랑 똑같았던 거야! 나를 위한다면서, 나를 사랑한다면서 내 생각 따윈 안중에도 없지! 그게 무슨 사랑이야!

햄릿 그래! 네 말 맞아! 그땐 사랑을 생각할 겨를이 없었어. 잠도 못자고 미친놈처럼 다니니 진짜 미친놈이 되어버린 거지!! 내 목을 죄어오는 그 진실 때문에 잠을 잘 수가 없었다고!!! 그땐 분명 끔직한 진실이었는데… 지금은… 잘 모르겠어. 아무것도 모르겠어. 내가 무슨 소리를 들었는지. 진실이 정말 있기는 한 건지… 내가 본 건 정말 아빠일까… 모르겠어. 그땐 분명 안다고 생각했는데. 이젠 아무것도 모르겠어. 이 모든 건 내가 원한 게 아니야! 생각이 멈추면 좋겠어. 제발! 제발!

거트루드 그만, 그만해! 그만해도 돼! 지 억울한 것 풀자고 애를 이 꼴로 만들어놔! 살아있을 때도 지밖에 모르더니 죽어서도 똑같아. 엄마한테 와서 이야기하고 먼저 의논하면 좋았잖아. 너네 아빠라는 사람은 널 몰라. 알고 싶지도 않았을걸. 밖에서 일한다고 며칠 만에 들어오면 한다는 소리가 많이 컸네~ 나 참 키가 안 커서 약을 먹여야하나 걱정하고 있는데 한다는 소리가 많이 컸네? 그래 그렇게 보이겠지. 집에 있는 시간보다 밖에서 보내는 시간이 많으니까… 그런 아빠 말을… 어떻게 아빠 말만 듣고 엄마를 의심하냐고!

햄릿 의심이 아니라 사실이죠. 결혼은 했으니깐….

거트루드 햄릿… (정색하며) 나는 네가 멋대로 지껄일 그런 여자가 아니야! 결혼 서약을 노름꾼의 장담처럼 헛되게 만들지도 않았고, 교회에서의 달콤한 서약을 언어의 광상곡으로 만들지도 않았어. 무엇보다 지옥 같은 정욕을 지닌 여자도 아니야!

햄릿 그렇다고 정숙한 여자도 아니죠. 아버지 관을 뒤따를 때

신었던 신발이 채 닳기도 전에 결혼을 하셨으니….

거트루드 닳았어! 닳았거든!!! 그딴 비유 쓰지 마! 하나도 안 멋있어!

오필리어 아… 그래요. 제가 보아온 아줌마는 절대 그런 분이 아니세요. 그럼요 그렇고말고요!!

거트루드 물어보지 그랬어… 네 멋대로 판단하지 말고 물어보지 그랬어. 왜 결혼했냐고!!

햄릿 전 이미 사로 잡혔어요… 나를 기억하거라… 잊어버리고 싶었지만 아빠의 명령이… 내 모든 사고를 한쪽으로만 향하게 했어요.

오필리어 그럴 수 있어 자책하지 마. 아빠 말을 거역하기가 힘들었을 거야. 더구나 죽어서 유령으로 나타났다면 더더욱.

햄릿 이해해 줘서 고마워. 그런데 내가 물어봤다면 달라졌을까? 그럼 엄마는 결혼을 취소했을까요?

거트루드 그건… 널….

햄릿 잠깐! 설마 그 유치하고 뻔한 말을 하려는 건 아니죠? 아니요. 엄마의 동기는 절대로 순수하지 않아요. 결국 엄마도 엄마 살 길 찾은 거라고요.

#4 진실

과거, 클로디어스와 거트루드.

서로 춤을 추고 있다. 왈츠에서 점점 탱고로.

클로디어스 당신과 함께하는 시간은 참 편안해요. 자고 있는 듯한 착각이 들 만큼.

거트루드 요즈음도 잠들기가 힘드신가요?

클로디어스 늘 그렇죠. 형이 죽은 이후로 잠도 죽어버렸나 봐요.

거트루드 나의 잠도 죽기를 원하시는 건 아니죠?

클로디어스 아니 그게 무슨 말이에요?

거트루드 나를 바라보는 당신 시선… 예전 같지 않아서요.

클로디어스 내가 당신을 화나게 만들었나 보오. 하하하

거트루드 … 믿지도 않을 거면서 결혼은 왜 한 거죠?

클로디어스 사랑하니까… 그리고 당신이 원했으니까.

거트루드 아뇨! 난 원하지 않았어요.

클로디어스 아니. 당신은 거부하지 않았어요.

거트루드 ….

클로디어스 거부하지 않았단 건 원한다는 거 아닌가?

거트루드 난 지켜야 할 것이 있어요.

클로디어스 당신이 지키고자 하는 것을 나 또한 지켜주기 원해요. 당신을 사랑하니깐.

거트루드 그럼 햄릿… 보내지 마요.

클로디어스 지키기 위해 보내자는 거요.

거트루드 실수예요. 죽이려고 한 게 아니라고요. 그리고 당신이 엿듣게 하지만 않았어도.

클로디어스 나 때문이라는 건가요? 지금이라도 나를 원망한다면… 햄릿과 함께 떠나도 좋아요.

거트루드 … 잠잠해지면 곧… 다시 부르겠다고… 약속해 줘요….

클로디어스 그렇게 할게요. 잘 생각했어. 당신은 참 현명한 여인이에요. 그래서 내가 당신을 좋아하나 봅니다. 사랑해요.

다시 어느 공간, 이곳.

거트루드 다정하고 친절한 모습 속에 다른 사람이 세 들어 살고 있을 줄은 몰랐지! 너 눈치 보느라 왕 비위 맞추느라 이놈의 비극이 점점 싹을 틔우는 줄도 모르고 춤을 추는 꼴이라니… 그래! 모든 사람이 날 뒤에서 손가락질하는 거 알고 있었어.

햄릿 부끄럽지 않았어요?

거트루드 아니. 그게 뭐? 내겐 더 중요한 것이 있어. 지금의 모욕과 수치는 훗날 네게 안겨줄 영광에 비할 것이 못돼.

햄릿 그 영광이 뭔데요? 말해줘야 알죠!

거트루드 처음부터 네 자리였던 거! 그리고 영원히 누려야하는 네 자리! 너에게 온전한 결과만을 주고 싶었어. 과정 따윈 중요하지 않아. 모든 걸 되돌릴 수 있다고 생각했어. 그런데… 지금은 모르겠다. 그날 폴로니우스가 죽었던 날, 그때 모든 진실을 말했다면 우리는 좀 달라졌을까?

햄릿 글쎄요. 그날은 저 또한 폭주하고 있었던지라… 내 머릿속에 사고가 난 거죠. 그러니 진실을 들어도 내 머리가 제대로 작동했을 거라고 장담은 못 하겠네요. 진실도 상황에 따라 껍데기가 되기도 하니까.

오필리어 에이 뭐가 이리들 다 장엄해요? 그냥 타이밍 놓친 거고 정신 줄 놓은 거지.

햄릿 그날… 아빠 일은 미안해.

오필리어 다 지난 일인데 뭐… 그리고 실수잖아. 그때 미친 척한 건….

햄릿 척이라고? 그건 내 전공인데….

오필리어 아니 미친 척이라기보다… 나도 잠시 정신 줄 놓은 거야.

거트루드 그래, 멀쩡한 게 이상하지. 엄마도 없이 아빠 하고만 살았는데 그 정이 오죽할까.

오필리어 아뇨. 아줌마가 생각하시는 그런 애틋한 부녀관계가 아니었어요. 전 숨조차 마음대로 쉴 수 없었어요. 늘 아버지가 두려웠죠. 순종하는 딸! 그럴 수밖에 없었어요. 난 아무런 힘이 없었으니까. 내 마음이라는 거? 내 생각 내 뜻? 그게 뭐야? 그건 이미 죽은 지 오래에요.

거트루드 너를 위한 것이 아니었을까? 사랑하니까 그만큼 지키고 싶었던 거지.

오필리어 사랑이요? 개나 주라 그러세요. 그게 어떻게 사랑의 방식이에요?

거트루드 그래, 방법은 아주 잘못됐지. 그래도 너에게 늘 좋은 말들만….

오필리어 네. 아주~ 명언들이죠! 네 생각을 입 밖에 내지 마라, 누구에게나 귀를 기울이되 소견은 제시하지 마라, 타인의 의

견은 받아들이되 그에 대한 판단은 유보하라, 옷은 인격을 말하니 겉만 요란한 옷은 피하라. 무엇보다 너 자신에게 진실 되어라! 하~! 정말 어쩜 이리도 자신과 정 반대의 말만 할까? 이중인격자!!

햄릿 오필리어….

오필리어 아니, 아니! 그렇게 보지 마!! 나에게 아빠의 죽음은 슬퍼서 미치게 하는 정도는 아니었어. 다만 갑작스러운 자유에 당황스러웠다고나 할까? 나를 가장 힘들게 했던 건 네가 나를 외면했던 거였어. 그런데 모두들 나를 불쌍하게 보기도 하고… 뭐 거기에 조금 맞장구쳐도 괜찮겠다 싶어서 잠시 정신 줄 놓았던 거야. 나름 재미있기도 했는데… 그리고 그렇게 하면 네가 나에게 못되게 한 건 좀 미안해할 줄 알았지. 그렇게 쫓겨 날 줄 알았나.

햄릿 너에게 그런 아픔이 있는지 몰랐어. 보기엔 마냥 예쁜 아이였는데….

오필리어 알아. 내가 좀 예쁘지. 그러니 자살이 웬 말이냐고! 난 적당한 때 너한테 가려고 했는데.

거트루드 난 진짜 미친 줄 알았어~ 그럼 자살도 연기였어?

오필리어 아줌마!! 나 자살 아니라니까요!!

거트루드 내가 분명 봤는데….

오필리어 그래요. 그날 저 연못에 갔었어요. 연못에 비친 제 모습을 보는데, 원래 저의 밝은 모습은 찾아볼 수도 없고 아픔에 지친 여자만 남아있더라고요. 이제 미친 척하는 것도 지겹고, 제가 계속 미친 척해봤자 햄릿은 거들떠도 안 보고… 그게 너무 분하고 속상해서 선물로 준 목걸이를 던졌는데!! 그게 나무에 걸려버렸지 뭐예요. 찾으러 나무에 올라가다가 가지가 부러졌어요. 실수였다고요!! 그리고 끝까지 봤어야죠~ 놀라서 바로 달려가셨죠?

거트루드 그랬지. 누군가에게 빨리 알려야 할 것 같아서….

오필리어 제가 허우적거리며 얼마나 무서웠는데요. 또 옷은 물을 먹어서 어찌나 무겁던지. 아무리 허우적거려도 이놈의 팔다리는 일도 안 하고.

거트루드 찬송가 소리가 들렸는데….

오필리어 전 무서우면 찬송가 불러요. 내게 강 같은 평화, 내게 강 같은 평화, 내게 강 같은 평화 넘치네~

햄릿 (혼자 중얼거리듯) 사람은 누구나 보고 싶은 대로 보고, 생각하고 싶은 대로 생각하지… 아닌가… 생각한 대로 보고, 보고 싶은 대로 생각하는 건가?

오필리어 뭐래.

거트루드 넌 그게 문제야. 네 머릿속에 맴도는 수많은 생각들! 어릴 때부터 그랬어! 궁금하거나 의심되면 물어보면 될 것을 혼자 상상하고 혼자 결론 내리고… 너에게 무슨 일이 일어나고 있는지 항상 궁금했어.

오필리어 그러게. 사실대로 말해줬으면 좋았을걸. 그러면 같이 대책을 세울 수도 있고. 혼자보다 여럿이 함께하면 좋잖아. 외롭지도 않고

햄릿 화가 났어. 아빠가 독살당한 것도 그랬지만… 엄마가 그 사람이랑 그렇게 빨리 결혼할 줄은 몰랐거든. 그리고 의심했지. 엄마도 독살을 알고 있었던 건 아닐까… 그리고 같은 여자인 오필리어 너도 너네 아빠랑 다 짜고 있는 것은 아닐까… 이런 의심들이 나를 미치게 만들었던 거야.

거트루드 의심은 무좀균 같은 거야.

오필리어 무좀균은 좀….

거트루드 왜? 무좀 몰라? 내가 걸려봐서 아는데~ 그게 별거 아니 것 같아도 두고두고 사람을 좀 먹거든. 처음엔 걸린 줄도 모르지. 아니 인정하고 싶지 않은지도. 암튼… 그냥 좀 가렵다 정도로 시작하다가 어느 날 미친 듯 가려워. 꼬집고, 때리고 별 짓을 해봐도 다시 미친 듯 가렵고, 그러다 참지 못하고 피가 나도록 긁어대지. 상처는 더 심해지는데 멈추질 못해. 결국 상처가 또 다른 상처를 내고 또 다른 상처를 내고. 새끼, 약지, 장지, 검지, 엄지발가락까지 긁고 긁고 또 긁고! 어우 미쳐~ 그냥 병원 가면 될 것을, 그럼 센 약 주거든, 그거 바르면 괜찮을 것을 안 가고 버티고 계속 다른 곳으로 균을 옮기는 거지. (징그럽단 듯이 쳐다보는 오필리어에게 장난친다. 웃으며) 아 지금은 다 나았어. 난 균 안 키워~ 의심균은 더더욱!

햄릿 왜 결혼했어요? 그렇게 빨리?

거트루드 그래. 그거지!

오필리어 실은 나도 궁금하기는 했어요. 결혼은 내가 했어야 했다고요! 그렇게 좋았어요?

거트루드 좋아서 결혼한 건 한 번이면 족해. 결혼은 그리 낭만적인 것이 아니야. 살다 보면 이놈, 저놈 다 똑같은 놈이야. 뭐 대단한 게 있을 줄 알아.

오필리어 아 아줌마~ 너무 낭만 없어~

햄릿 아 생각났어요. 아빠가 전쟁에 나가면 삼촌이 꼭 와서 엄마를 만나고 갔죠. 그때부터였어요? 어쩐지~ 둘이 낄낄거리던 모습이 생각이 나네요. 그때 무슨 얘기 했어요? 그때 같이 계획 한 거죠? 어떻게 하면 왕의 자리를 차지할까!!

어떻게 하면 아빠를 죽일까!

오필리어 햄릿. 진정해! 얘기를 하겠다는 거야, 말겠다는 거야? 그렇게 밀어붙이면 할 얘기도 못하겠다. 저놈의 욱하는 성격은 죽어서도 안 바뀌지!

거트루드 그 사람은… 자기 형에 대한 콤플렉스로 똘똘 뭉친 사람이야. 형이 일 때문에 자리를 비우면 어김없이 나에게 달려와 애정공세를 펼쳤지. 하지만 난 아니야! 처음엔 안부를 물으며 다가오고, 다음엔 자기 고민을 얘기하고… 다음엔 내 얘기도 좀 들어주고… 그래 불쌍해 보였어.

햄릿 그래서 불쌍해서 결혼했어요?

거트루드 아니 애처로워서 말벗이 되어주었던 것뿐이야. 남편은 죽고 너는 없고 이미 기세는 클로디어스에게 기울었는데! 내가 할 수 있는 건 그 자리를 지키는 거였어. 어떻게 해서든. 그리고 그가 그런 짓을 한 줄은 몰랐어. 너에게 듣기 전까지는 정말 생각지도 못 했던 거야!

햄릿 그럼 알았으면… 알았으면 그때라도 돌이켰어야죠.

거트루드 타이밍을 찾아야 했어! 너와 모든 걸 지키기 위한 타이밍! 모든 걸 되돌릴 타이밍!

햄릿 그 말 같지도 않은 말 하지 말라고요! 자식을 위해서라는 말! 너무 사악한 거짓말이에요! 엄마에게 거울을 들이대서 그 속에 깊숙이 자리 잡은 마음을 볼 수 있게 하면 좋겠어요. 엄마도 그 생활을 지키고 싶었겠죠. 사랑하지는 않았을지 몰라도 엄마의 욕심이 자식의 사랑으로 둔갑한 거예요. 엄마의 동기는 썩었어요!

거트루드 아니. 그 동기, 속마음을 보아야 하는 사람은 내가 아니라 바로 너 자신이야! 너는 어떤 선택을 할 수 있었을 것 같아? 너의 선택은 믿을만해? 내가 그 자리를 지키지 않았다면 넌 이미 아무것도 아니야. 너는 대단한 영웅 놀이를 하고 싶었던 게지. 넌 네가 대단한 일을 한 사람이고 싶겠지만 넌 그냥 혼자 열심히 의심하고 네 멋대로 결론 내리고 결국은 완벽한 타이밍을 놓치고 결국 다 죽게 만든 장본인일 뿐이야!

햄릿의 마지막 장면을 연상시키는 그 무엇.

햄릿 이것이 내가 원하는 결말인가? 내가 원한 것은 무엇이지? 복수, 난 복수를 했는데… 왜 나는 잠들 수가 없지? 복수가 끝이 아니라면….

거트루드 아들… (햄릿을 꼭 껴안는다) 엄마 말은 그게 아닌데… 너에게 상처 주려고 했던 것은 아닌데. 내가 지킬 수 있을 거라 생각했어. 모든 걸 제자리로 돌릴 자신이 있었어. 너를 고통스러운 현실에 끌어들이고 싶지 않았지. 난 어리석게 내가 잘 지키고 있다고 생각했어. 하지만… 자신이 원하는 것을 얻기 위해 수단방법을 가리지 않는 클로디어스에게 처음부터 내가 지킬 수 있는 것은 아무것도 없었을지도.

오필리어 너랑 비슷하네.

햄릿 뭐?

오필리어 너도 그렇잖아. 네가 원하는 그 일… 복수! 그거 얻으려고 나 같은 거 한순간에 희생양 만든 거잖아.

햄릿 그건 달라.

오필리어 뭐가 다른데? 넌 너의 복수를 위해 나에게 수녀원으로 가라는 둥 저주를 결혼 지참금으로 준다는 둥 온갖 수치스러운 말을 다 뱉었어. 복수 하나만 생각하려고! 내가 얼마나 처참했는 줄 알아? 뭐가 달라. 나에겐 똑같은데! 원하는 걸 갖기 위해 다른 이들에게 칼 꼽는 거.

거트루드 결혼하는 것이 너를 지키는 방법이라 생각했어.

햄릿 내가 원하는 방법은 아니었어요.

거트루드 그래, 너를 통해 내 자리를 지키고 싶었는지도 모르겠다. 하지만 그 순간만큼은 정말 널 위한다고 생각했어. 미안하다. 너를 위한다는 것이 너에게 이렇게 큰 상처가 될 줄은 몰랐어. 우리가 좀 더 많은 말을 나눌 수 있었다면 좋았을 것을.

햄릿 (오필리어에게 진심으로) 미안해….

오필리어 그 말… 듣고 싶었던 것 같아. 되돌릴 수는 없어도 잠들 수는 있을 것 같거든. 피곤하다. 자고 싶어.

햄릿 죽는 것은 잠자는 것… 잠자는 것은 어쩌면 꿈을 꾸는 것… 난 꿈을 꾸고 있는 것일까….

거트루드 사랑한다. 내 아들.

#에필로그

시계소리.

관리자 객석을 통해 들어오며….

관리자 드디어… 고통스러운 소음이 끝난 건가? (관객들에게) 모두들 얘기들 잘 좀 나눠봤어? 음… 여긴… 아직이네~ 에헤이 불쌍한 영혼들~ 언제까지들 있으려나~ 뭐 나야 심심하지 않고 좋긴 하지만… (무대를 보며) 어디 보자… 다들 안식으로 가고 있는 건가…? (거트루드, 오필리어, 햄릿 살펴보는데)

햄릿 아빠!!!! (머리를 움켜쥐며) 으아~~~~~~!!

관리자 으아~~~~~!! 아 깜짝이야? 뭐야?? 왜?? 왜 일어나지? 어떻게 일어난 거야?

햄릿 잠이 들 수가 없어요. 아직도 머릿속이 개미가 기어가듯 시끄러워서 잘 수가 없다고요! 왜지? 꿈인가? 뭐가 문제지? 또다시 복잡해졌어.

관리자 왜? 또 왜? 뭐가 문제야… 막… 뭔가… 찜찜하고… 복잡하고… 그런….

햄릿 네. 맞아요. 으… (괴롭다) 그런데… 아까부터… 당신… 누구예요? 얼마나 여기 계신 거죠?

관리자 아… 나… 음 … 난… 여기… 오래 있었지… 아마 더 오래 있어야 할 것 같지만… 내 시간은 정지되어 흘러가지 않는 것 같아.

햄릿 아빠….

관리자 어?

햄릿 어느 순간 아빠를 못 만났어요. 내게 더 이상 나타나지도 않고… 여기에서도 그렇고… 만나면 꼭 물어보고 싶은 것이 있었는데….

관리자 뭐가 궁금한데?

햄릿 도대체 왜 그랬는지… 아빠가 정말 원한 것은 무엇이었는지… 아빠가 원한 것이 이런 결말이었을까요?

관리자 아니지~~ 클로디어스만 해결해 줬으면 했지. 그리고 꼭 죽이는 것만이 복수는 아니라고. 아직도 그 새끼 때문에 한쪽 귀가 아프… 다고 네 아빠가 말씀하신 걸 들었단다… 으흠….

햄릿 어느 날, 아빠가 나타난 이후로 잠을 잘 수가 없었어요. 지금도 그러네요….

관리자 으흠… 콜록… 자야 하는데… 그래야 키가 크지.

햄릿 사는데 지장 없었어요… 제가 살아가는데 가장 큰 장애물은 복수였죠. 복수를 위해 아들이나 이용하고.

관리자 자넨 진실을 위해 싸운 거야.

햄릿 누구의 진실은 누구에겐 거짓이 되기도 하죠. 아빠가 생각한 대로 본 진실이라는 것 때문에 진짜 진실에 집중할 수가 없었어요. 결국 모두를 죽게 만들었죠. 원하는 게 진짜 뭐였을까요? 왜 찾아온 걸까요?

관리자 잠들고 싶었을 뿐… 아닐까….

햄릿 복수하고 편히 잠든다? 그럼 나는요?

관리자 아버지가 원망스럽냐?

햄릿 글쎄요… 어쩜 난 내가 원하는 것을 위해 내 멋대로 생각했는지도… 내가 생각한 것이 맞다는 걸 스스로 확인받고 싶었는지도 모르겠어요. 의심을 품고 있었을 때 아빠가 날 찾아왔죠. 그리고 난 그걸 내 생각대로 퍼즐을 맞췄던 거고. 아빠 말을 내 마음대로 들은 거예요. 내가 보고 싶은 대로 생각하고, 내가 생각한 대로 보고 싶었어요. 사실 하나에만 집중했다면 좀 더 나은 결말이 되었을까요? (허탈하게 웃는다) 하지만 뭐… 이제 괜찮은 것 같아요. 엄마도… 오필리어도… 편히 자고 있는 모습을 보니… 저도 조금은 죄책감에서 해방되는 듯… 안심이 되네요.

관리자 다행이구나. 그럼 너도 그만 자렴…. (시계로 간다)

햄릿 (관리자의 뒷모습을 바라본다… 참지 못하고) 원망해요! 이 모든 것이 아빠 과거 하나 해결하자고 저를 이용한 아빠 때문이죠. 아빠의 복수를 위해 앞만 보고 미친 듯이 달렸는데… 죽고 나서 돌아보니 제 인생 제 미래는 없어요. 모두를 죽음으로 몰아넣었죠. 여전히 잠들 수도 없고. 도대체 원하는 게 뭐죠?

관리자 진실이 드러나길 바랬던 것뿐이야. 그래야 잠들 수 있으니까!

햄릿 어떤 진실이요? 난 분명 진실을 위해 싸웠는데 왜 잠들 수 없는 거죠? 네?

관리자 (슬픈… 웃음) 그러게… 무엇이 진실인지… 내가 정말 원한 것이 무엇이었는지… 나도 이제는 모르겠다.

햄릿 (웃는다… 미친 듯이 웃는다) 생각이 더 이상 나지 않아요. 피곤하다는 것 말고는 아무 생각도 안나요. (천천히 눈을 감는다)

관리자 (시계 초침을 천천히 돌리며) 단지 고통이 끝나기를 바랐던 것 뿐! 나의 바람이 이렇게 많은 이들에게 고통이 될 줄은 나도 몰랐단다. 모두가 편히 잠들 걸 보니… 내가 진짜 원했던 것은 이것이었는지도 모르겠네… (햄릿을 바라보며) 잘 자. (거트루드를 바라보며) 잘 자오. 나도 그만 잠들고 싶은데… 내 이야기를 들어 줄 사람이 없네….
(시계를 계속 돌린다)

시계소리.
〈햄릿〉 책장이 반대로 넘어가는 영상, 햄릿 앞표지.
인터뷰 나온다.
처음과 다른 인물들의 생각들.

작가의 말 | 김태희

4:13은 성경 말씀 욥기 4장 13장 말씀과 잠들지 못하는 새벽 시간을 상징한다.

잠들 시간인데 잠들지 못하는 이들이 여기에 있다.

왜 이들은 잠들지 못하는가?

〈햄릿〉을 읽으면서 하고픈 말이 많은 이들이 보였다.

하고픈 말이 많아 잠들지 못하는 이들이 보였다.

그들의 잃어버린 말들을 찾아주고 싶었다. 그리고 진정한 안식을 찾아주고 싶었다.

가장 하고 싶은 말이 많아 보이는 이들이 거트루드와 오필리어였다.

세대 모든 이들에게 정욕의 여인과 순백의 여인으로 상징되는 그녀들을 이해할 수 없었다.

그 간판을 부수고 싶었다.

당신들이 알고 있는 진실은 무엇인가?

사람들은 누구나 생각하고 싶은 대로 보고, 보고 싶은 대로 생각한다.

당신의 진실이 누군가에게는 거짓이 되기도 한다.

하고픈 말을 다 쏟아내고 진정 잠들 수 있기를 원했다.

괴로운 시간은 멈춘 듯하고 평화로운 시간은 잘도 흐른다.

거트루드, 오필리어, 햄릿… 이들의 멈춘 시간이 이제는 흘러갈 수 있기를.

편안히 잠들 수 있기를.

거트루드의 거울

박영규 지음

등장인물

햄릿	강정묵
거트루드	정유나
호레이쇼	이효주
클로디어스 왕	박건수
폴로니우스	김용민
오필리어	김예원
선왕	신지인
형사	윤상빈
경찰, 간호사	장지원
마약수사대장	배예림
거트루드 수행비서	
마약용의자 여자	유지아
마약용의자 남자	이정주
앵커, 햄릿 비서	윤서이

시간

현대. 어느 봄날의 아침으로부터 오후까지.

공간

왕정 체제의 나라- 거트루드 왕비의 거울방 등 궁전의 이곳저곳.
그밖에 왕궁 바깥의 어떤 곳들- 경찰서의 취조실 등.

#1. 발표

뉴스.

앵커 진실 앞에 겸허하고 거짓 앞에 용감한 진짜 뉴스- JKS 아침뉴습니다. 첫 소식입니다.
방금 전 9시 30분, 궁내청에서 중대 발표가 있었습니다. 폴로니우스 궁내청장은 궁정 지화관에서 특별 기자 브리핑을 열어 선왕의 사인이 권총에 의한 자살이었으며 당시 현장에서는 마약류가 발견되었다는 사실을 발표했습니다. 먼저 폴로니우스 궁내청장의 오늘 발표 영상을 보시겠습니다.

선왕의 죽음 1주기를 앞두고 폴로니우스가 선왕의 사인에 대한 공식 입장표명을 하는 기자회견을 한다.

폴로니우스 존경하는 국민 여러분, 이틀 앞으로 다가온 선왕의 서거 1주기에 즈음하여 그 서거의 경위와 사인을 국민 여러분께 다음과 같이 밝혀드리고자 합니다.
햄릿 선왕께서는 작년 5월 13일 밤 11시 20분 경, 침전 내 거소에서 권총으로 당신의 머리에 스스로 격발을 함으로써 붕어하셨습니다. 당시 거소 안에는 선왕 외에 아무도 없었으며, 약 10분 후 궁내의가 현장에 도착, 절명하시었음을 확인했습니다.
거소에서는 마약류 잔여물과 투약 도구들이 발견되었습니다. 누구도 예측하지 못했던 당일의 불행한 사고는 마약류에 의한 착란 상태에서 일어났던 것으로 사료됩니다. 궁내청에서는 마약의 그 입수 경로를 조사하여 관련자를 경찰에 고발, 그 처벌이 이미 완료되었으며, 왕궁 내에 선왕의 마약 입수 및 투약과 관련이 있는 인사는 없다는 것을 거듭 확인하였습니다.
지난 1년 동안 우리 궁내청에서는 대내외적 파장을 고려하여 이러한 사실을 밝혀오지 않았으나, 지나친 억측과 근거 없는 소문이 확산되고 있는 것을 차단하고 전 국가적인 문제가 되고 있는 마약류 문제에 경종을 울리고자 이와 같이 공표를 하게 되었습니다.
이상입니다.
감사합니다.

앵커 충격적인 뉴스가 아닐 수 없습니다. 그간 나라 안팎에는 선왕의 사인을 둘러싼 여러 추측이 난무했었는데요, 방금 이렇게 왕실에서, 애초에 급환이라고 발표한 바 있었던 선왕의 사인을 권총 자살, 더구나 마약에 의한 사고였다는 것을 밝히고 나선 것입니다. 이런 전격적인 발표- 그 배경과 의도가 궁금하지 않을 수 없는데요, 우선은 오늘 궁내청의 발표를 바탕으로 그날의 경위를 시간대 별로 재구성하여 정리해드리겠습니다.

** 자막 1: 폴로니우스가 발표하는 영상 중

오늘 9시 30분, 왕궁 지화관
폴로니우스 궁내청장 특별 발표
“햄릿 선왕의 사인은 권총 자살”
“현장에서 마약 잔여물과 투약도구 발견”
“궁내 목격자 및 마약 관련자는 없어”

궁내청, 선왕의 서거 원인 및 결과 발표

** 자막 2: 흘러가는 자막

폴로니우스 궁내청장, 선왕의 사인 발표: “홀로 마약 투약 후 권총 자살”
왕궁, 선왕 서거 1년 만에 “마약에 의한 권총 자살” 시인: “마약 제공자 처벌 완료, 궁내 관련자는 없어”

** 자막 3: 앵커 코멘트 후, 당시 정황을 보여주는 이미지 보도 중

작년 5월 13일 밤 11시 경, 침전 내 거소에서 홀로 마약 투약
밤 11시 20분, 착란 상태에서 권총 자살: 시종관 및 경호원이 발견
밤 11시 30분 경, 궁내의가 현장에 도착하여 절명 확인
5월 14일 아침 서거 공표, 당시 발표 사인은 급성 뇌출혈

#2. 기억

[# 영상]

탕– 총 소리.

절규하는 여인.

피를 흘리며 쓰러져있던 사내의 몸속으로 피들이 빨려들어 가는가 싶더니,

그 몸이 불쑥 일으켜 세워진다.

총 소리가 거푸 난다.

붙박이장 같은 곳 속으로 빨려 들어가는 그림자가 있다.

사내와 여인이 실갱이– 두 사람은 맨살을 상당히 드러내놓고 있다.

어두운 곳에 갇힌 채, 혹은 숨은 채, 어떤 틈새로 바깥을 내다보는 강렬한 눈동자….

타이틀 : 〈거트루드의 거울〉

#3. 불안

밝은 햇살이 쏟아져 들어온다.
거트루드 왕비의 거울방- 먼지 쌓인 이 거울방 곳곳에 있는 부서진 거울들이 그 햇빛들을 튕겨낸다.

햄릿 눈부셔.

사이.

햄릿 눈부시다고~~!!!!!

바닥에 쓰러져있던 선왕이 몸을 일으킨다.

호레이쇼 안녕히 주무셨나이까, 저하.
햄릿 그럴 리가 있어?

선왕, 햄릿의 행동을 따라한다.

호레이쇼 일기예보가 또 틀렸어요. 날씨가 참 좋아. 봄 아지랑이가 아물아물….
햄릿 내성이 생겼나봐. 첨부터 세 알을 털어 넣고 한 알, 두 알을 더 삼켰는데도 듣질 않았어. 꿈결도 아니고 생시도 아닌 채로 그렇게 이 방으로… 참, 어느 시인이 그렇게 노래했지? 살아도 꿈결, 죽어도 꿈결….

호레이쇼 속아도 꿈결….

간호사 (자리에서 일어난다.) 음, 속아도 꿈결, 속여도 꿈결!

햄릿 오, 그런 거였나?

간호사 '속아도 꿈결, 속여도 꿈결… 구비 구비 뜨내기 심정, 그늘진 세상에 불 질러 버려라.'

햄릿 절창이야. 애가 끊어.

호레이쇼, 간호사 쪽으로 다가간다. 자리에 앉힌다.

호레이쇼 약간 다른데. (그새 전자기기로 검색해본 결과를 읽는다.) '구비 구비 뜨내기 세상, 그늘진 심정에 불 질러 버려라.'

간호사 아.

햄릿 뭐가 다르지?

호레이쇼 마음 붙일 데 하나 없는 더러운 이 세상에 불을 지르느냐, 그저 한 번 떠돌다 가는 인생, 마음의 어둠일랑 불살라 버리느냐.

사이.

햄릿 내 발로 걸어 들어왔어. 여기에 또… 열불 나는 가슴 끌어안고 자청해서.

호레이쇼 그래서 잘 잤어?

햄릿 지금 이 꼬라지가 잘 잔 거로 보여?

호레이쇼 그래도 이 방에 들어오면 잠에 빠져 들잖아.

햄릿 너무 힘드니까. 죽을 것 같이 힘드니까. 정신의 필름이 흐물대다 녹아버려서 끊어져 버리는 거지.

호레이쇼 햄릿….

햄릿 계속 중얼 거린다.

호레이쇼 햄릿 !!!

호레이쇼, 햄릿을 자리에 앉힌다.

사이.

햄릿 호레이쇼, 나 좀 또 재워줘. 제대로 좀 자게 해줘. 어제도 새벽녘이 다 돼서야 겨우 겨우 잠들었던 거야- 그것도 아주 잠시. 아 맞다 예전에 놔주던 그게 참 좋던데. 뭔가 어둠 속에 혼자 남겨져있는 기분이었어. 고요하고 고소한 게 은근히 죽여줬단 말이지? 요 며칠 나, 아무래도 고비인 거 같아. 안 그래? 그래도 아버지 기일엔 세상에 멀쩡하게 나서야 할 거 아냐,

선왕 (비명)

햄릿 잠깐만 나를 죽여줘. 그랬다가 나, 다시 태어나고 싶어.

호레이쇼 (간호사에게) 오늘 스케줄은 뭐 어떻게 돼 있으시다고?

햄릿 뭐 어떻게도 안 돼 있으니까 빨리 하라고 !!!

호레이쇼 그럼 최면치료를 먼저 좀 하고, 그리고 좀 주무시고 깨어 나시는 걸로?

햄릿 (웃음) 어, 좋다. 그렇게 하자

소파에 눕는다.

호레이쇼 그냥 여기서?

햄릿 응, 그냥 여기서.

호레이쇼 흠…….

#4. 취조

어두운 가운데 조명과 음악이 현란한 클럽.
젊은이들이 음악에 맞춰 몸을 흔들어댄다.
밀실처럼 여겨지는 곳.
술과 마약에 취한 듯 흐느적대는 젊은이들이 있다.
어떤 남녀는 부둥켜안고 뒹굴고 있다.

형사, 경찰이 다운스테이지에서 절제된 동작으로 음악에 맞춰 리듬을 탄다.
경찰차의 사이렌 소리. 울리면 경찰들 무대를 관통해서 젊은이들을 검거하려 한다. 용의자 남녀가 붙잡혀 취조실로 끌려간다.
(경광등이 돌아가는 이미지, 카메라 스트로보가 터지는 이미지가 더해질 수도 있다.)

경찰서의 취조실.
형사가 노트북 컴퓨터를 들여다보고 있다.
취조실 바깥이 소란스럽다.

용의남 어? 쳤어? 쳤어? 지금 날 친 거예요, 지금? 그래, 쳐봐, 어디 한 번 또 쳐보시라고요. 자, 자.

경찰 이 쉐끼가.

형사 에이 장경 ~ 진정해라 진정해.

경찰 어휴 이 새끼가 꼴 받게 하잖아.

형사 니가 참아라.

용의남 뭘 그렇게 쳐다보세요? 거 뭐지? 뭐니? 꼬나보는 눈빛이 더 폭력적인 거. 아 그래 눈빛 폭력. 그니까 차라리 한 대 갖….

형사, 용의자 남자를 세게 때린다.

형사 (때리며) 어쩌구 저쩌구….

용의남 미쳤다. 미… 쳤다. (낄낄댄다)

경찰 행님 안 됩니더.

형사 이 쉐끼가 짜증나게 하잖아. 이 쉐끼 와 이라노 원래 이러나?

경찰 이 쉐끼 약했다 아입니꺼. 제가 일으키겠습니더.

형사 그래 자 좀 일으켜라.

경찰 인나라 이 쉐끼 와 이리 무겁노.

용의남 (뿌리치며) 아잇, 내가 진작에 스킨헤드를 했어야 했는데. 남들처럼 왁싱도 하고. 근데 내가 따가운 걸 넘 무서해갖구요….

형사 따가운 걸 그래 무서워하는 놈이 마약은 우예 했노. 니 약 했잖아. 모발 채취에 소변검사도 했겠다, 약도 좀 깼겠다, 이제 좀 착하게, 참하게 굴어볼까?

용의남 어, 근데 제가 아직 술이 안 깨갖고요, 힘들어 죽겠는데.

여자 용의자, 더 운다.

용의남 누나, 울지 마. 우리 끝까지 파이팅 하자니까. 아니, 새 나라를 만드시겠다면서요, 새 나랏님께서. 근데 웬 범죄와의 전쟁? 왜 전쟁을 우리 국민들을 상대로 벌이세요? 씨발, 왜 내 나라가 나한테 총을 겨누지? 그 말이 진짜 맞다니까.

형사 그럼 죄를 짓지 말던가 ~!

용의남 (울먹이며) 저기요, 우리 누나가 지금 누군지나 알고 이러는 거세요? 배경이 어마무시한데, 알고 보면. 그새 좀 안 알아보셨어요?

형사 뭐, 어마무시한 건 모르겠고, 지금 늬들 걸린 이 껀수가 워낙 어마무시하거든. 잘 하면 이거 TV에도 나올걸. 아니, 잘못 하면. (경찰에게) 검사 결관 얼마나 걸린다 카노?

경찰 지금 하도 많이 밀려있어 갖고 쪼매 걸린답니다….

형사 요새 약쟁이 쉐끼들 와 이리 많노.

용의녀 (울먹이며) 내 폰 내놔.

사이.

용의남 어? 뭐라고, 누나?

용의녀 내 폰 내노라고. 씨발 !

용의자 여자, 책상 한 켠에 놓여있던 자기 휴대폰을 집으려 한다.

경찰이 제지한다.

소동이 일어난다.

용의남 씨발, 폰도 다 뺏어가고 전화도 한 통 못 하게 하고, 머리털은 막 너무 아프게 뽑아가고… 이게 대체 어느 나라 경찰이냐-!

용의녀 형사님, 제발 저요… 무릎도 꿇었는데 제발 전화 한 통만 하게 해달라구, 씨발.

용의남 이 폭력 경찰들아-, 인권 수사 물러가라! 불법 탄압 보장하라!

용의녀 닥쳐!

사이.

형사, 휴대폰을 용의자 여자에게 건넨다.

형사 폰 줄 테니까 진정해라.

경찰 폰 줘도 됩니까?

형사 일단 진정시켜야 될 거 아니가.

용의자 여자, 휴대폰을 받아들고 잠시 망설인다.

어딘가로 전화를 건다.

용의자 여자는 다운스테이지 상수 구석에서 전화를 건다.

용의자 여자가 거는 전화는 연결되지 않는다.

용의자 여자, 다시 통곡한다.

#5. 모니터

비서(소리) 실장님, 4번 라인에 경찰청 마약수사대장 화상전화 와있습니다.

폴로니우스가 선을 연결시킨다.

폴로니우스 네네.

마약수사대장 실장님, 마약수사대장입니다.

폴로니우스 네, 압니다.

마약수사대장 네, 그, 아침부터 수고가 많으십니다. 참, 좀 전에 TV로 봤습니다, 기자들한테 저기 그 발표하신 거요.

폴로니우스 네. 용건은요?

마약수사대장 아, 네, 그, 보고 드리면 좋겠다 싶은 건이 있어서요, 비공식적으로.

폴리니우스 무슨 일이죠?

마약수사대장 그, 지난 새벽에 강동서 쪽으로 마약 전과2범 하나, 초범 여자애 하나가 걸려 들어왔는데 말입니다- 그, 현장에서 발견된 마약류가 상당하고요. 그런데 애네가 말입니다, 자기가 그, 왕궁 쪽하고 줄이 닿아있다, 약도 그쪽 무슨 루트로 얻었다- 뭐, 이렇게 나오는 겁니다.

폴로니우스 왕궁 쪽 누구하고요?

마약수사대장 네, 그, 외람되지만 왕세자 저하 쪽하고 또 그, 실장님 따님도 아는 척한다는데요?

폴로니우스 그래요?

마약수사대장 저도 지금 막 얘기 듣고 들여다보기 시작한 참인데요, 혹시 실장님께서도 필요하시다면요, 저번처럼 그, 그쪽 취조실을 바로 같이 들여다보실 수 있게 할 수 있겠습니다만….

폴로니우스 그럼 그렇게 해볼까요?

마약수사대장 네, 그럼 곧바로 한 번….

폴로니우스 그 친구들 인적사항 같은 걸 제게 좀 넘겨주실 수 있죠?

마약수사대장 그럼요. 특히 여기 여자애 쪽을 특히 좀 신경 써서 봐주십시오. 음, 그럼 바로 전화 끊고 인적사항을 보내겠습니다.

폴로니우스 그, 다른 쪽으로는 딱히 이거 아직 안 흘리셨죠?

마약수사대장 물론입니다, 실장님.

사이.

마약수사대장 그, 모니터는 바로 아마 저쪽까지 보이고 들리실 수 있게 해보겠습니다.

폴로니우스 네, 고마워요.

마약수사대장 그리고 뭔가 말씀하실 거 있으심 바로 연락 주십시오.

폴로니우스 그래요. 또 연락합시다.

폴로니우스, 전화를 끊는다.

잠시.

또, 인터폰이 울리는 소리.

비서(소리) 실장님, 경찰청 마약수사대장 채널은 T-공오일, T-공오일 입니다.

폴로니우스 네, 연결하세요.

폴로니우스, 리모콘 혹은 컴퓨터를 조작하여 취조실 모니터를 크게 띄운다.

[라이브캠]
모니터로부터 조사를 받고 있는 마약 용의자 남/녀와 형사의 목소리가 흘러나온다.
#4의 마지막 부분을 재연한다.
폴로니우스, 무대로 올라가서 마지막 부분을 다시 돌린다.
플레이 하면, 용의자여자만 쫓는다. 어딘가에 전화를 거는 용의자 여자.
다시 조금 뒤로 돌린다.
플레이, 용의자 여자의 휴대전화에 '호레이쇼'라는 이름이 흐릿하게 보인다.

[라이브캠]
폴로니우스, 오필리어에게 화상전화를 건다.

폴로니우스 오필리어한테 전화.

비서(소리) 네, 알겠습니다.

운전을 하고 있는 오필리어, 전화를 받는다.

오필리어 운전 중인데, 왜?

폴로니우스 너 요즘 뭐하고 다녀? 어디 갔다 오는 길이야?

오필리어 지금 왕궁 가는 길이잖아.

폴로니우스 그래, 너. 왜 왕궁 가는데 왕비 전하하고만 약속이 잡혀 있어?

오필리어 그게 뭐가 문제인데?

폴로니우스 기왕 들어오는데, 햄릿도 만나고 그러면 좋잖아.

오필리어 아, 왜? 내가 알아서 할게.

사이.

폴로니우스 그래, 됐고. 아빠가 부탁할 게 있어서 그래.

오필리어 또 뭘 부탁할 건데?

폴로니우스 지금 내가 너한테 뭘 좀 보낼 테니까 한번 봐봐.

오필리어 도대체 뭐길래? 무슨 일 있어?

폴로니우스 니가 아는 사람인지 아닌지 그것만 체크해봐.

오필리어 뭔지는 나도 알아야 할 것 아냐? 이번엔 또 왜?

폴로니우스 뭐? 왜냐구? 아빠가 딸을 지키려고 이러는 거 아냐? 아빠로서, 나라를 지키려고! 신하로서!

사이.

폴로니우스 있다가 잠깐 아빠 보러 와. 오랜만에 얼굴 좀 보게.

폴로니우스, 전화를 끊는다.

[라이브캠 – #4 마지막 장면 재연, 용의자 여자 전화에서 멈춤]

곧바로 마약수사대장으로부터 받은 정보를 오필리어에게 전송한다.

사이.

폴로니우스, 다시 경찰서 취조실을 비추는 모니터를 크게 띄운다.

폴로니우스, 화면을 계속 응시하고 있다.

#6. 악몽

자기 침소에서 잠들어 있는 거트루드, 악몽을 꾸는 듯 몹시 괴로워한다.

[# 영상 프로젝션의 장면]

목 조르는 선왕

거울방. 호레이쇼가 햄릿에게 최면을 걸기 전이다.

[영상 프로젝션의 이미지가 #1에서와 같이 거꾸로 흘러가는 듯하다.]

햄릿의 눈동자….

호레이쇼 최면 걸기 전에 하나만 물어보자 햄릿, 그런데 그 눈동자 말야, 그게 혹시 누구의 눈동자일까?

햄릿 (호레이쇼에게 기어간다) 몰라서 물어? 그거, 나잖아. 내 눈동자.

호레이쇼 좀 이상하지 않아? 사람이 어떻게 자기 자신의 눈동자를 그렇게 기억할 수가 있지?

햄릿 글쎄? 아, 이 방에 거울이 많아서 그런가?

호레이쇼 음, 현대 인지과학에선 인간이 무언갈 기억할 때, 흔히 눈에 선하게 떠오르네 어쩌네 하는 게 거의 착각에 가깝다고 말해.

햄릿 무슨 소리야?

호레이쇼 인간이 무언갈 기억하거나 상상할 때 그건 시각적인 이미지로 하는 게 아니라는 거지.

햄릿 그럼 어떻게 하는데?

호레이쇼 그걸 밝히는 게 인지과학의 화두가 되었어. 헌데 가만 보면 말야, 꿈을 꿀 적엔 우리 눈앞에 틀림없이 무언가가 시각적으로 펼쳐지거든, 마치 영화 스크린처럼. 또, 최면 상태일 때도 그렇지 않아? 눈을 감고 있어도….

햄릿 그래서 내가 꿈만 꾸면 괴로운 거야. 그날 밤 일이 하도 생생하게 눈앞에 펼쳐져서.

호레이쇼 그러니까 그건 처음부터 그냥 꿈이었던 걸지도 몰라.

햄릿 처음부터 그냥 꿈? 아니, 그날 밤에 난 깨어있었어.

호레이쇼 그러니까 어쩌면 그거, 너의 꿈속에서 깨어있었던 거 아닐까? 그 꿈에 장롱 바깥에서 들리는 현실의 소리들이 뒤섞여서 악몽이 되어갔던 것일지도 몰라. 왜 가끔 그럴 때 있잖아, 자다보면.

햄릿 (총 쏘는 시늉) 또 그 소리야?

호레이쇼 그날 밤에 넌 그 자리에 있질 않았어. 그래서 현장에서 널 본 사람이 없어.

햄릿 아버지를 쏴 죽인 건 나야. 엄마가 사람들한테 또 거짓말을 시킨 거지. 왜? 자기 아들한테 패륜아 낙인을 찍히게 할 수 없으니까 ! 지금 이 상황이 이해가 안 돼?

호레이쇼 글쎄… 햄릿, 이제 우리 그날 밤으로 돌아가서 다른 꿈을 꿔볼까?

햄릿 다른 꿈?

햄릿, 소파에 눕는다. 호레이쇼 마약을 투여한다.

호레이쇼 자, 이미 넌 그 새 꿈속으로 걸어 들어가고 있어.

햄릿 어, 음… 거기 또 우리 아빠가 나타나면 어떡하지?

호레이쇼 그럼 한 번 마주 서봐, 도망치지 말고. 잘 들어봐- 혹시 무언가 말씀을 하시는지.

햄릿 아….

호레이쇼 겁낼 거 없어. 너희 아버진- 선왕 폐하는 이미 고인이 되셨잖아. 죽은 사람이 산 사람을 해치진 못해.

햄릿 날 몹시 나무랄 거 아니야. 불 같이 화를 내고 원망하고.

호레이쇼 음, 지난번에 만났을 때도 전혀 안 그러셨다며.

햄릿 암튼 같이 가줘. 호레이쇼, 나 혼자 보내지마. 손잡아 줘.

호레이쇼 그래, 우리 착한 햄릿.

호레이쇼, 햄릿의 손을 잡아준다.

햄릿, 잠에 빠져든다.

호레이쇼, 웃으면서 잡고 있던 손을 놓는다.

'툭!' 떨어지는 햄릿의 손.

호레이쇼 햄릿, 이제 너는 기억해야 하는 기억을 기억해야 해. 그것만 기억하는 거야.

햄릿 기억해야 하는 기억….

#7. 거트루드와 오필리어

거트루드 왕비의 침소.

악몽에서 깨어난 거트루드가 거울 앞에 앉아있고, 수행비서가 커피를 가지고 들어온다.

오필리어가 뒤돌아 앉아있기에, 거트루드를 직접 볼 수 없다.

두 사람의 목소리는 서로 잘 들리는 거리에 있다.

거트루드 이해해주렴. 도저히 너한테 보여줄 수 있는 꼬라지가 아니란 말야. 그렇다고 마냥 기다리고 있으라고 할 수도 없고. 너도 바쁘신 몸인데. 그치?

오필리어 아뇨. 오늘은 바쁘지 않아요.

사이.

오필리어 편히 못 주무셨나 봐요? (사이) 또 악몽에 시달리셨어요?

거트루드 (사이) 내가 요새 새벽마다 거의 같은 꿈을 계속 꾸거든. 헌데 그걸 악몽이라고 부르는 게 적당할까? 꿈같지가 않은 꿈이거든.

오필리어 네?

거트루드 이 세상의 잠에서 꿈이란 게 사라졌으면 좋겠어. 잠을 잘 때만이라도 좀 쉬었으면 좋겠어.

거트루드 살이 좀 빠졌나? (모니터로 오필리어를) 야윈 것 같아, 못 본 사이에. 아닌가? 내일모레 말야, 어떻게 하면 좋을까? 이제 그 사람 명예는 이렇게 땅에 떨어졌는데… 그일 추도하는 그 자리에 나가서 우리가 어떤 표정을 짓고 있어야 하는 거니? 사람들은 우리가 울어도 콧방귀를 뀌고 웃어도 혀를 찰 텐데.

사이.

거트루드 햄릿은 만나봤니?

오필리어 아니요.

거트루드 지금 그 아인 뭘 하고 있지?

수행비서 지금 주치의하고 같이 있을 겁니다.

거트루드 또?

수행비서 네. 용태가 좋지 않다고 판단을 해서 그쪽 비서실에서 연락을 한 걸로 알고 있습니다. 그… 새벽에 또 그 왕비 전하의 옛날 침소로 들어가서… 나오지 않았다고 해요.

거트루드 그 방은 꼭꼭 문을 잠가 걸어 두라니까! 자기 피앙세는 내버려두고 주치의한테만 안겨서 울고 있으니 어쩜 좋니?

오필리어 저하를 그 사람한테 온통 맡겨버린 건 어머님이셨잖아요.

거트루드 그럼, 호레이쇼 치워버릴까?

오필리어 저 드릴 말씀이 있어요. 단둘이 있게 해주시면 안 될까요?

거트루드 그러자꾸나.

거트루드가 수행비서에게 나가라고 손짓한다. 거트루드, 커피를 마시며 모니터에 있는 오필리어를 들여다본다.

거트루드 얘, 너 지금… 우는 거니?

사이.

#8. 최면

[# 누군가의 눈동자]

아마도, 햄릿의 꿈 속 혹은 환각과 같은 세계.

햄릿과 호레이쇼는 선왕과 마주친다. 겁에 질린 햄릿의 손을 놓아 버리는 호레이쇼.

호레이쇼 햄릿.

홀로넷 뒤 업 스테이지에 선왕이 나타난다.

[선왕 라이브캠]

선왕 햄릿.

햄릿 (겁에 질려 말을 잇지 못한다)….

호레이쇼 햄릿.

선왕 햄릿.

호레이쇼 너는 스스로 하는 게 없어.

선왕 너는 스스로 하는 게 없어.

햄릿 ….

호레이쇼 이제 나의 그늘에서 벗어나고 싶지 않아?

선왕 이제 나의 그늘에서 벗어나고 싶지 않아?

햄릿 ….

호레이쇼 평생 나에 대한 기억을 안고 가고 싶은 거야?

선왕 평생 나에 대한 기억을 안고 가고 싶은 거야?

햄릿 죽을 만큼 잊고 싶어.

호레이쇼 그래, 햄릿. 잘 다짐했어.

선왕 그래, 햄릿. 잘 다짐했어.

햄릿 … 근데 어떻게?

호레이쇼 어떻게?

햄릿 그래, 어떻게?

선왕 간단해, 햄릿.

햄릿 간단하다고…?

선왕 복수를 하면 되는 거야 나의 죽음에 대한 복수.

선왕 퇴장.

햄릿 자살을 하라는 거야?

호레이쇼 무슨 소리 하는 거야? 내 복수를 해달라니까. 내 복수를 해줘야 내가 널 도와줄 수 있지 않을까?

햄릿 아니야, 작년 5월에 내가 분명히 ….

호레이쇼 씨발 햄릿 !!!

햄릿 (호레이쇼에게 총을 겨눈다)

사이.

호레이쇼 원하는 게 뭐야?

햄릿 나도 이제 마음의 평화를 원해. 내가 당신 때문에 얼마나 힘들었는지 알아?

호레이쇼 잘 알지. 나로부터 벗어나고 싶은 거 아니야?

햄릿 다시는 내 눈 앞에 나타나지 마.

호레이쇼 그래. 알았어. 내 죽음에 대한 복수를 해주면 영원히 사라져줄게, 영원히.

햄릿 영원히?

호레이쇼 그래, 영원히. 내 죽음에 대한 복수. 클로디어스를 죽여. 클로디어스를 죽이고 내 죽음에 대한 복수를 해주면, 내가 널 도와줄게. 평생 사라져줄게.

햄릿 약속해.

호레이쇼 약속해.

햄릿 (총을 내림)

호레이쇼 (햄릿을 소파에 던지며) 클로디어스! 지금 당장 가서 클로디어스를 죽여! 그리고 자유를 얻어! 클로디어스를 죽여!

햄릿 클로디어스 !!!!

#9. 클로디어스 왕과 폴로니우스

클로디어스 왕의 집무실.

클로디어스 왕과 폴로니우스.

클로디어스 언제부터죠? 햄릿이 언제부터 그런 데 손을 대기 시작한 거냐고.

폴로니우스 왕세자 저하. 스스로 손을 댄 건 아닐지도 모릅니다.

클로디어스 그게 아니면? 부모의 권유로? 아님 강요로?

폴로니우스 그게 무슨 말씀이신지?

클로디어스 적어도 그것만큼은 사실인 거잖아- 형님이 몹쓸 약물 중독자였다는 거. 뭐, 그건 공공연한 비밀 같은 일이었지만, 알 사람은 아는.

사이.

클로디어스 그날 밤 그 침실에서 형은 홀로 마약에는 취해 계셨던 걸까요? 부부가 함께 즐겼던 건 아니고? 혹시 몰라? 햄릿까지 셋이서 다 같이 즐겼을지도.

폴로니우스 폐하.

클로디우스 그런 게 아니고서야 다 큰 아들이 지 부모 침실에 기어들어가 있을 턱이 없잖아. 아, 거트루드. 1년 전이나 지금이

나 이 나라의 왕비마마로 건재하신, 지금의 내 아내 마마께서 기어코 그날의 진실을 비틀어버리려 발버둥치시는 까닭이 여기 있었구나?

폴로니우스 지나친 상상력이십니다, 폐하.

클로디어스 그 자식이 마약에 그렇게 빠져버린 게 그러니까 언제부터였다고? 형님 돌아가시기 전인가 훈가?

폴로니우스 아직 그렇게 기정사실로 말씀하진 말아주십시오, 왕세자 저하가 마약 중독에 이미 깊이 빠져버렸다고.

클로디어스 이봐. 나도 보고 듣는 게 있어. 이 자리가 어떤 자린가? 내 아무리 이렇게 구중궁궐 깊은 곳에 들어박혀 있어도, 비록 지금은 신출내기 왕으로 허수아비처럼 웃고만 있어도- 이 방으로 첩보가 들어오는 루트가 한둘이 아니에요. 점점 많아지고 굵어지고 있고.

사이.

클로디어스 참, 호레이쇼 그 친구 말예요- 우리 햄릿의 젊은 주치의 선생. 당신도 꽤 오래 알아왔던 사이라면서?

폴로니우스 네, 알고 있습니다.

클로디어스 그래, 얼마나 알지?

폴로니우스 웬만큼 압니다.

클로디어스 웬만큼?

폴로니우스 모르는 것도 많습니다.

클로디어스 뭐 어떤 걸 모를까요?

폴로니우스 글쎄요- 열 길 사람 속? 남의 머릿속… 내 자식 마음속 같은 건 도통 모릅니다. (사이) 그래서, 호레이쇼 그 친구에 관해서 더 뭔가 알아내신 게 있으신지요?

클로디어스 음, 그, 간밤에 왕궁 밖에서 마약쟁이 애들이 잡혔다는데, 그애들이 호레이쇼 그 친구하고 가까운 사이라네요. 병원 단골손님인데다.

폴로니우스 그렇습니까?

클로디어스 내가 궁금한 건 그 친구가 여기 왕궁 사람들 어디까지를 물들이고 있느냐는 거요.

폴로니우스 예의주시하겠습니다.

클로디어스 참, 따님이 오늘 궁에 들어와 있다면서요?

폴로니우스 네. 저도 아직 못 만나봤습니다만.

클로디어스 요새 그 친구도 마음이 많이 약해졌다고 들었는데?

폴로니우스 말씀드렸듯이 제가 모르겠는 게 그 아이 마음속이라서요. (사이) 뭔가 보고 받으신 게 계시다면 제게도 좀 알려주십시오.

사이.

클로디어스 내가 만약에 폴로니우스 당신이라면 말이오- 그러니까 오필리어 그 친구의 애비라면, 그럼 마뜩찮을 거 같애, 왕세자비고 뭐고, 미래의 왕비고 뭐고. 당신은 어쩜 누구보다도 잘 알 거 같은데? 권력의 머리 꼭대기에 앉은 인간의 영혼이란 벌레먹기가 쉽다는 걸. 이런 권좌란 게 그래요. 이렇게 떡 앉고 보면 참 고달프고 덧없다는 걸. 그러니 난 당신이 필요한 거요. 새 술은 새 부대에- 뭐 그런 말도 있지만, 당신의 지혜, 경험- 그런 걸 내게 좀 내어주었으면 하는 건데, 아낌없이.

폴로니우스 네, 그렇게 하겠습니다.

사이.

클로디어스 헌데 마음에 병이 너무 들었어요- 햄릿도, 그 어머니도. 쉬 낫지 않을 거 같애. 안 그래요?

#10. 호출

거울방.

호레이쇼 너에게 자유를 줄게. 다시는 너 앞에 나타나지 않을게

호레이쇼에게 전화가 걸려온다.
햄릿은 잠들어있다. 그러나 마냥 달콤한 잠에 빠져있는 건 아닌 듯 하다.

햄릿의 비서가 무선전화기를 들고 들어온다.
간호사, 비서를 저지하며 뒤따라 나온다.

햄릿비서 저….
호레이쇼 (깜짝 놀라며) 무슨 일이지?

[선왕 : 라이브캠]
선왕, 홀로넷 뒤로 사라진다.

햄릿비서 (전화기를 내밀며) 이걸 좀 꼭 받아 보셔야겠는데요.
호레이쇼 지금 치료 중이라니까.
햄릿비서 너무 긴요한 용건이랍니다. 전화 연결이 되지 않는다고…

실은 아까부터 연결을 하라고 난리였어요.

호레이쇼 (어딘데? 라는 무언의 제스처)

햄릿비서 국보원 쪽입니다.

햄릿의 비서, 호레이쇼에게 전화기를 건네주고 도로 나간다.

사이.

호레이쇼 (전화기에 대고) 네.

(사이) 아, 네.

(사이) 말씀하시죠, 좀 짧게.

(긴 사이) 누구요? 글쎄요. 잘 모르겠는데요, 지금으로선.

(사이) 내가 만나는 환자가 그렇게 적진 않습니다. 우리 병원에 의사가 나 혼자 있는 것도 아니구요.

(긴 사이) 네.

(사이) 그래서 내가 뭘 어떻게 하길 바라시는 거죠?

(긴 사이) 저를 의심하는 겁니까?

(사이) 일단 알겠습니다.

호레이쇼, 전화를 끊는다.

긴 사이.

잠들어있는 햄릿, 몸통을 비튼다.

간호사 어디, 가시게요?

호레이쇼, 대답하지 않고 가방을 챙긴다.

호레이쇼, 가방을 들고 나갈지 말지 잠시 망설이다가 가방을 놓고 거울방을 나간다.

[선왕 : 라이브캠]
선왕, 홀로넷에 나타난다.

선왕 햄릿, 너를 보면 클로디어스가 떠올라….
햄릿 (햄릿, 총집을 만지작거리다가 총을 꺼내든다) 헉… 헉….

햄릿, 총집을 만지작거리다가 총을 꺼낸다. 일어나서 주변을 보면, 주변이 온통 선왕의 얼굴로 가득하다.

선왕 그래, 햄릿. 기억해야 할 것을 기억해야지. 그치? 자, 이제 나를 봐봐. (햄릿, 여기저기 우왕좌왕하는데) 왜… 뭐가 뭔지 모르겠어? 너를 보면 클로디어스가 떠올라… 씨발 클로디어스가 떠오른다고!

햄릿, 소리를 지르며 퇴장.

선왕 (광기 어린 웃음) 이제 전쟁이구나, 전쟁~!

#11. 클로디어스와 거트루드

클로디어스 왕의 집무실.

거트루드, 들어온다.

거트루드 전쟁, 그놈의 전쟁, 전쟁… 전쟁 같은 소린 제발 그만. 이제 그냥 조용히, 평화롭게 살아요, 우리. 그놈의 미친 전쟁에 온 나라가 얼마나 시달렸는지 몰라?

클로디어스 지금 이게 그런 전쟁이 아니잖아요.

거트루드 똑같아. 겉으로 전쟁이랍시고 속으론 다른 잇속 차리려는 건.

클로디어스 아니, 다른 잇속이라니?

사이.

클로디어스 이렇게 된 마당에 다른 길이 있겠어요? 여기 이 왕궁까지도 거기 물들어 있었다는 거잖아. 그 통에 국왕이 제 목숨까지 끊어버렸다는 거잖아. 이제 그 독을 도려내겠노라 선언을 해야 하지 않겠어요? 그렇지 않고서야 이 나라가 유지가 되겠냐고.

거트루드 아, 나라 걱정에 그러시겠단 거야? 자기 자리 보전을 하겠다고 그러는 게 아니구?

클로디어스 아니, 내가 이 자릴 지켜야 나라도 지켜지는 거 아닌가?

거트루드 아니. 그 자리서 뭘 어떻게 한다고 바뀌는 건 없어. 내가 보니까 그래. 수십 년, 수백 년 그래왔다고.

클로디어스 뭐가 어째?

사이.

클로디어스 당신이 요새 사정 모르고 너무 두문불출해서 못 느끼나 본데, 지금 전대미문의 위기예요. 왕궁 밖에 별의별 소문이 온 세상에 가득한 거, 몰라요? 개중엔 나도 당신도 온 가족이 다 똑같은 약쟁이란 소문도 떠돈다는데. 내가 뭘 어쩌고 싶은 게 있어서 그러는 게 아니에요. 그저 등 떠밀려 가는 거지. 그래야 당신 그 자리도 지켜질 거 아냐.

거트루드 다 필요 없어. 다 내려놔도 좋아. 다 벗어버려도 좋아.

클로디어스 허이구. 참 퍽이나 그러시겠다. 그렇게 되면 네가 살 수 있겠냐?

거트루드 벌써부터 나, 못 살겠어. 하루하루 죽지 못해 사는 거라고.

클로디어스 그런 소리 말아요. 내가 지금 누구 때문에 이렇게 살고 있는데.

거트루드 그러셔? 그럼 그만 살까?

클로디어스 뭐가 어째?

거트루드 같이 죽자고, 우리도!

거트루드, 클로디어스에게 엉겨붙는다.

클로디어스 죽긴 왜 죽어. 내가 죽으면 나라가 어떻게 되는데?

거트루드 어떻게 되긴 뭘 어떻게 돼? 죽어봤어? 같이 죽어보고 얘기하자고.

거트루드와 클로디어스의 몸싸움이 심해진다.

클로디어스 난 안 죽어. 죽을 거면 당신 혼자 죽어버려!

거트루드 닥쳐!

#12. 폴로니우스의 모니터방.

폴로니우스는 클로디어스의 집무실에서 용의자 여자의 휴대전화를 보고 있다. 휴대전화 속 이름을 점점 선명하게 하는 폴로니우스.

〈영상〉
휴대전화 속 흐릿했던 이름이 조금씩 선명해진다.

폴로니우스, 급하게 햄릿비서에게 전화를 건다.

폴로니우스 왕자님 아직도 주무시고 계신가?
햄릿비서 지금… 어? 안 계신대요.
폴로니우스 뭐라고!?

아아악~~~! 거트루드의 비명소리가 들린다. 폴로니우스, 급하게 뛰쳐나간다.

#13. 거트루드 방

거트루드와 클로디어스의 몸싸움이 지속된다.

클로디어스, 거트루드의 목을 조르고 있다.

클로디어스 이제껏 썩어빠진 나라를 구해보겠다는데, 백성들을 위한 나라를 만들겠다는데… 왜 방해하는 거야. 왜! 왜!?

거트루드 어쩜 이렇게 형이랑 똑같냐?

클로디어스 그 잘난 형이 망쳐버린 나랄 살려보겠다는데… 이렇게 썩어 문드러진 나랄 한 번 구해보겠다는데… 니네들이 망쳐놓은 나라 잘 살리겠다는 게, 그게 잘못된 거야!

거트루드 넌 형보다도 못해.

클로디어스 난 이미 이 나라의 왕이야. 내가 왕이라고! 난 형이랑 달라. 이 나라의 왕은 나고, 내가 이 나라를 살리겠다고!!! 나만이 네가 망쳐놓은 나라를 바로 세울 수 있다고!!!

거트루드, 목이 졸려 버둥거린다.

햄릿 등장. 총을 들고 있다. 총구는 클로디어스를 겨냥한다.

클로디어스 멈칫하고, 햄릿, (중앙 입구에서부터) 천천히 걸어 들어온다.

무대 위 나란히 선 두 사람.

햄릿을 부르며 폴로니우스 등장, 뛰어와서 햄릿의 앞을 막아선다. 땀범벅에 가쁜 숨을 몰아쉬는 폴로니우스.

폴로니우스 햄릿!!! 안 돼, 햄릿!

클로디어스 (폴로니우스 뒤에 숨으며) ….

폴로니우스 (클로디어스의 말은 무시하며) 햄릿, 총 내려놔. 말로 하자. 말로 하자, 우리.

햄릿 말? 말로 하자고…?

폴로니우스 그래, 햄릿. 우리 대화로 풀어보자.

햄릿 … 당신들… 내 목소리에 귀 기울여준 적 있나? 내가 당신들에게 배운 건 이것밖에 없는데?

폴로니우스 햄릿, 그 총 내려놔. 우리 천천히 대화로 풀어보자. 일단 그 총 내려놓고….

'탕!' 총소리가 나면서 폴로니우스 쓰러진다. 클로디어스, 햄릿을 진정시키려고 한다.

클로디어스 햄릿, 왜 이러는 거야?

햄릿 왜?

클로디어스 그래, 나한테 털어놔봐. 내가 해결해 줄게.

햄릿 나도 이제 마음의 평화를 원해.

클로디어스 그래, 알았어. 어디 좋은 곳에서 평생 살 수 있도록 내가….

'탕!' 햄릿, 총을 쏘고 클로디어스 쓰러진다.

[라이브캠]

선왕이 홀로넷 뒤에 서 있다. (햄릿과 똑같은 포즈)

선왕 햄릿. 아직 나의 복수는 하지 않았잖아?

암전.

#14. 폴로니우스 모니터방

헐레벌떡 들어온 호레이쇼, 화면에 뜬 휴대전화 이름을 보게 된다. 완전 뚜렷하지는 않지만 자신의 이름인 것 같다. 영상을 선명하게 하는 버튼을 누르는 호레이쇼. 전화기 속 이름은 호레이쇼이다. 딜리트 시키려는데, 총소리 두 방이 들린다. 놀란 호레이쇼.

〈녹화영상〉
#4의 마지막 장면, 여자 용의자의 휴대전화의 이름 호레이쇼가 명확히 보인다.

오필리어, 들어온다.

오필리어 아빠. (호레이쇼임을 알고 깜짝 놀란다) 호레이쇼.
호레이쇼 어, 오필리어.
오필리어 너가 여기 웬일이야?
호레이쇼 장관님, 아니 니네 아버지가 보자고 하셔서. 근데, 안 계시네? 오필리어, 너야말로 웬일이야?
오필리어 아빠가 여기 온 길에 자기 얼굴 보고 가라고 해서 나도 들른 거야. 오늘 뭔가 평소 같지가 않네.
호레이쇼 내가? 뭐 어떻길래?
오필리어 늘 침착하잖아. 냉정할 정도로- 무슨 일이 있어도.

호레이쇼 그랬었나?

사이.

오필리어 금단현상인가 봐. 자주 생각나고, 그래서 힘들어. 그래도 참아야겠지?

사이.

오필리어 난 중독이란 게 그런 건 줄로만 알았어- 손이 떨리고 몸이 떨리고 눈에 뭐 다크써클 같은 거 생기고 침을 질질 흘리고….

호레이쇼 (웃는다) 내가 너한테 그런 몹쓸 약을 주겠니?

오필리어 은근히 힘들어. 은근히 자꾸 생각나고, 그러다보면 다른 일은 잘 못하겠고. 아직 중독이 덜 돼서 그런가?

호레이쇼 뭐든지 중독이 돼버리는 건 안 좋은 일이라니까. 적당한 선을 잘 지켜야 하는 건데, 늘… 마음은 먹었어? 뱃속에 그 아이.

오필리어 응.

호레이쇼 그래? 그럼 날짜를 잡아볼까?

오필리어 그럴 필요 없어. 그냥 낳기로 마음먹었어.

호레이쇼 아니, 어떻게?

오필리어 뭐, 그냥 잘.

호레이쇼 혹시 누구의 아이로 낳겠다는 거지?

오필리어 그냥 내 아이로.

사이.

오필리어 아빠는 그냥 없는 게 좋을 거 같아.

#15. 거트루드의 방

선왕, 천천히 손을 들어 자신의 머리에 총을 댄다. 햄릿도 거기에 홀리듯 자기 머리의 관자놀이에 총구를 갖다댄다.

햄릿 죽는다는 건 잠드는 것.
잠들면 마음과 육신의 온갖 고통도 사라질 테지.
하지만 잠이 들면 꿈을 꿀 텐데.

'탕!'

끝.

선왕 서거 1주기 하루 전, 아버지를 살해한 죄책감에 빠져 있는 햄릿. 하지만 햄릿의 기억은 최면치료사 호레이쇼에 의해 폴로니우스가 아버지를 죽였다고 조작된다. 햄릿은 진실과 조작된 진실 사이에서, 죄책감과 복수 사이에서 방황한다.

〈거트루드의 거울〉은 셰익스피어 〈햄릿〉의 작품 속 인물들이 가지고 있는 이미지들을 해체해서 만든 작품이다. 〈햄릿〉 속 등장인물들은 〈거트루드의 거울〉 속 등장인물과 인물 간 관계의 측면에서만 비슷할 뿐, 전혀 다른 인물로 그려진다. 이를 통해서 우리가 가지고 있는 고정관념이라는 것을 작품 자체적으로 느낄 수 있도록 만들고자 한 작품이다. 우리가 가지고 있는 햄릿의 모습이 〈거트루드의 거울〉 속 햄릿과 전혀 다른 인물로 묘사될 때, 생각과 이미지의 충돌이 어떠한 효과를 일으킬 수 있는가. 〈거트루드의 거울〉은 이에 대해 탐구해보고자 한 창작실험극이다.

2021한양대학교 연극영화학과

캡스톤 창작희곡선정집 8

초판 1쇄 인쇄일 2021년 12월 25일
초판 1쇄 발행일 2021년 12월 31일

지 은 이 (작품수록순) 린재원 · 박영규 · 박준범 · 장우혁 · 김승철
김가람 · 김태희
펴 낸 이 권용 · 김준희 · 조한준 · 우종희
만 든 이 이정옥
만 든 곳 평민사
서울시 은평구 수색로 340 〈202호〉
전화 : 02) 375-8571
팩스 : 02) 375-8573
http://blog.naver.com/pyung1976
이메일 pyung1976@naver.com
등록번호 25100-2015-000102호
ISBN 978-89-7115-819-7 03800
정 가 22,000원